Portal

LAURA RUBY

Tradução
Larissa Helena

— Galera —
RIO DE JANEIRO
2017

CIP-BRASIL. CATALOGAÇÃO NA PUBLICAÇÃO
SINDICATO NACIONAL DOS EDITORES DE LIVROS, RJ

R842p Ruby, Laura
     O portal / Laura Ruby; tradução de Larissa Helena. – 1. ed. –
     Rio de Janeiro: Galera Record, 2017.

     Tradução de: Bone gap
     ISBN: 978-85-01-10937-8

     1. Ficção juvenil. I. Helena, Larissa. II. Título.

17-40844   CDD: 028.5
                                            CDU: 087.5

Título original:
Bone Gap

Copyright © 2015 by Laura Ruby

Todos os direitos reservados.
Proibida a reprodução, no todo ou em parte, através de quaisquer meios.
Os direitos morais do autor foram assegurados.

Texto revisado segundo o novo Acordo Ortográfico da Língua Portuguesa.

Editoração eletrônica: Abreu's System
Capa: Renan Araújo

Direitos exclusivos de publicação em língua portuguesa somente para o Brasil
adquiridos pela
EDITORA RECORD LTDA.
Rua Argentina, 171 – Rio de Janeiro, RJ – 20921-380 – Tel.: (21) 2585-2000,
que se reserva a propriedade literária desta tradução.

Impresso no Brasil

ISBN 978-85-01-10937-8

Seja um leitor preferencial Record.
Cadastre-se e receba informações sobre nossos
lançamentos e nossas promoções.

Atendimento e venda direta ao leitor:
mdireto@record.com.br ou (21) 2585-2002.

Para Steve, que vê
E para Anne, que crê.

*A parte boa de morar em uma cidade pequena é:
quando você não sabe o que está fazendo, outra pessoa sabe.*

— ANÔNIMO

SUMÁRIO

O povo de Bone Gap   11

MAIO: *LUA DE LEITE*

Massacrado   15

Fugir   30

Confronto   35

Pular   49

Noturna Surpresa   54

O anel de compromisso   74

Atacando o castelo   82

Vê o fogo   93

Exatamente como o restante de nós   105

JUNHO: *LUA DOS MORANGOS*

Perdido	119
Bom para você	137
Mandando a real	146
Ninguém está bem	159
Avoado	167
Revelações	184
Perguntas	193
O cordeiro	201
Inesperado	215
Os mortos	227

JULHO: *LUA DO TROVÃO*

Atingido	237
A balada de Charlie Valentim	244
Os Campos	253
Corvos	264
Abate	276
Alvorecer	284

AGOSTO: *LUA DO MILHO VERDE*

O povo de Bone Gap	297
Agradecimentos	305

O POVO DE BONE GAP

O povo de Bone Gap chamava Finn de um bocado de coisas, mas nenhuma era seu nome. Quando pequeno, eles o chamavam de Avoado. Aéreo. Aluado. Você. Conforme foi ficando mais velho, passaram a chamá-lo de Bonitinho. Solitário. Brother. *Cara*.

Mas, independentemente de como o chamassem, era sempre com ternura. Apesar da curiosidade transparecendo no rosto, de ser estranhamente distraído e daquele jeito irritante de se aproximar de fininho, o conheciam tão bem quanto a qualquer pessoa. Tão bem quanto conheciam a si mesmos. Tão bem quanto conheciam o Velho Charlie e sabiam que este gostava mais de suas galinhas que dos bisnetos, e às vezes deixava que se empoleirassem dentro de casa. (As galinhas, não as crianças.) Assim como sabiam que a família Cordero tinha um fantasma que saqueava a geladeira à noite. Assim como sabiam que Priscilla Willis, a rústica filha do apicultor, dava ferroadas piores que as de qualquer abelha. Assim como sabiam que Bone Gap possuía brechas tão largas que as pessoas podiam se perder ali dentro, ou desaparecer, deixando apenas sua história para trás.

Quanto a Finn, bem, achavam que ele era um pouco esquisito, mas não se incomodavam com isso. "É, aquele garoto é mais lunático que uma noite de lua cheia", poderiam dizer. "Mas é um lunático bonito. Um lunático esperto. O *nosso* lunático." Finn, eles sabiam, tinha bom coração. Assim como eles.

Com o tempo, no entanto, descobriram que havia um bom motivo para as expressões esquisitas, a estranha distração e aquele jeito irritante de aparecer de fininho do lado das pessoas. Um bom motivo para ele nunca olhar ninguém nos olhos.

Mas aí já era tarde demais, e a garota que eles mais amavam — e sobre a qual menos sabiam — se fora.

12

MAIO

Lua de leite

Finn

MASSACRADO

O MILHO FALAVA COM ELE DE NOVO.

Em Bone Gap, o inverno havia sido quentinho, e a primavera, agradável, então todo mundo que tinha um terreno e gostava de milho ousou arar o solo e começar a plantação mais cedo do que de costume. No último dia de seu penúltimo ano do ensino médio, exatamente dois meses depois de sua vida ter se fechado como uma noite de tempestade, Finn ia do ponto de ônibus para casa, passando por plantas tão grandes que lhe batiam na cintura. Era sua parte favorita da tarde, ou deveria ser: o sol brilhava quente, as plantas balançavam seus ramos verdes, como se fossem dedos. Milho chega a crescer centímetros num só dia; se prestasse atenção, dava para ouvi-lo espichar. Finn captou o sussurro familiar — *aqui, aqui, aqui* — e desejou que se calasse.

Seu amigo Miguel teria concordado. Miguel odiava o milho, dizia que as plantas pareciam... vivas. Quando Finn lembrou a ele que, dã, claro que o milho estava vivo, toda planta tinha vida, Miguel respondeu que o milho parecia estar vivinho *mesmo*. Não apenas crescendo, mas se desgarrando do solo e andando por aí disfarçadamente com

15

suas finas raízes brancas. Não eram os pássaros que os espantalhos foram feitos para espantar, e sim o milho. Só o milho em si já era suficiente para fazer alguém ter pesadelos. Do contrário, por que tantos filmes de terror com milharais?

Finn tinha bastante pesadelos, mas não com milharais. Seus sonhos eram povoados por coisas comuns: ficar pelado na frente de alguma garota. Psicopatas armados com machados e fugindo de patins. Aparecer na sala de aula sem nada no corpo a não ser um *snorkel* e uma única meia quadriculada. Voar mais alto que as nuvens.

Agora? Não conseguia mais fechar os olhos sem ver as mãos finas e compridas de Roza espalmadas no vidro embaçado, o carro preto brilhante engolido pela escuridão cada vez mais intensa.

Ele evitava dormir. E não dava mais ouvidos ao milho. Por que daria, se só ouviria mentiras?

O suor fez seu couro cabeludo coçar, e ele parou para passar a mochila de um ombro para o outro. O milharal se estendia por quilômetros, mas parado ali, numa sombria estradinha secundária de Illinois, ninguém diria. O asfalto diante de Finn terminava no horizonte, como se tivesse sido cortado por uma foice.

Ele poderia ter ficado ali por algum tempo, observando a estrada bifurcada e aquela metáfora perfeita, se um bando de corvos não tivesse aparecido se esgoelando de tanto grasnar.

Finn não se impressionou:

— E vocês, o que são? Parte do cenário?

Eles vão arrancar seus olhos e bicar você até a morte, Miguel teria dito a ele. *Nunca viu Hitchcock?* Mas Finn não gostava de filmes, e achava que os corvos não passavam de uns falastrões salafrários.

E foi disso que ele os chamou:

— Falastrões!

Os corvos disseram: "Covarde." Grasnaram e bateram as asas, que emitiam um reflexo azul com a luz do sol, os bicos afiados feito ganchos de feno.

Então talvez Miguel tivesse razão.

Finn continuou andando, os pés pesados no calor. Suas têmporas latejavam, as pálpebras ásperas arranhavam os olhos. Quando falava, a voz rangia feito uma porta velha, o mesmo que acontecia com a de Charlie Valentim quando ele tagarelava sobre o criatório de cavalos do avô do seu avô, ou sobre como a ferrovia tinha uma parada bem no meio da cidade, ou da vez em que ele capturou um castor de dois metros e meio de comprimento, como se os gigantes não estivessem extintos desde a última era do gelo. Feito o Velho Charlie Valentim, Finn desejou conseguir retroceder nos dias com a facilidade de um fazendeiro virando as páginas de um almanaque. Desejou que as pessoas de Bone Gap fossem capazes de perdoar — e ele, de esquecer.

Ajeitou a mochila e se concentrou em esquecer. *Pense em outra coisa, qualquer coisa.* Por exemplo, em suas tarefas domésticas; o irmão queria tudo pronto até a hora do jantar. Por exemplo, em estudar para o vestibular; ele teria que tirar a nota máxima se desejasse mesmo sair, escapar dali, embora sentisse um frio na barriga só de pensar em partir. Por exemplo, nos Rude; todos os cinco garotos tão perversos quanto uma vespa, que gostavam de ferir as pessoas que cruzassem seu caminho, ou mesmo as que não cruzassem.

Esses mesmos garotos que apareceram na estrada a sua frente.

Finn congelou feito um monumento aos covardes do mundo inteiro. Eram eles? Certeza? Claro que sim. Finn sempre reconheceria, mesmo daquela distância. Os cinco eram baixos e tinham pernas arqueadas, o que fazia com que parecessem uma fileira de alicates. Os Rude andavam como se estivessem sempre assados depois da montaria.

Os garotos não estavam no ônibus, não haviam se dado o trabalho de ir à aula. Finn nem imaginava de onde vinham, e como podia não ter reparado neles antes. Vivia fazendo esse tipo de coisa. Para sua sorte, os Rude estavam andando na mesma direção, e ainda não haviam percebido Finn. Ele podia ter dado meia-volta e seguido o caminho contrário. Ou, se o milho estivesse mais alto, sumido ali no meio, desaparecido por conta própria.

Mas também não adiantaria nada correr, se esconder, e ele não tinha mais o que temer. Arrastou as solas dos sapatos, fazendo pedrinhas rolarem no chão.

Um dos Rude virou para trás.

— Ora, vejam. É o Aluado. Tentando chegar perto de fininho de novo.

— Tá fazendo o quê, Aluado?

— Tá no mundo da lua?

Perversos feito uma vespa, burros feito uma porta. Ele suspirou, a exalação ríspida soara como o silvo das plantas ao redor.

— Tá rindo do quê?

E óbvios, também.

— Não estou rindo.

— Está, sim.

— Tudo bem, estou rindo.

— Não da gente — disse um deles.

— Não se for esperto — comentou outro.

— Não ouviram dizer? — retrucou Finn. — Não sou esperto.

Óbvios e obviamente fáceis de confundir, as sobrancelhas se contraindo feito uma lagarta. Os Rude não sabiam do que ele estava falando. Nem ele sabia.

— Deixe para lá — disse Finn. — Estava só pensando alto.

— Ah, bem, então continue pensando alto, porque temos mais o que fazer.

— Até mais tarde, Aluado.

Até mais tarde, pensou Finn.

E depois: *Mais tarde nada terá mudado.*

Ele não riu, mas os corvos? *Eles* riam. O milho continuava sussurrando. O sol era um olho amarelo queimado num cobertor azul. Ele o encarou por muito tempo, e o sol fez buracos em sua cabeça. Naquela mesma manhã, ele tinha ido ao apartamento de Roza e descobriu que todas as coisas dela haviam sumido, e o ar estava uma névoa de Pinho Sol. Em algum momento da noite, Deus sabe quando, o irmão de Finn havia limpado as coisas, lavado tudo, como se uma garota pudesse ser eliminada da memória feito uma sujeira no piso.

Mais pedrinhas rolaram no chão, mais palavras gritadas de sua boca:

— Já que vocês tocaram no assunto, eu estava conversando com os corvos mais cedo. Eles estavam se perguntando por que vocês andam por aí como se estivessem usando fraldas.

Os Rude o cercaram antes que ele pudesse pensar numa forma de fugir. Não que quisesse fugir. Eles o rodearam, nomes antigos e novos brotando como frutos numa árvore.

— Aéreo! Estamos falando com você!

— Quê? — retrucou Finn.

— Que que tem aí dentro? — Arrancaram sua mochila, a revistaram. A bolsa voou para o milharal.

Ele ainda podia reverter a situação.

— Ei, cabeça de merda. Está ouvindo?

Podia mergulhar no milho; recuar, mudar o rumo da conversa.

— Por que tem tantos livros se não sabe ler?

— Engraçado ouvir isso de vocês, que não sabem a diferença entre suas vacas e suas namoradas — disse Finn.

O primeiro golpe o deixou sem ar. Ele se curvou, tentando recuperar o fôlego. Nem sabia qual deles tinha dado o soco — Derek, Erik, Frank, Jake ou Spike. Todos eram no máximo dezoito meses mais velho que ele; todos eram loiros, com sardas e bronzeados: quem poderia saber a diferença entre um e outro?

Finn tomou mais alguns socos rápidos nos rins antes de um deles agarrar um punhado de seus cabelos e puxá-lo, forçando-o a ficar de pé. Finn piscou diante do garoto, encarando o famoso maxilar proeminente dos Rude.

Eles não estavam nem se esforçando.

— Escute, Derek, se você achou que... — disse Finn.

— Está de sacanagem com minha cara?

— Não, estou...

— Ele é o Derek — disse o garoto, apontando para outro. — Eu sou o Frank. E você vai ser o Massacrado.

Os Rude de repente se esqueceram das coisas que precisavam fazer, porque, sem a menor pressa, deram tudo de si, os nós dos dedos quase tão duros quanto suas botas. E, embora Finn fosse alto, seus braços e pernas adornados por vigorosos músculos resultantes do trabalho na fazenda, os Rude eram mais largos e fortes, e estavam numa vantagem de aproximadamente quatro vezes e meia.

Quando terminaram, os garotos se juntaram e olharam para baixo, onde Finn estava estirado no asfalto rachado.

— Sabe — disse um deles —, quando Sean estiver procurando por uns irmãos de verdade, podemos arrumar espaço para ele.

Se os dentes de Finn não lhe parecessem tão soltos na mandíbula, ele poderia ter rido novamente. Todo mundo amava Sean, até os Rude. Quando alguém precisava, Sean era o cara que vinha ajudar, as sirenes estridentes, os braços fazendo todo o esforço, a maleta balançando em suas grandes e habilidosas mãos, os olhos perspicazes absorvendo tudo. E, embora Sean às vezes tivesse que perguntar algumas coisas, nunca exagerava e nunca fazia as perguntas erradas.

No entanto, era mais que isso. O povo de Bone Gap amava Sean por causa de Roza. Porque Sean amava Roza.

Acima de Finn, alguém murmurou que estava com fome, ou algo parecido. Outra pessoa disse:

— Cale a boca.

Um celular fez um bip. Alguém deu uma cutucada em Finn com o pé, como se o menino fosse um gambá. Apenas se fazendo de morto.

Ele queria gritar alto para que todos pudessem ouvir: eu também a amava. E era verdade. Mas isso não os ajudara em nada.

Finn cuspiu sangue.

— Vou dizer ao meu irmão que vocês mandaram um oi.

Os meninos foram embora, e Finn ficou sozinho. Depois de um tempo, ele achou que deveria se levantar, só para o caso de o Velho Charlie Valentim escolher aquele dia para levar o antigo Cadillac para dar uma volta. Finn se levantou e saiu da estrada, catou a mochila no milharal. Não podia abandonar os livros preparatórios para o vestibular; mesmo de segunda mão, custavam uma fortuna. Sean o mataria.

Não, não era verdade. O irmão levaria Finn de carro até onde tivesse perdido os livros. Talvez até ajudasse Finn a comprar livros novos e colocá-los em uma mochila cara demais para eles. E, de alguma maneira, aquilo seria pior.

Ele mancou pelo restante do caminho até sua casa. Finn e o irmão não tinham tanto quanto algumas pessoas, mas tinham mais que outras: uma casa com a pintura branca descascando, uma garagem da mesma cor e um celeiro vermelho que se entortara de vez para a esquerda. Finn entrou em casa e largou a mochila na cama. Então lavou o rosto e examinou as feridas. (Corte no supercílio e no lábio. Nariz destroçado.) Pegou uma caixinha na prateleira do banheiro e procurou um curativo ali dentro. A caixa, que havia pertencido à mãe, era dourada, ornamentada com joias e chique demais para guardar band-aids e cotonetes, mas Sean dizia que as joias eram falsas e a caixa não valia um níquel furado, então podiam muito bem usá-la para qualquer coisa. Finn colocou a caixa de volta na prateleira e grudou um curativo no supercílio cortado, de onde o sangue, teimoso, insistia em pingar. Então foi para o jardim.

Jane Calamidade, a pequenina gata tigrada de Finn, passou por baixo da cerca e circulou entre suas pernas. A barriga estava inchada com os gatinhos que teria dali a apenas alguns dias.

— Não olhe agora — disse Finn. — Mas tem um rato atrás de você, e ele está armado com arco e flecha.

Ela miou e deu outra volta em torno de seus calcanhares. O nome é mais uma piada que um elogio; como caçadora, ela era uma calamidade. Sean disse que deixariam que tivesse uma ninhada para ver se os filhotes, ao contrário da mãe, fariam por merecer.

Calamidade seguiu Finn conforme ele removeu as ervas daninhas e regou o insignificante meio acre de novas hortaliças — aspargos, couve, cebolas, feijões, cenouras, espinafre, beterraba, brócolis, tomates. Sean e Finn foram criados numa cidade de fazenda; estavam familiarizados com hortas. Mas Roza, Roza tinha dedos mágicos. Por causa das lições de Roza, Finn e o irmão podiam comer o que plantavam, e ainda sobrava um pouco para vender no mercado de produtores. Com o clima tão quente, as plantas deveriam estar viçosas. E ainda assim, as hortaliças pareciam tristes, estranhamente murchas. Ele arrancou folhas mortas e preencheu os buracos deixados por esquilos e coelhos. E conforme fazia isso, disse a Calamidade:

— Sabe, você bem que podia ajudar com os esquilos e coelhos.

Em resposta, Calamidade lhe deu uma cabeçadinha na perna, se virou na direção da casa e miou.

— Que foi? — perguntou ele, limpando a terra das mãos.

Ela lhe deu mais uma cabeçadinha e se enfiou por baixo do portão, o que não deve ter sido fácil, considerando a carga que levava. Ela olhou para trás para ver se Finn estava indo também.

— Tudo bem, eu vou. — Ele ficou de pé, parando apenas a fim de segurar as costelas doloridas, e então seguiu a gata até os fundos da casa.

Ela continuou para além da porta da cozinha e prosseguiu adiante até se sentar na frente de outra porta. A porta do apartamento. Dos aposentos de Roza.

— Ela não está aí. Não tem nada aí — disse Finn.

Calamidade miou outra vez, girando alucinadamente diante da porta. Enquanto o irmão estava no trabalho, Finn às vezes pegava a chave reserva da cozinha, destrancava a porta e se sentava no apartamento arrumadinho de Roza, inalando os suaves perfumes de hortelã e baunilha, folheando os livros, admirando no criado-mudo o desenho emoldurado de um par de mãos entrelaçadas, mexendo nos vasinhos de flores no parapeito — tudo o que ela deixara para trás. Ele poderia imaginar que ela estaria de volta a qualquer momento, e ficaria surpresa ou até irritada de encontrá-lo sentado em sua antiga cadeira florida ao lado da janela. Ele perguntaria a ela: "Por onde você andou?"

E ela retrucaria em sua voz grave, carregada de sotaque: "Por que isso importa?"

Finn falaria por si mesmo e por Sean: "Agora que você está de volta, não tem a menor importância."

A porta estava destrancada. Apesar de saber o que encontraria, ou o que não encontraria, Finn mais uma vez a abriu. Calamidade passou correndo por ele e entrou no apartamento vazio, farejando. Soltou um uivo feito o lamento de um coiote, o som mais próximo de um soco que qualquer coisa que os Rude jamais seriam capazes de conceber.

Era demais. Aquele dia inteiro, toda aquela primavera insone. Finn deixou a porta aberta para a brisa, a poeira e a gata frenética, inconsolável, e foi mancando/pisando firme até a decrépita casa azul do outro lado da rua. Mal tinha levantado a mão para bater quando a porta da frente se escancarou. O homem de pé na soleira tinha longos cabelos grisalhos. Uma longa barba grisalha. Parecia com o mago de Senhor dos Anéis, a não ser pela camiseta que dizia BORN TO BE WILD.

— E então, o que atropelou você? — perguntou Charlie Valentim. — Um rebanho de gado?

— Pode-se dizer que sim.

Charlie apontou para a calça jeans rasgada nos joelhos, a camiseta branca tão manchada de sangue e poeira que teria que ir para o lixo.

— Seu xixi vai sair vermelho, se é que eu entendo de alguma coisa. Melhor pedir pro Sean dar uma olhada em você.

— Sean não está em casa. Ele nunca está em casa.

— Eu também não — disse Charlie. — Estava indo a um encontro.

— Sinto muito — disse Finn, da boca pra fora.

— Err, não precisa. Ela já está com raiva de mim mesmo. Mulheres estão sempre com raiva de alguma coisa. Já contei da vez em que eu estava viajando sozinho por este nosso lindo país e conheci uma mulher linda de cabelos flamejantes? O nome era Esmeralda. Empira. Empusa. Alguma coisa com *E*. Achei que tínhamos vivido bons momentos, nós dois, até que acordei com ela tentando arrancar

meu braço fora com os dentes. Tinha dentes afiados feito um tuba-
rão, aquela.

— Claro — respondeu Finn, seguindo Charlie para dentro de
casa.

Ele não entendia por que continuava indo ali, se o velho só falava
merda.

— É a granja leiteira, sabe? — disse Charlie, para trás.

— Quê? Como assim?

— Os Rude. Eles são donos de todas aquelas vacas. Vacas te dão
uma infinidade de coices se você não acorda cedo para ordenhá-las.
E só aquele cheiro horrendo deixaria qualquer um se coçando para
arrumar briga.

Finn só não mencionou que as vacas também podiam ser tran-
quilas se soubessem cuidar delas direito, ou que a sala de estar do
Charlie fedia por causa das galinhas que perambulavam ali dentro.
Talvez o velho também tivesse reparado, porque abriu a janela e
apontou para um pasto próximo.

— Tem um cavalo bonitão ali. Já contei para você que passei um
tempo em um criatório de cavalos?

— Você comentou — respondeu Finn, quando na verdade Charlie já havia falado milhões de vezes, e repetiria outras milhões.

O avô ou tio-avô ou quem quer que fosse o parente de Charlie teve
um estábulo repleto de enormes cavalos de tração chamados Belgas.
Os animais eram usados para arrastar o gelo extraído do lago durante o inverno. As pessoas colocavam o gelo em fossos profundos e o
cobriam com serragem. Então, no verão, o repassavam aos vendedo-
res de gelo. No outono, os cavalos eram alugados para os lenhadores.
Todo mundo já tinha ouvido essas histórias, porque Charlie Valentim
estava em Bone Gap havia mais tempo do que qualquer um era capaz
de lembrar, antes que Bone Gap fosse Bone Gap, como diria Charlie.

— Agora estão voltando a fazer isso — disse Charlie Valentim. —
A usar cavalos em vez de caminhões para transportar a lenha. Vi na
TV. Se intitulam "madeireiras verdes". Dá para acreditar?

24

Finn cruzou os braços, então se contraiu quando uma fisgada de dor atravessou seu torso.

— Parece uma boa ideia.

— Claro que é uma boa ideia! — exclamou Charlie Valentim. — É por isso que nunca deviam ter deixado de fazer assim! As pessoas se esquecem de tudo que é importante. Por exemplo, se esquecem de que é preciso falar com os bichos. Eles vão ouvir se você simplesmente falar com eles. A gente costumava montar direto no pelo do cavalo. Não precisava de nenhuma sela extravagante nem nada assim. — Ele virou-se para Finn com um olhar desconfiado. — Você não está fazendo aulas de montaria, está?

— Não.

— Ótimo — disse Charlie. — Só se aprende a montar montando.

— Eu sei montar.

— Você não tem sela, tem?

— Eu não tenho *cavalo*.

Charlie Valentim colocou para fora da boca a dentadura de cima e a sugou para dentro de novo, seu gesto favorito de censura.

— Então, quantos ovos?

— Uma dúzia.

— Alguma cor específica?

— Me surpreenda.

Charlie Valentim encomendara as galinhas, achando que eram de uma raça especial que colocava ovos azuis. As galinhas *colocaram* ovos azuis, mas também cor-de-rosa, verdes e marrom, como se todo dia fosse Páscoa. Ele pretendia pedir o dinheiro de volta quando descobriu que as pessoas que passavam de carro por ali, voltando para a cidade, pagariam fortunas por uma dúzia de ovos-de-Páscoa-coloridos. Mas Charlie cobrava um preço justo do povo local, e menos ainda dos irmãos. Ele dizia que Finn e Sean eram seus favoritos. E eram mesmo, achava Finn, até aparecer Roza.

— Sean limpou o apartamento de Roza — disse Finn. — É como se ela nunca tivesse estado lá.

Charlie pegou a galinha mais próxima e sentou-se na única cadeira da sala.

— Valentim não é meu sobrenome de verdade.

— Eu sei — disse Finn.

— Não vou te contar meu verdadeiro sobrenome, então nem adianta perguntar.

Finn tentou não demonstrar sua impaciência.

— Não vou perguntar.

Charlie acariciou a galinha dourada até ela entrar em transe.

— Sabe como eu passei a me chamar Valentim?

— Por causa do grande amor que você nutre pela humanidade.

— Quem te contou?

— Todo mundo.

— Quem te contou pela *primeira vez*?

— Sean.

— Sean é um jovem esperto. — Charlie se inclinou para o lado e vasculhou um grande cesto próximo à cadeira. Ele contou uma dúzia de ovos, que pousou gentilmente em uma embalagem de papelão. — Um bom homem. Desistiu de muita coisa quando sua mãe partiu.

— Eu *sei*.

— Porém não é um cara muito fácil de agradar — acrescentou Charlie Valentim.

Finn suspirou tão alto que sentiu dor nas costelas de novo. Não era para isso que ele fora até lá. Mas também não sabia para que tinha ido. O que Charlie poderia dizer que nunca tivesse dito? O que qualquer um poderia dizer? Dois meses atrás, Roza foi sequestrada. Finn era a única testemunha. Ninguém acreditava em sua história. Nem Charlie. Nem Jonas Apple, o delegado que trabalhava só meio período. Nem mesmo o próprio irmão, que achava mais fácil fingir que Roza jamais existira.

— Meu velho tinha um pouco de Sean — continuou Charlie Valentim. — Quando eu era garoto, tentava descobrir o que o deixaria orgulhoso de mim. Ou que pelo menos o faria sorrir de vez em quando.

— Imaginei isso mesmo — acrescentou Finn.

— Todos eles a procuraram. Seu irmão, Jonas, todos eles. Penduraram aqueles retratos-falados em todas as cidades, daqui até Saint Louis. Ligaram para os policiais em Chicago. Nenhum homem batia com a descrição que você deu.

Finn sabia o que Charlie queria dizer. Ele queria dizer que Finn não tinha visto o que dizia.

— Roza não teria nos deixado.

Até um homem chamado Valentim tinha seus limites.

— Sean está certo. Ela era uma boa garota, mas agora se foi. É hora de voltar ao planeta Terra. — Charlie Valentim entregou a Finn a caixa de papelão com os ovos de Páscoa. — Vai encontrar seu próprio broto.

Finn voltou para casa e se enfiou embaixo de uma ducha quente, mesmo com os cortes em seu rosto ardendo na água, e lavou o curativo. Ele se secou, colocou roupas limpas — ou as mais limpas que conseguiu encontrar na pilha do chão — e foi para a cozinha. Colocou uma panela de água para ferver e revirou o armário em busca de uma caixa de espaguete e um pote de molho. Desde Roza, eles haviam voltado a comer várias coisas que vinham em caixas e vidros.

Sean chegou em casa quando a água estava começando a ferver. Ele ficou parado na soleira, era quase do tamanho da porta. Então deu um passo para dentro de casa, foi até a pia para lavar as mãos. Nem olhou para Finn quando perguntou:

— Os Rude?

Finn quebrou o espaguete ao meio e enfiou na panela com uma colher de pau.

— Eles mandaram um oi.

— Você vai precisar levar uns pontos no supercílio — avisou Sean.

— Não quero pontos.

— Não perguntei o que você quer. Vou cuidar de você depois que terminarmos de comer.

Finn disse a única coisa que podia dizer:

— Ok.

Ele pegou dois refrigerantes na geladeira e os tacou na mesa. Dez minutos depois, a massa estava pronta, e o molho, quente na panela. Cinco minutos depois disso, tinham terminado de comer. Finn lavou a louça, Sean secou. Enquanto pegava a bolsa, Sean fez um gesto pedindo que o irmão voltasse a sentar.

Sean era técnico paramédico desde os 18 anos. Aos 21, trabalhava numa emergência e estava prestes a entrar para a faculdade de medicina quando a mãe, Didi, engatou um romance com um ortodontista que conhecera na internet e anunciou que ia se mudar para o Oregon. O ortodontista não gostava de crianças, especialmente garotos que sem dúvida sairiam por aí se embebedando e se metendo com drogas, roubando lojas de conveniência e embuchando garotas ou, pior, que ficariam largados em casa e sempre no meio do caminho. Didi disse aos filhos que eles já estavam na idade de cuidar da própria vida. Afinal, ela já lhes dera tanta coisa. Não merecia ser feliz também? Como Finn só tinha 15 anos na época, Sean optou por ficar com ele até que o irmão terminasse o ensino médio.

Isso foi há dois anos. Sean não falava mais sobre virar médico fazia muito, muito tempo.

Ali, na hora, Sean limpou a ferida, anestesiou o rosto de Finn com uma injeção, e o costurou com uma vil agulha curvada grudada no que parecia uma tesoura. Nem era para Sean ter esse tipo de coisa: paramédicos não faziam suturas em campo. Mas Finn sabia que era melhor não se mexer.

Sean se recostou e inspecionou sua obra.

— Você ainda pode acabar com uma cicatriz.

— Não ligo.

— Pelo menos revidou?

— Eram cinco — disse Finn.

— Quer que eu dê um telefonema?

Era a última coisa de que Finn precisava, que o irmão mais velho fosse defendê-lo. Seu triste e frustrado irmão mais velho, com sua fé idiota no poder de Pinho Sol.

— Não, não quero que dê um telefonema.

— Vou ligar.

— *Não.*

Um pequeno músculo no pescoço de Sean se contraiu, o único sinal visível de que estava zangado.

— Você não apanha desde que era criança. Esta é segunda vez em algumas semanas. Não pode deixar eles te pegarem.

— Não estou deixando ninguém fazer nada — disse Finn.

— Você está procurando, então. Me explique o porquê disso.

— Você limpou o quarto dela. Me explique o porquê *disso*.

Sean não respondeu. Finn odiava quando Sean não respondia.

— Hoje faz dois meses — observou Finn. — Por que não está lá fora procurando por ela?

Sean jogou os curativos sujos fora e, então, fechou a maleta preta com um estalo.

— Já que se importa tanto assim, por que você não está fazendo isso?

Roza

FUGIR

VOU VOLTAR.

Roza estava de pé diante da enorme janela panorâmica na silenciosa casa de subúrbio, e repetia as palavras sem parar, como se ao dar-lhes forma pudesse transformá-las em realidade. Mas isso era uma tolice. E outra tolice era ficar esperando na janela, desejando ver o pátio apinhado de policiais. Encarar o teto, os ouvidos atentos para o som de helicópteros e o pisotear de coturnos no telhado.

Ninguém tinha vindo. Ninguém viria.

A não ser ele. Ele viria, como fazia todo dia, para fazer a mesma pergunta: *Já está apaixonada por mim agora?*

No início, ela respondia às perguntas com outras perguntas: *Quem é você? Quem é você de verdade? O que você quer? Que lugar é este? Qual é seu problema?*

Mas ele daria aquele sorriso brando, agradável — o sorriso de um tio, de um professor, de um balconista, todos aqueles homens com todos aqueles dentes —, um sorriso que só o tornava mais assustador.

— Você vai se apaixonar por mim em breve. Espere e verá.

Aquele não foi o primeiro lugar para onde ele a levou. O primeiro lugar era um quarto cavernoso, tão frio e vazio e escuro que ela não era capaz de determinar seus limites — tinha o tamanho de um milharal, tinha o tamanho de um país — e tudo o que conseguia fazer era vaguear, gritando na escuridão. Então, certa manhã, ela acordou e descobriu que estava em uma cama gigante, em um quarto ensolarado, com poltronas azuis elegantes e um armário de cerejeira. Ele estava sentado em uma das poltronas, parecendo satisfeito consigo mesmo.

— Eu estava me perguntando por quanto tempo você ia dormir.

Ela puxou os lençóis até o pescoço e se moveu para trás tão rápido que suas omoplatas bateram na cabeceira com um barulho.

— Não se preocupe. Só vou tocá-la quando você quiser — disse ele, como se merecesse parabéns por tantos escrúpulos. — Vem, deixe eu te mostrar a casa.

Ela devia ter sido drogada, porque não conseguia imaginar como chegara ali, e porque *deixou* que ele mostrasse a casa. Era uma grande casa de madeira, com quilômetros de um piso escorregadio, uma cozinha coberta de aço inoxidável, queimando de tanto brilho, uma sala de estar com uma lareira e uma televisão gigantesca. Uma janela panorâmica tinha vista para a rua, onde outras casas, idênticas a não ser pela cor, estavam dispostas em fila, como crianças de castigo.

— Gostou? — perguntou ele. — Construí para você.

Construiu para ela? Árvores já grandes se curvavam ao lado da casa, pássaros se empoleiravam nos galhos, como se tivessem sido colocados naquele local de propósito. Será que as árvores estavam ali antes, e a casa foi construída perto delas? Ou ele pagou para que fossem transportadas e plantadas?

Quanto tempo leva construir uma casa?

— Tem roupas no closet lá em cima. Uma vendedora muito simpática me ajudou a selecioná-las, mas, se não gostar, claro que podemos comprar mais. E a televisão tem todos os programas, todos os filmes. Pode assistir a qualquer coisa que quiser. — De novo, o sorriso agradável naquele rosto agradável, até bonito. — A cozinha está abastecida. Você está meio magrinha. Devia comer alguma coisa.

Muito tempo antes, ainda na Polônia, um cavalo dera um coice na cabeça de um menino, privando-o dos sentidos e deixando-o estranho. Este homem tinha a mesma expressão. Alegre. Vazia.

Ele apontou para um quadro sobre a lareira. Roza precisou de um instante para compreender que era um retrato dela. Na imagem, estava de pé em um campo verdejante, uma flor entrelaçada em seus dedos, outra, em seus longos cabelos encaracolados. Garotas dançavam ao seu redor. Um vento invisível esvoaçava seu vestido branco para trás, deixando-o grudado em seu corpo e produzindo um contorno de sua silhueta tão vívido que ela não parecia estar usando roupa alguma. Roza se afastou da lareira, da terrível pintura acima desta, como um animal tenta fugir de uma cobra.

Ele não reparou ou, se reparou, não se importou. Era tão alto que tinha que virar para baixo para olhar para ela, aqueles olhos gelados flamejantes. Ela arquejou, como se o olhar incinerasse todo o oxigênio na sala, como se ela pudesse ser consumida também.

— Você é muito linda — elogiou ele.

Roza já tinha ouvido isso muitas vezes antes, mas nunca de um jeito tão assustador.

— Quero casar com você.

Os lábios de Roza se mexeram. Quando finalmente falou, não disse "ninguém é tão bonito assim". Não disse "você é um sequestrador e um criminoso e um louco". Não disse "eu amo outra pessoa". Não disse "por favor, não me machuque".

O que saiu de seus lábios entorpecidos foi o mesmo que ela disse para um menino tolo que deixara para trás na Polônia:

— Tenho só 19 anos. Sou jovem demais para me casar.

— Ah — disse ele, a cabeça inclinada para o lado, considerando essa nova informação. — Bem, acho que teremos que esperar até que você não seja jovem demais.

Ele se virou e deixou a sala num ímpeto. Abriu a porta para a garagem, saiu e a fechou. Ela ouviu o estalo da fechadura, tão alto que poderia ter sido um canhão. O portão da garagem se abrindo. O zumbido do motor de um carro sendo ligado. Ela correu até a porta da frente, para a vidraça no meio, e observou quando um conversível preto apareceu na entrada da garagem e passou pela casa, sumindo de vista.

Roza era a neta de Halina Solkolkowski e não se deixava amedrontar com facilidade — sua *babcia* certa vez não tinha espantado um urso da cozinha usando apenas uma vassoura? Roza tentou a porta para a garagem. Nem se mexeu. Pensou em dar um chute, mas se lembrou que não estava de sapatos. Andou a casa inteira, tateando cada caixilho de cada janela em busca de travas que não encontrou. Agarrou a haste de uma luminária de chão cogitando lançá-la contra a janela panorâmica, mas a luminária parecia grudada no chão, e ela não conseguiu erguê-la — nem aquela, nem nenhuma outra.

Deu a volta até a porta de entrada, uma madeira pesada pintada de branco. Sacudiu a maçaneta. Puxou. Apoiou um dos pés na ombreira e fez tanta força que suas mãos escorregaram da maçaneta e ela voou para trás. Feito um gato, se jogou contra a madeira culpada. Por alguns minutos de loucura, ela se debateu contra a porta, socando-a, arranhando-a até suas unhas sangrarem. Então ficou de pé, ofegando, olhando suas mãos em estado lamentável até que o sol se pôs e as estrelas piscaram dissimuladas no céu que ia ficando roxo.

Fazia semanas que isso aconteceu. Ou pareciam ter sido semanas. O tempo passava tão devagar ali, ou seria muito rápido? Ela se sentia desatrelada do presente, solta e sem amarras, a mente voltando às memórias, avançando para o futuro, antecipando e então caindo novamente naquele presente torturante, insuportável. Aqui, ali, por toda parte. Ela ainda encarava a janela todos os dias, pronunciando em silêncio as palavras *vou voltar*, sua oração, seu feitiço, mas suas orações não estavam funcionando. Ela não via carros de polícia. Não encontrou telefones nem computadores na casa. Um dia, tentou atear fogo nas cortinas da cozinha, na esperança de que as chamas se espalhassem, dominassem a casa e atraíssem os caminhões e os bombeiros, mas um sistema de *sprinklers* apagou as labaredas antes que tivessem tempo de vingar. As cortinas mal ficaram chamuscadas, e o homem as substituíra sem nenhum comentário. Às vezes, ela via minivans entrando em outras casas, às vezes mães e pais e filhos desciam delas, como acontecia naquele momento. Ela girava os braços e dava pulos, parando apenas quando desapareciam dentro de casa. Não importava o quanto Roza gritasse e acenasse, ninguém nunca parecia ouvi-la. Ninguém sequer olhava de relance para a casa do outro lado da rua, para a menina presa como um manequim atrás do vidro.

Roza estava cansada de ficar de pé, de acenar, de orar. Ela se afastou da janela e se jogou no sofá, colocando os pés descalços na mesinha de centro. O homem deixara pilhas de roupas no closet e no armário, mas não deixara sapatos em lugar algum. Preferia que ela ficasse descalça, foi o que disse. Seus pés eram tão adoráveis.

Roza não concordava. O que havia de adorável em pés que não podiam levá-la a lugar algum?

O que havia de adorável em pés que não podiam fugir?

Finn

CONFRONTO

O Confronto de Chifres e Cascos estava menos para um confronto e mais para um show: bezerros e bois, ovelhas e cabras, até cachorros e gatos exibidos e julgados em tendas espalhadas pelo terreno do festival. Alguns dias depois de ter sido desmantelado na estrada pelos Rude, Finn perambulou pelas tendas, parando a fim de olhar uma ovelha ali, um porco aqui, um cachorro lá, aquele coelho. E, se os donos dos animais usavam apelidos imbecis, perguntassem sobre o corte no supercílio e nos lábios com um estranho misto de piedade e satisfação, Finn não dava bola. Primeiro, porque a falta de sono vinha lhe causando delírios, e em segundo lugar, porque um bode maluco tinha mastigado sua corda até se soltar e estava seguindo Finn de um lado para outro, tentando abocanhar os bolsos traseiros de sua calça.

— Dá para parar? — perguntou o menino.

— Bé! — disse o bode.

Finn continuou andando. A pergunta de Sean se revirava em sua mente. Por que *você* não está procurando por Roza? Mas a verdade é que Finn jamais parara de procurar. Logo depois do desaparecimento, ele fez Charlie Valentim levá-lo de carro até o campo lamacento onde tudo aconteceu, e fez Charlie esperar por uma hora inteira enquanto ele esquadrinhava o chão em busca de pegadas e marcas de pneu, guimbas de cigarro ou embalagens de fast-food — qualquer prova que a polícia tivesse deixado passar. Ele suportara todas as perguntas repetitivas e infinitas de Jonas Apple: "Agora, preciso saber se você consegue descrevê-lo mais uma vez. Você disse que era alto. Alto como você? Alto como seu irmão? Estamos falando de um metro e oitenta e cinco, um e noventa ou um e noventa e cinco? Você disse que ele estava com um casaco escuro. Era um casaco preto? Poderia ser azul-escuro? Poderia ser *verde*-escuro? Ele tinha barba ou bigode? Ele tinha barba *e* bigode? Não importa como ele se movia, Finn, aqui diz que ela não gritou. Por que você acha que ela não teria gritado? Por que você acha que ela não teria tentado se soltar ou saído correndo? Não acha que talvez ela conhecesse este cara? Que talvez ela *quisesse* ir com ele? Tem certeza? Como pode ter tanta certeza?" E Finn suportara o peso dos punhos cerrados do irmão, de seus longos silêncios, da culpa velada.

Mesmo a essa altura — depois que as pessoas de Bone Gap concluíram que Roza tinha ido embora da mesma maneira misteriosa como havia aparecido, como se fosse algum presente de ouro que ninguém pudesse reivindicar, e que eles nunca teriam o privilégio de compreender seu passado ou de ser parte de seu futuro —, Finn procurava na multidão os cabelos sedosos e encaracolados de Roza, os pulinhos animados no seu jeito de andar, o sorriso tão radiante que parecia fulgurar com luz própria. Mas as pessoas ali não pulavam ou fulguravam, só apontavam e sussurravam.

— Bé! — disse o bode.

— Estou começando a ficar de bode de você — disse Finn.

O engraçado era que o povo de Bone Gap não devia ter gostado de Roza. Ela era uma estranha que aparecera do nada sem dizer de onde veio, uma *garota* estranha, se aproveitando daqueles "pobres meninos sem mãe". Sean disse a Finn e a Roza que não deviam ficar surpresos se as pessoas começassem a julgá-los, como sempre faziam. E o murmúrio indignado se ergueu assim que os três adentraram o terreno do festival do ano anterior. No dia, os três pararam nas tendas 4-H para que Roza admirasse os bezerros e cordeiros. O Velho Charlie Valentim se abaixou e sussurrou alguma coisa que a fez sorrir. Ele lhe perguntou qual cordeiro ela preferia. Quando ela apontou para o melhor animal do recinto, Charlie declarou:

— Sabe das coisas dos animais.

Quando ela perguntou a *ele*, num inglês hesitante, sobre a acidez do solo e como isso afetava a cultura do milho, Charlie disse:

— Sabe das coisas da terra. — Ele assentiu, como se estivesse tomando a decisão por toda a cidade, e estava mesmo. — Temos aqui uma fazendeira, pessoal. Prestem bem atenção.

E todo mundo prestou. Menos uma pessoa.

Finn sentiu cheiro de bolo e torta de maçã, e seu estômago o levou na direção da barraca de lanches, o bode seguindo bem atrás.

— Sr. O'Sullivan — disse a mulher que operava o estande.

— Oi, dona L. — A Sra. Lonogan, diretora da Escola Primária de Bone Gap desde que a humanidade aprendera a andar sobre duas pernas, prendia os cabelos grisalhos enrolados e entrelaçados num coque que fazia sua cabeça parecer adornada por um cesto empoeirado. Ela cortou para ele um pedaço de brownie do tamanho de um navio sem lhe dar oportunidade de recusar.

Entregou o bolo a Finn num guardanapo.

— Como vai aquele seu irmão sarado? Ainda salvando vidas?

Ele mordeu o brownie. Achou que talvez alguém tivesse confundido sal com açúcar.

— Quê? Ah, certo. Ainda salvando vidas.

— E sua mãe? Aquele ortodontista deve estar fazendo as pazes com a maternidade a essa altura. Sua mãe sempre conseguiu deixar os homens aos pés dela!

Finn resistiu à ânsia de cuspir.

— Não desta vez, acho.

— É uma pena.

— É?

A Sra. Lonogan ergueu uma das sobrancelhas que pareciam ter sido rabiscadas com giz de cera.

— Então, a escola está acabando. Você e Miguel já estão prontos para começar a dar um jeito naquela minha cerca?

— Estaremos lá às sete da manhã na segunda-feira.

— Meu Lonny tem as ferramentas de que precisam. Podem usar a picape dele para dirigir até a cerca. Ele a consertaria sozinha, sabe, mas sua coluna já não é mais a mesma — disse a Sra. Lonogan. — E estou cansada daquelas vacas dos Rude perambulando pela minha propriedade. Os cervos, também. E o que mais estiver andando por ali. — Ela estremeceu, teatralmente, mas não ficou arrepiada.

— Vamos cuidar disso — disse Finn. Consertar os quilômetros de cercas levaria o verão inteiro, mas os Lonogan estavam pagando bem, e isso manteria Finn longe de Sean. Lonogan sabia. Talvez por isso mesmo tivesse pedido a ele.

— Aqui outra coisa para você. — Ela pegou um papel dobrado no bolso e o deslizou pela toalha plástica na mesa. Impresso no papel estavam as palavras:

Almejando constelações,
Com esperança nos corações,
Crescendo, mudando, ansiando,
O fogo dentro de nós queimando.
Ser as pessoas que devemos ser,
Trazer as mudanças que queremos ver,
Sigamos almejando constelações,
Com esperança nos corações.

A Sra. Lonogan disse:

— É um poema. Sobre esperança. Encontrei na Rede Mundial de Computadores.

— Bé — disse o bode.

A Sra. Lonogan lançou ao bode um olhar de reprovação e, então, se virou de volta para Finn.

— Avoa... quero dizer, Sr. O'Sullivan, o que te inspira?

Será que era uma pegadinha?

— Não sei exatamente o que você quer...

— Quando eu era garota, queria criar gatos para ganhar concursos.

A Sra. Lonogan tinha um persa branco chamado Fabian, e gostava de colocar saias nele e empurrá-lo por aí num carrinho de bebê.

— Jura.

— É verdade. Cresci numa fazenda leiteira, onde gatos serviam para caçar ratos e nada mais. Meu pai sequer os deixava entrar em casa. Ele dizia que era por causa das bolas de pelo. Mas eu estava determinada. Guardei todos os meus centavos e comprei meu primeiro persa quando tinha 18 anos. Meu pai me disse para escolher entre morar em sua casa e ficar com meu gato. O que acha que escolhi?

Não se tratava de uma pegadinha ou uma pergunta, mas de um discurso. Finn ficou em silêncio.

— O que quero dizer é que você precisa lutar pelo que acredita. Então, no que você acredita? Deve acreditar em algo. O que você quer *fazer*?

Escapou antes que ele tivesse a oportunidade de pensar a respeito, antes que pudesse se lembrar de não falar.

— Quero encontrar Roza. Quero trazê-la de volta.

A Sra. Lonogan teve que se agarrar na mesa para manter o equilíbrio, como se Finn tivesse acabado de declarar sua intenção de treinar unicórnios para o circo das fadas.

— Eu sei que tem sido difícil — disse ela, servindo um copo de limonada com a concentração de um cientista medindo ácido clorídrico. — Às vezes, as pessoas não são quem achamos. Não sabíamos nada sobre ela.

— Sabíamos, sim. Quero dizer, *sabemos*.

39

— Nada sobre o passado dela — acrescentou a Sra. Lonogan. — Nada que possa nos ajudar a encontrá-la.

Ele desistiu, jogou o restante do brownie para o bode.

— Eu sei disso.

— Todo mundo tem uma história — disse a Sra. Lonogan, a voz sonhadora e distante. — Todo mundo tem segredos.

Finn se afastou da mesa de lanches. Tomou um longo gole da limonada que, felizmente, continha açúcar, quando reparou no movimento, ou melhor, na falta de movimento. Um peculiar bolsão de imobilidade no meio de todo aquele colorido e agitação. E seu olhar vagou para cima, de pernas plantadas com tanta firmeza que poderiam ter sido troncos de árvore, para um torso talhado de pedra, imóvel, braços de mármore, até um rosto branco que...

Sentiu alguém agarrar seu ombro. Finn derrubou a limonada e se virou num movimento brusco.

— Cara! — disse Miguel Cordero. — Era para você ter ido me encontrar perto das ovelhas.

Finn se virou de volta, em busca do bolsão de imobilidade, mas este desaparecera.

— Você viu aquilo?

— Eu vi que você derramou limonada na roupa toda — disse Miguel.

— Não, ali.

— O quê? O que é para eu ver?

Como descrever aquilo sem parecer um lunático?

— Tinha um cara. De pé ali, sem fazer nada. Acho que já vi esse cara antes. Você viu?

— Tem vários caras por aqui — respondeu Miguel. — Caras demais. Menos garotas para gente.

— Está bem — disse Finn, usando um bolo de guardanapos para absorver a limonada na calça jeans.

— *Garotas*, cara. Tipo aquela. Está te olhando.

Finn tentou desenterrar algum interesse.

— Quem é?

— Garota de camisa verde. Não, não encare! Pega mal.

— As pessoas dizem que eu não devo olhar para elas, e depois dizem que eu não olho o suficiente. Vocês têm que se decidir.

— Só estou dizendo que, se você desse uma relaxada nessa onda de maluco, conseguiria várias gatinhas. — Miguel não mencionou os cortes e machucados no rosto de Finn; ou porque era um excelente amigo ou porque estava se acostumando a vê-los.

— Não é uma onda — disse Finn.

— Sabe o que Amber Hass falou para mim? — perguntou Miguel.

— Não, o quê?

— Que você parece aquele ator.

— Qual ator?

— Quem se importa, cara? Se Amber Hass acha que você parece um ator, você vai atrás de Amber Hass.

— Amber Hass mastiga cabelo.

— Falar em mastigar, qual é a do bode?

— Começou a me seguir faz um tempo.

— Está empatando sua jogada. Deve ser de alguém, né?

Finn não tinha onda, não tinha jogada.

— Provavelmente.

— Bé.

Eles foram até as tendas do gado. Miguel era mais baixo, mas seus ombros eram largos como vigas de celeiros, e seus braços, longos e musculosos. Ele ficava tão constrangido que quase sempre enfiava as mãos nos bolsos (o que fazia com que seus ombros formassem ângulos estranhos e acabassem parecendo ainda maiores).

— Vi que você estava lá na dona L — comentou Miguel. — Ela encontrou mais alguma coisa na Rede Mundial de Computadores?

— Ela me deu um poema. Queria me inspirar.

— A Sra. Lonogan inala areia de gatinhos há séculos.

— Tem isso. Já começou a estudar para as provas?

41

— Você parece minha mãe falando. Quero curtir meu verão, tá bem? Ah, olhe só para ela. Não, não é para *olhar mesmo*!

— E você não vai acreditar nas redações que querem que a gente escreva.

— Faltam meses para o prazo final.

— Os testes são em junho e setembro. Eu posso precisar fazer mais de uma vez.

— Quem diabos quer fazer uma prova mais de uma vez? — argumentou Miguel.

— Achei que talvez você pudesse me ajudar com minhas redações. É obrigatório em algumas provas.

— Não faço redações — declarou Miguel. — Se você estivesse com problemas em geografia, eu poderia ajudar.

Miguel e sua família eram adeptos de uma prática chamada "orientação". Eles participavam de concursos em que eram largados numa floresta estranha ou campo ou até numa cidade, com nada além de uma bússola e alguns pontos de referência. Finn não entendia por que alguém iria querer se perder de propósito.

— Só existem três estradas de verdade em Bone Gap — disse Finn. — De que tipo de ajuda eu poderia precisar em geografia?

— Bem, se estivesse planejando ir a algum outro lugar.

Finn imaginou Roza dentro de um ônibus ou sentada ao lado da janela num avião, o céu azul atrás dela.

— Ir para onde?

— Sei lá. Saint Louis. Cincinnati. Chicago.

Finn soltou um grunhido.

— O que você tem contra Chicago?

— Grande demais.

— Desde quando?

— Gente demais.

— O que você tem contra gente?

Finn detestava multidões. Milhares de pessoas colidindo e se tocando.

— Opiniões demais.

— Fui à casa de minha avó ontem. Ela ganhou um daqueles videogames para se exercitar no bingo da semana passada. Meu pai instalou para ela, e todos nós jogamos.

— Tá bem.

— Aquilo disse que eu era obeso. Quando subi no console, o carinha que estava me representando na tela explodiu que nem um carrapato.

Miguel era tão duro quanto um hidrante.

— Isso é ridículo — disse Finn.

— O que estou querendo dizer é que até jogos têm opiniões. Mas não consigo engordar nem quando tento. O fantasma está comendo todos os biscoitos.

Os Cordero moravam numa enorme casa-grande que se estendia pelo terreno e cujo sótão era tão entupido de porcaria que o irmãozinho de Miguel um dia ficou uma tarde inteira perdido lá em cima. (Sem bússola.) Às vezes, à noite, dava para ouvir barulhos estranhos vindo do sótão, e, às vezes, sumia comida. O povo de Bone Gap dizia que era o fantasma da senhora que morreu lá há cinquenta anos. Miguel achava que era um poltergeist, uma espécie de espírito maldoso que gostava de pregar peças nos vivos. Ou isso ou o milho à solta.

Finn não acreditava em fantasmas e, apesar de não parar de papaguear em seu ouvido, tinha total certeza de que o milho costumava ficar no lugar.

— Acho que seu irmãozinho está comendo todos os biscoitos.

— Ele diz que não.

— Ele também disse que não raspou o pelo de seu cachorro.

— Verdade — disse Miguel.

Continuaram caminhando. O cheiro de cachorro-quente e algodão-doce se misturava ao dos animais. Miguel manteve sua tagarelice contínua sobre garotas, mas nenhuma delas se destacava muito. Um rosto rosado, um rosto marrom, cabelo amarelo, cabelo vermelho, calças jeans transformadas em bermudas por toda parte. Bem, Finn não gostava desse tipo de bermuda.

— Aquela ali tem bons joelhos — disse Finn, finalmente.

— *Joelhos*? — Miguel levantou as mãos.

Alguém parado perto da tenda dos bichos perguntou:

— Ei! O que vocês dois querem com meu bode?

— O que seu bode quer com a gente? — retrucou Miguel.

Uma tosse seca fez com que todos se virassem. Uma motoca enferrujada passou por eles, fazendo um barulho engasgado, puxando um carrinho vermelho, soltando fumaça. O piloto usava um macacão branco e uma viseira de tela. Parecia um esgrimista. Ou um assassino psicopata de filme de terror. Só havia uma pessoa em Bone Gap que dirigia uma motoca usando roupas de serial killer.

— Vamos lá — disse Finn, apontando na direção da moto.

— Tem um monte de gata aqui, e você quer ir atrás *dela*? — comentou Miguel. — Você não sabe a hora de desistir?

Finn era um expert em desistir; afinal, não era por isso que Sean mal falava com ele? Mas a essa altura já havia outras pessoas correndo atrás do veículo que engasgava e soltava fumaça. O grupo seguiu a moto e o piloto para além do terreno da feira e rua principal abaixo.

Um enorme enxame de abelhas pendia feito uma piñata viva da placa caindo aos pedaços da lanchonete BATER PAPO & PRATO. O zumbido alto perfurou o crânio de Finn e fez seus dentes doerem. Finn não conseguia imaginar quantas abelhas havia ali. Centenas? Milhares? Milhões? Uma vez, no recesso, um dos professores de Finn — o pai de Miguel, José — pisou na colmeia de abelhas de chão. Quando Sean chegou com a ambulância, José Cordero já tinha sido picado 36 vezes.

Agora Priscilla Willis desceu da moto e a encostou na janela da Loja de Ferramentas do Hank. Ela sacou um fumigador do carrinho, esticou o aparelho e soltou algumas lufadas nas abelhas antes de o pousar no chão. Então pegou uma caixa branca do carro e a colocou na calçada, a alguns metros da piñata de abelhas. Ela pegou um lençol e prendeu uma ponta sob a caixa. A outra ponta ela amarrou na maçaneta da lanchonete, e o lençol pendeu entre a caixa e a porta como uma rede. Ela se agachou ao lado dele, esperando.

O povo de Bone Gap se reuniu atrás de Finn e Miguel, esperando também. Não demorou muito até que seus murmúrios baixos dessem lugar a comentários mais altos. Suas vozes chegaram a Finn como sempre acontecia. Como um tipo estranho de coral, uma voz se misturando à outra, os refrões tão familiares que ele poderia ter falado as palavras com eles.

— Sua mãe devia tomar conta melhor de seus insetos — disse um deles.

— Quem disse que estes são de minha mãe? — retrucou Priscilla, sem se dar ao trabalho de se virar na direção da voz.

— Vocês não registram? — perguntou outro.

— Claro. Nós, apicultores, marcamos todas as abelhas. Está vendo aquela? — perguntou ela, apontando. — É a número cinco mil, seiscentos e sessenta e dois.

— Sério?

— Cada abelha também ganha uma camisetinha com nossa logo.

— Não precisa ser sarcástica.

— Todas as abelhas de Illinois são nossas — prosseguiu Priscilla. — Bilhões e bilhões. É um monte de camiseta. — Uma abelha pousou na mão da garota. Ela não a afastou.

— O que é aquela caixa, Priscilla?

— Não me chame de Priscilla. Odeio esse nome.

— É o nome que sua mãe te deu.

Priscilla não respondeu.

— Está bem, está bem. O que tem naquela caixa, Petey?

— É o esqueleto de uma colmeia com alguns quadros de favos dentro — respondeu Priscilla, num tom que demonstrava que aquela era a pergunta mais idiota em toda a história das perguntas idiotas.

— A mãe não é tão rabugenta — informou uma mulher à multidão. — Ela provavelmente puxou isso do lado do pai.

— Ah, aquele lá! Não servia para nada, essa que é a verdade. Fugiu com uma daquelas malabaristas da feira estadual. Eu me lembro porque ela tinha aquele cabelo vermelho.

— Parem de contar histórias. Ele não fugiu com ninguém. Ele começou a andar um dia e não parou mais.

— Ela está melhor sem ele, não é mesmo, Pris-quer-dizer-Petey?

A garota ignorou os comentários e deixou outra abelha subir pelo braço.

Alguém deu uma fungada.

— Você vai acabar sendo picada se não tiver mais cuidado. Minha sobrinha, em Benton? Ela foi picada no nariz. Pois é. Quase precisaram tirar fora.

— Você é o maior loroteiro! Ninguém teve que tirar nariz nenhum fora.

— Eu falei *quase*, não falei? E você devia tomar cuidado, Priscilla Willis. Acho que você não ficaria feliz sem nariz.

— Ela não está feliz de qualquer jeito. Gosta daquelas abelhas mais que de qualquer pessoa.

— E o que que tem? Aposto que essas abelhas nem têm ferrões. — Finn reconheceu essa voz. Um dos Rude. Derek.

Com a mão que não tinha abelhas, Priscilla tirou a máscara de tela. Longos fios cor de mel rajados de linhas rosadas escorriam por suas costas.

— Por que é que você não vem aqui e segura essas abelhas para mim? Aí você pode me dizer se elas têm ferrões.

— Não preciso fazer nada para você — respondeu Derek. — E seu cabelo é sem graça.

— Não a distraia — disse um dos adultos. — Faz uns bons quinze minutos que estou esperando para entrar no PAPO & PRATO para pegar uma xícara de café. Se eu não conseguir alguma cafeína em breve, posso acabar tendo um daqueles negócios. Como é que chama? Coma.

— E por que isso seria *ruim*? — perguntou outra pessoa, e a multidão caiu na risada.

Apenas o SHHHH de Priscilla Willis os fez ficar em silêncio.

— Antes de voar com o enxame, as abelhas se enchem de mel, então geralmente estão cheias demais para picar — disse ela.

Uma única abelha finalmente cedeu ao lençol, e o usou como passarela para chegar até a caixa. Outra abelha a seguiu.

— Elas vão *andar* até a colmeia que você colocou ali?

— Por que uma coisa andaria se tem asas?

— Abelhas têm cérebros pequenininhos.

— Só levantei da cama porque achei que isto seria mais interessante.

Finn deixou escapar:

— Por que a colmeia é branca?

Priscilla Willis o encarou com aqueles escuros olhos arregalados. O povo de Bone Gap dizia fazer sentido que Priscilla Willis tivesse nascido numa família de apicultores, porque nada se parecia tanto com uma abelha quanto a garota. Mas Finn não queria ouvir o que tinham a dizer sobre ela, porque o peso do olhar de Priscilla parecia com o da mão de alguém em seu ombro.

Ou um tapa na cara.

— Por que a colmeia é branca? Por que não vermelha ou roxa ou qualquer outra coisa? — perguntou ele.

— Não é branca. É azul — respondeu ela.

— É branca.

— Não para as abelhas. As abelhas veem branco como azul. E azul é sua cor favorita.

Derek Rude riu.

— As abelhas gostam de azul. Tá certo. Ela é doida. Que tipo de garota fica todo o tempo com insetos?

— Disse o cara que namora bichos da fazenda — retrucou Priscilla.

A boca de Derek se moveu como se ele estivesse mastigando um galho.

— Todos nós sabemos com quem você namora.

Risadinhas da multidão.

— Eu namoraria com qualquer um menos você.

— Eu não sairia com você, você parece um inseto.

— E você é um idiota. Em trinta anos, o que acha que vai ser pior?

Derek deu um passo à frente, o rosto tão vermelho que faria vergonha a tomates.

— Sua horrorosa filha da... — disse ele, engolindo as palavras quando o homem ao seu lado lhe deu uma palmada forte na cabeça.

Priscilla ficou de pé. Ela tirou a luva de uma das mãos, flexionando os dedos como se lhes testasse a força. O povo de Bone Gap sussurrou *não, por favor, não*, enquanto ela enfiava a mão nua dentro da massa serpenteante de abelhas. O zumbido aumentou, mandando faíscas pelos nervos de Finn. A multidão prendeu sua coletiva respiração. Quando Petey tirou a mão, usava uma luva marrom de insetos. Ela estendeu ambas as palmas na direção do céu: uma enluvada, uma envolta em abelhas, feito um xamã executando um ritual antigo. Uma brisa fez seu cabelo dançar. Ao redor dela, dezenas de abelhas melíferas formavam um redemoinho, como pequenas luas em órbita, ancoradas exclusivamente pela gravidade da garota.

Finn pensou: *Eu não sei o que isso é, mas não é horroroso.*

— Grande coisa — desdenhou Derek, mas sua voz estava aguda como se tivesse sugado gás hélio de um balão.

— Cale a boca, Derek — disse Finn.

— Não sou Derek. Meu nome é Spike.

— Cale a boca mesmo assim — insistiu Finn.

Queria ver eles se juntarem contra ele ali. Queria ver começarem a socá-lo naquele momento. Aí seria ok. Aí seria ótimo.

Priscilla fechou uma das mãos, e Finn soube que ela fora picada. Ela olhou para ele com cara feia.

— O que *você* está olhando, Aéreo?

Roza

PULAR

ROZA REMEXEU NA CAIXINHA DE RITZ, PUXOU UM BISCOITO, mordiscou. Se quisesse, podia ir até a cozinha pegar uma fruta da tigela onde havia uma pilha alta de maçãs e peras, pêssegos e ameixas. Mas as frutas na cozinha eram perfeitas demais; ela sentia medo delas. Medo de que o homem as tivesse contaminado de alguma maneira, as arruinado; de que, se mordesse a face macia do pêssego, fosse cair morta.

Como a prisioneira que era, vivia de pão e água, apesar de ter certeza de que a água devia estar batizada.

— *Zijem na chlebie i wodzie, jestem niewolnikem tutaj* — dizia ela.

Até coisas terríveis soavam melhor em polonês. Ela tentara ensinar a Sean e Finn. Palavras fáceis: gato, cachorro, mesa, máquina de lavar. Em polonês, os substantivos tinham gênero; às vezes havia duas maneiras de dizer a mesma coisa (*kot* ou *kotek* significavam gato), e às vezes apenas uma. *Não faz sentido*, dissera Sean, acostumado com o inglês. *Por que falar de mesas no masculino? Por que uma máquina de lavar é feminina? Que tipo de língua maluca é essa? Não é tão lou-*

ca quanto a de vocês, respondera ela. *Palavrinhas pequenas por toda parte: "um" e "isso" e "aquilo". Que inútil! É como sujeira embaixo das unhas!* Ele rira e dissera: *Faz sentido.*

— Não era questão de sentido — respondeu ela, apesar de Sean não estar ali, apesar de não ter ninguém ali.

Ela observou as mãos inúteis, ossudas, pendendo ao final de seus pulsos. Não havia muito tempo, elas eram finas e fortes, capazes de abrir uma noz num apertão, de pressionar uma semente contra a terra até depositá-la bem no fundo, usando apenas um dedo. Mas não estavam acostumadas a tanto ócio e ficaram flácidas com o desespero. Ela se atrapalhou com a caixa de biscoitos, e choveram migalhas na mesinha de centro e no tapete. Em qualquer outro lugar, ela precisaria resolver aquilo, seria uma tarefa a se cumprir: limpar a própria sujeira. Mas nem isso ela tinha que fazer. Iria para a cama, e, na manhã seguinte, cada migalha teria desaparecido, como se o homem empregasse na equipe de limpeza uma revoada de pássaros ou uma colônia de formigas obedientes.

Se era ela ou não na pintura sobre a lareira, não importava.

Roza afastou a caixa de biscoitos e ligou a televisão. Passou por programas de bate-papo, culinária, decoração, policiais, filmes. Jogou o controle remoto no sofá. Ela nunca assistia à televisão, mas às vezes gostava de deixar o aparelho ligado, de ouvir as vozes para não se sentir tão sozinha. Nunca ficara sozinha antes. Apesar de ter os próprios aposentos na casa dos O'Sullivan, sempre havia alguém em casa. Sean. Finn. A gatinha do celeiro que odiava o celeiro e sempre dava um jeito de se esgueirar para dentro de casa. Até Charlie Valentim, que podia aparecer à procura de suas galinhas errantes, ou para jogar baralho. Seu jogo favorito era um tipo de pôquer em que os jogadores tinham apenas uma carta grudada na própria testa, então todo mundo conseguia ver seu jogo menos a própria pessoa. Eles apostavam centavos, e às vezes biscoitos. Ver Sean — o enorme Sean — com uma carta presa na testa sempre lhe parecera tão engraçado que ela fazia apostas absurdas, empurrando pilhas e pilhas de centavos, comendo os biscoitos antes que fossem parar na jarra. A boca de Sean se contorcia num sorriso, e ele avisaria que, se ela não prestasse atenção, ia acabar perdendo.

— Atenção no quê? — perguntara ela.

— Em você mesma — respondera ele.

— Como? Reviro os olhos para dentro da cabeça?

Ela não se importava de perder, porque Charlie sempre vencia. E ela não entendia a expressão, não entendia como as pessoas podiam prestar atenção em si mesmas. O jogo que estavam jogando só provava que aquilo era impossível.

Então ela simplesmente parara de prestar atenção, ou talvez nunca tenha prestado de fato, e ali estava, presa num coma, presa num pesadelo, presa numa casa de subúrbio, numa pilha de migalhas de biscoito, mãos ossudas tão inúteis quanto os pés descalços. O homem não viera, mas viria, e só de pensar naquela mesma pergunta — você me ama? —, naquele sorriso brando, naqueles olhos de pedra se arrastando para cima e para baixo por seu corpo a fez estremecer. Ela aumentou o volume da televisão. Na tela, um homem andava num quarto de um lado para outro, passando as mãos pelos cabelos e murmurando consigo mesmo, o que a lembrou... bem, de si mesma. De repente, ele virou o colchão na cama e encontrou as barras que o sustentavam. Ele arrancou uma delas e se virou para a câmera, brandindo-a como se fosse uma espada.

Barras. Barras embaixo do colchão.

Pulou do sofá e subiu as escadas correndo. Sua cama era king-size e ficava numa plataforma, então não serviria de nada, mas no quarto extra havia uma cama menor. Para uma criança, ele dissera a ela, quando chegasse a hora. Era nojento que um homem com pelo menos o dobro da idade de Roza quisesse...

— A hora nunca vai chegar — disse ela em voz alta, e então tirou o colchão e o box debaixo deste.

Barras de madeira se estendiam de uma extremidade do suporte à outra. Não estavam aparafusadas. Ela ergueu uma. Era mais ou menos do tamanho de um taco de basquete, e quase tão pesada quanto. Ela quase chorou.

Correu escada abaixo, com a nova ferramenta nas mãos. Afastou a namoradeira da janela panorâmica, inspirou fundo, recuou os braços e bateu com a barra usando o máximo de força que conseguiu reunir. Em vez de um estrondo satisfatório, o golpe fez um som abafado no vidro. Franzindo a testa, ela passou os dedos pela superfície, descobriu que mal a arranhara. Golpeou o vidro com a ponta da barra mais algumas vezes, sem nenhum resultado. Tentou a janela de trás e deu no mesmo. Pof, pof, pof. Algum tipo de vidro especial, então. Para manter gente fora, para manter gente dentro.

Isso não faz sentido.

Mas ela não ia desistir, ainda não. O vidro ali era grosso demais, mas... e quanto ao do andar de cima? Talvez ele tivesse achado que ela não seria burra o bastante para tentar pular de uma janela do andar superior. E não era. Mas havia uma árvore do lado de fora do quarto. Uma árvore — *drzewo*, nem masculino, nem feminino. A árvore era alta e forte, o galho mais próximo a alguns metros da casa. Se ela conseguisse quebrar a janela, talvez pudesse se esticar até agarrá-lo. Talvez.

Ela correu de volta para o andar de cima e parou em frente à janela. Fez sua oração silenciosa e então deu uma tacada com a barra usando tudo o que tinha. O primeiro golpe rachou o vidro, dispersou os pássaros do lado de fora. O segundo criou uma teia de rachaduras pela vidraça. O terceiro a estilhaçou por completo. Ela despedaçou o restante do vidro na beirada da janela. Então correu para o closet e tirou todos aqueles vestidos finos dos cabides. Forrou o fundo da janela com roupas para não se cortar.

Se debruçou para fora da janela e imediatamente ficou tonta. Mas não tinha alternativa. Não ia ficar aqui esperando ele retornar. Até onde sabia, ele tinha saído para lhe comprar um vestido de casamento. O pensamento quase a fez gargalhar. Se ela não estivesse com tanto medo, talvez tivesse rido.

Ela passou a mão pelas roupas que empilhara na borda da janela. Nada a espetou. Bom. Ela inclinou o corpo para fora do parapeito e se esticou, tentando alcançar o galho, mas não conseguiu. Antes de ter tempo de pensar melhor, já havia subido no parapeito, segurando os dois lados da moldura da janela. Nessa parte ela não tivera o cuidado de tirar o restante do vidro, e um estilhaço cortou a palma de sua mão. Ela ofegou e quase puxou a mão, mas se obrigou a mantê-la ali para não cair da janela. Estava a apenas dois andares de altura, mas uma queda ainda poderia significar pernas quebradas, e pernas quebradas significariam que ela estaria tão presa quanto antes. Pior que presa. Completamente indefesa. Então continuou segurando, puxando grandes golfadas de ar, retesando os músculos, preparando-os para o voo.

Preparar.

Apontar.

Pular.

Ela saltou da janela, esticando os braços o máximo possível. Seus antebraços se chocaram contra o galho, esfolando a pele conforme ela tentava se segurar com todas as forças. Ficou pendurada na árvore, os pés balançando, a palma da mão cortada ardendo. Não teve nem um segundo para comemorar, o galho logo rangeu e se quebrou. Ela caiu, batendo primeiro num galho, depois em outro, depois em mais um antes de atingir o chão com um baque.

Ficou estirada ali, os pulmões lutando pelo ar que lhe fora tão violentamente tirado.

E foi aí que ela viu a fera. Porque é claro que haveria uma fera.

Uma fera para a fera.

Ela rosnou, exibindo os dentes irregulares.

Finn

NOTURNA SURPRESA

Miguel estava esperando nos degraus da casa dos Lonogan, as luvas de trabalho no colo, um pequeno cão pastor tentando freneticamente intimidar seu joelho.

— Esse cachorro tem problemas mentais — disse Miguel. — Ele não sacou que estou sentado?

— É o que acontece quando um cão pastor mora com gatos de concurso.

O cachorro, um ser cheio de manchas chamado Mostarda, correu até Finn e deu uma cabeçada em sua panturrilha, com força. Finn se permitiu ser empurrado até os degraus. Um escavador para as travas, pás, alguns sacos de concreto de secagem rápida, grandes baldes com tampas, um rolo de arame de cerca, alicates e dois martelos estavam empilhados no chão perto dos arbustos.

Miguel se levantou e foi para o lado de Finn enquanto Mostarda dançava em torno de suas pernas.

— Por pouco você não esbarra com os Lonogan. Eles deixaram a caminhonete e disseram que a gente devia começar pelo sudoeste, onde a cerca está pior.

Os novos postes já estavam preparados na caçamba da picape, então eles carregaram o restante do equipamento e encheram os baldes com água para o concreto; trabalhos dificultados pela determinação de Mostarda em manter os dois juntos. Quando Finn abriu a porta do carro, o cachorro pulou para dentro.

— Espero que ele saiba cavar — comentou Miguel.

O lado sudoeste da cerca ladeava a estrada principal, mas também separava a propriedade dos Lonogan da fazenda dos Rude. Finn sabia que a cerca estava em uma situação precária, mas era ainda pior olhando de perto. O arame entre os postes estava enferrujado e dilacerado, danificado na parte de baixo por causa dos animais que enfiavam o focinho ali, e na de cima por causa dos animais que tinham se apoiado ou passado por ali. O poste no vértice estava inclinado para a estrada, e grandes formigas negras cobriam toda a superfície. Finn tirou um pedaço do poste, expondo os débeis túneis deixados pelos insetos.

— Esse já era — disse Finn.

— Não sei não — disse Miguel. — Vai ver é aqui que os Lonogan armazenam suas larvas.

Com os alicates, eles arrancaram os grampos que prendiam o arame ao poste. Cavaram em torno de sua base para soltá-lo e o chutaram. Centenas de formigas transbordaram da madeira esburacada. Imediatamente, o cachorro começou a tentar arrebanhar os insetos com o nariz. Quando isso não funcionou, ele os comeu.

— Agora vocês vão ver o que é bom para a tosse — disse Finn.

— Espero que não esteja falando com os insetos — retrucou Miguel.

O novo poste era mais grosso e longo que os antigos, então Finn e Miguel alternaram com o escavador para ampliar e aprofundar o buraco. Quando estava fundo o suficiente, inseriram o poste, verificando o nivelamento. Então Miguel segurou a estaca enquanto Finn jogou um pouco de água no buraco. Depois disso, uma camada de mistura para concreto, então mais água, mais mistura, até preencher o buraco.

— Foi um, só faltam onze milhões — disse Miguel.

Passaram para o poste seguinte, Mostarda em seus calcanhares, o focinho sujo de pedaços de formiga.

— O que diabo aconteceu com este aqui? — perguntou Miguel.

O poste estava despedaçado e carcomido, roído em algumas partes. Finn passou o dedo nos sulcos.

— Cavalos às vezes mordem madeira.

— Cavalos não têm presas. E os Rude não têm cavalos.

— Bem, não foi o milho.

— Como você sabe? — perguntou Miguel. Ele franziu a testa para a plantação do outro lado da rua. — Pode ter qualquer coisa ali.

Por um segundo, Finn quase a viu. Roza, agachada entre as plantas, rindo dele. Então sacudiu a cabeça, afastando a claridade da visão, e começou a tirar os grampos que mantinham o arame preso ao poste mastigado.

— Você a viu?

Finn se atrapalhou com o alicate.

— Quê?

— Amber Hass. Ela acabou de passar de bicicleta.

Finn deixou escapar um suspiro.

— Não, não vi.

— Eu posso ter dito a ela que você estaria aqui hoje.

— Ok.

— Talvez você devesse tirar a camisa.

— Quê? Por quê?

— Aí ela vai vir até aqui.

— Sai fora.

— Você não quer falar com ela?

— Para dizer a verdade, não.

— Ela é inacreditável, cara.

Ela não consegue fazer aquele negócio com as abelhas.

— Ela é ok.

— Ok? Você não é um ser humano normal.

— É o que todo mundo vive me dizendo.

— Lá vai ela de novo, passando para o outro lado.

— Talvez esteja aqui por sua causa — disse Finn. — Talvez *você* devesse tirar a camisa. Não é para isso que você malha tanto?

— Ela não está aqui por minha causa.

— Como você sabe?

— O pai dela uma vez perguntou se meu pai conhecia algum gângster no México.

— Seu pai não veio da Venezuela?

— Eu tenho mesmo que explicar isso a você?

— Que se dane o pai dela — disse Finn. — Vai ver Amber gosta de mexicanos.

— O que seria de grande ajuda se eu fosse mexicano. Para o pai dela, sou só mais um garoto moreno.

— E o que tem de errado nisso? — retrucou Finn, apesar de saber do que Miguel estava falando. Roza tinha o tipo de cor que velhinhas começam chamando de "escura" e, depois, de "oliva", como se ser verde fosse de algum modo melhor. — Talvez Amber gostasse de você mesmo que você fosse...

— Não me diz que você ia falar verde. Ou roxo.

— Eu com certeza não ia falar roxo.

Miguel apontou para a cara de Finn.

— Bem, você já está vermelho. Essa merda vai doer amanhã. E bem feito para você, por ficar com essa porcaria toda de "somos todos seres humanos".

— Você está mudando de assunto.

— Meus braços são longos demais.

— Isso é bom. Amber sempre vai conseguir encontrar você no meio da multidão.

Miguel arrancou um grampo da madeira.

— Estou entendendo por que você apanha o tempo todo.

— Duas vezes não é o tempo todo.

— O que Sean falou disso?

— Do quê?

— Sobre subsídios para fazendeiros que plantam milho — disse Miguel. — Sobre sua cara ser amassada, manézão.

Finn cravou o chão com sua pá, pisou na ponta para enterrá-la ainda mais.

— O que ele deveria dizer?

— Acho que nada — retrucou Miguel.

Cavaram por um tempo, o único som era o raspar da pá na pedra e na terra. Então Miguel começou a rir.

— Quê? — perguntou Finn.

— Seu irmão. Lembra aquele Halloween em que éramos uns sete ou oito e aqueles babacas da cidade vieram para o labirinto do milho vestidos de esqueleto?

— Eles estavam atrás da gente — disse Finn. — Queriam nossos doces.

— E seu irmão pulou na bicicleta cor-de-rosa de Amber?

Finn sorriu e disse:

— A que tinha uma cestinha branca. E flores.

— Ele os alcançou, desceu voando da bicicleta e bateu a cabeça de um contra o outro? Foi um nocaute. *Isso* é coisa de gângster.

— Ele arrumou problema por causa disso.

— Não muito — disse Miguel. — Jonas Apple detesta gente da cidade.

Finn se apoiou no cabo da pá e apontou para além da cerca.

— Talvez você devesse perguntar a Amber o que aconteceu com aquela bicicleta cor-de-rosa.

— É? Talvez você devesse pedir para seu irmão te ensinar a lutar.

Se ele estivesse falando comigo, talvez eu pedisse.

De repente, Mostarda ficou tenso, recuou e começou a latir para o milharal.

— Viu? Ele está latindo para o milho — disse Miguel. — Não vai dizer que eu não avisei.

— Que foi, garoto? — perguntou Finn.

Eles ficaram de pé ali, observando o campo, o cão latindo, o milho tremulando.

E, simplesmente, Mostarda parou. Ele se apoiou em Finn para tentar empurrá-lo para mais perto de Miguel, como se assim pudesse manter o rebanho a salvo.

Mais tarde naquela noite, Finn estava sentado à mesa da cozinha, os livros preparatórios estirados à frente, o vapor saindo de sua quarta xícara de chá. Jane Calamidade, também estirada na mesa da cozinha em um ninho de papéis, assistiu quando Finn colocou praticamente meio pote de Mel da Rainha Hippie na xícara.

— Eu sei — disse Finn. — Eu devia esquecer o chá e simplesmente beber mel.

Mas ele bebeu o chá mesmo assim, fritando as papilas gustativas, porque não gostava de café e queria ficar acordado. O relógio na parede dizia duas da manhã, e seu corpo implorava por sono, mas Finn não ia ceder. Ainda que fosse para a cama, não teria nada além de lençóis retorcidos e travesseiros encharcados enquanto se debatia e suava por todas as horas da noite. Talvez outros caras assistissem à televisão durante a noite inteira, mas televisão era só um monte de barulho, e, quando Sean voltava para casa, se é que voltava, mandava Finn desligar.

Então ele esfregou os olhos e folheou as páginas dos livros que precisaria estudar pelos próximos quatro meses. Ele nunca se saía bem nas provas, o que não ajudava em nada. Confundia as datas das provas, das inscrições e dos pedidos de bolsa — junho? setembro? outubro? novembro? —, e isso também não ajudava. E só para piorar mais um pouco, algumas questões dessas provas eram dissertativas. E nem todas as perguntas eram idiotas. *Você acha que as cidades têm o direito de delimitar o número de animais domésticos por lar? Você acha que o ensino médio deveria ter um ano a mais? Você acha que um histórico de fracassos acaba levando ao sucesso?*

Ele batucou o lápis no papel, vasculhando o cérebro em busca de respostas. Pela janela aberta entrou o som de um cavalo resfolegando.

— O comentário foi desnecessário — disse Finn.

Calamidade bocejou.

— Vale para você também.

A gata piscou uma, duas, três vezes.

— Não falo a língua da piscadela.

Em vez de limitar o número de animais, as cidades poderiam estabelecer regulamentos para evitar que as pessoas mantivessem galinhas na sala de estar. O ensino médio poderia ser estendido por mais cinco ou até dez anos, mas apenas para pessoas cujo sobrenome fosse Rude. Um histórico de fracassos significará que seu irmão vai trabalhar turnos extras e chegar em casa ao amanhecer para não ter mais que ver sua cara. Significa que seu irmão vai odiar você, e a cidade vai odiar você, e você vai se odiar e nunca mais vai dormir.

Em algum lugar, o cavalo resfolegou de novo.

— Cale essa boca.

O homem era alto. E estava tão parado. Nunca vi ninguém tão parado. Mas, quando finalmente se moveu, foi como um colmo de milho fremindo ao vento.

Um relincho penetrante, Calamidade virou a cabeça na direção da janela.

— É só um cavalo — comentou Finn.

Outro relincho.

— Um bem barulhento. Provavelmente com presas.

Um ruído oco. Como o de cascos na porta de um celeiro.

— É a porta do *nosso* celeiro? — O que era impossível, já que as únicas coisas que viviam ali dentro eram os camundongos e os pássaros. A não ser...

Finn empurrou a cadeira para trás e foi até a janela. Apertou a vista, tentando distinguir o celeiro no escuro. Estava prestes a voltar para a cadeira quando ouviu o ruído de novo e viu as portas do celeiro tremerem. Ele deixou Calamidade encarregada de tomar conta dos livros e do mel e saiu correndo lá para fora, derrapando ao parar diante da estrutura inclinada. O cavalo — ele esperava que fosse um

60

cavalo e não, digamos, um touro — estava golpeando com força o suficiente para derrubar as portas.

— Ei, cavalo — disse ele.

Os coices pararam.

— Se eu abrir o celeiro, você promete não vir para cima de mim?

Ouviu um relincho abafado, como se o cavalo tivesse entendido a pergunta. Só que ele também não falava a língua dos cavalos e não saberia se o cavalo, na verdade, tivesse acabado de prometer que o comeria. Suas mãos hesitaram sobre o ferrolho. Será que ele deveria abrir naquele momento ou aguardar até a manhã seguinte?

O cavalo deu outro coice forte nas portas, tão forte que quase derrubou Finn.

— Está bem.

Ficou o mais distante do centro da porta que conseguiu, ainda com a mão no ferrolho, e o empurrou. Em seguida, deu um pulo para o lado do celeiro, esperando que o cavalo irrompesse do lugar, galopando para onde quer que os cavalos ruidosos e furiosos costumassem ir. Mas não, apesar de o ferrolho estar aberto, as portas continuaram fechadas. Finn inspirou fundo, agarrou um puxador e deslizou uma das portas para trás. Esperou que o cavalo se revelasse. Nada de cavalo. Talvez Finn tivesse tomado chá demais. Talvez tivesse tomado mel demais.

Um suave trinido veio de dentro do celeiro.

Finn deu um passo para dentro. Tateou as estantes empoeiradas na parede em que Sean guardava uma antiga lanterna. Ele a acendeu, e um lânguido brilho amarelo iluminou o celeiro. Apontou a lanterna para todos os lados. E ali estava. Resplandecente. Enorme. Ao menos 18 palmos de altura, mas não robusto como o Shire ou os cavalos de carga. Tão esguio e elegante quanto um cavalo de corrida. Tão negro que quase se misturava às sombras nos cantos. Desconfiado, deu uma volta ao redor do cavalo. Era uma égua.

— Uau. De onde você veio?

A égua sacudiu a cabeça, deu um passo adiante e encostou brevemente o focinho no peito de Finn. Tinha uma rédea sem freio feita de couro quase tão negro quanto seu pelo, mas estava sem sela.

— Oi para você — murmurou ele, acariciando o longo focinho, a crina sedosa.

Foi então, no meio do gesto, que reparou no cheiro de feno fresco. Havia uma dezena de fardos empilhados perto da porta. Então alguém colocara o cavalo no celeiro junto com alguma forragem. Ele ouvira que às vezes famílias que passavam por maus bocados deixavam seus animais queridos com pessoas em tese capazes de mantê-los. Mas Finn não sabia de ninguém por ali que tivesse um cavalo tão especial quanto aquele; ele teria lembrado. Além disso, Finn e Sean não tinham dinheiro para manter um cavalo. Mal conseguiam manter o gato.

E *quando* esta família mítica teria deixado o cavalo e descarregado o feno? Sean estava trabalhando, mas Finn estivera sentado na mesa da cozinha a noite toda. Ainda que ele estivesse preocupado demais para ouvir os sons de caminhões ou vozes, Calamidade teria ouvido, tão assustadiça já quase na hora de ter os gatinhos.

A égua encostou o focinho nele de novo. Parecia jovem e saudável, bem tratada e limpa. Permitiu que ele pegasse em cada um dos cascos para verificar as ferraduras. Pareciam novas.

Uma égua. O que diabos ele ia fazer com uma égua?

A égua o derrubou três vezes antes de ele conseguir se manter em suas costas. Ele já cavalgara um milhão de vezes, mas nunca um cavalo daquele tamanho, nunca um tão forte e veloz e bravio, e nunca à noite. Ele mal conseguira segurar as rédeas quando ela disparou, abrindo caminho furiosamente pela escuridão, como se algo maligno estivesse mordiscando seus calcanhares. Ele tentou usar os joelhos para guiá-la, tentou impedi-la de pular cercas e invadir riachos, tentou evitar que corresse até parar em Idaho, mas a égua tinha as próprias ideias, que se resumiam a galopar o mais rápido que conseguia. Depois de um tempo, ele se conformou em se segurar e torcer para não morrerem.

Finalmente, os cascos da água desaceleraram, assim como a pulsação de Finn, e os dois vaguearam juntos, passando por fazendas e casas, tudo tão silencioso que Finn quase acreditou que ele e a égua eram as únicas criaturas vivas restantes em um mundo quieto e adormecido.

A égua deslizou pelo cemitério de Bone Gap e pela fazenda de pedra dos Cordero, costurando o caminho pela grama no limite da propriedade apícola dos Willis. Mel Willis era a dona do Mel da Rainha Hippie e morava em um canteiro malcuidado de arbustos de amoras e sarças e flores, com suas colmeias e Priscilla. Mas o terreno do apiário não parecia tão escuro quanto os outros; uma pequena fogueira chamejava no centro do círculo de colmeias. Uma silhueta se recortava diante do fogo.

Finn ouviu a voz de Miguel na cabeça: *Você não sabe a hora de desistir?* Mas ele não estava pronto para voltar para casa ainda. E além disso, se estava querendo ser punido, preferia que fosse pelas mãos de Priscilla Willis que de qualquer outra pessoa.

Finn instigou o cavalo em direção à figura, e, dessa vez, a égua estava no clima de cooperar. Priscilla Willis tirou os olhos das chamas e fitou Finn conforme a égua se aproximava. Ela colocou as mãos acima dos olhos para tentar definir quem vinha no escuro.

— Quem está aí?

— Finn — disse ele. — Finn O'Sullivan.

— Ok, Finn O'Sullivan. O que você está fazendo aqui?

— Pensei em dar uma passada.

— Pensou em dar uma passada para quê? — perguntou ela, em um tom desafiador.

Priscilla nunca facilitava nada.

— Falar com você.

Ela o encarou por alguns instantes e então abaixou a mão.

— Não é perigoso cavalgar à noite?

— Mais perigoso que andar por aí com um trizilhão de abelhas? Ela apontou para o fogo.

— A fumaça as acalma. Além disso, elas só picam se forem perturbadas.

— Como vou saber o que perturba uma abelha?

— Esqueça as abelhas. Eu vi os machucados em seu rosto outro dia. Parece que você perturbou alguém com o dobro do seu tamanho. Foi o cavalo que fez aquilo?

— Ela tem um gancho de direita sinistro.

— Onde você a comprou?

— Ela apareceu no meu celeiro.

— Ela apareceu no seu celeiro — repetiu Priscilla. Pegou uma vareta e cutucou as chamas. — Que tipo de celeiro é esse afinal? Um celeiro mágico?

Talvez Priscilla estivesse pensando em outras coisas que haviam simplesmente aparecido no celeiro de Finn, mas ele não ia falar sobre isso. Ele tocou o pescoço da égua, que deu mais alguns passos adiante.

— Eu estava sentado na mesa da cozinha, lendo, quando ouvi um barulho no celeiro. E ali estava ela.

— Já ouvi sobre gente que faz isso, deixa cavalos com outras pessoas. Mas cavalos normais. Não esse tipo de cavalo. Esse é um tipo de cavalo chique de concurso.

— Talvez. Mas ela estava no meu celeiro nada chique com dez fardos de feno, então acho que alguém queria que ficássemos com ela.

Priscilla franziu a testa, a luz do fogo entalhando linhas ferozes em sua pele. As pessoas diziam que Mel Willis era uma mulher bonita, porém Finn achava que, mesmo brava, Priscilla era bem mais. Não que pudesse dizer isso a ela. Ele a conhecia desde sempre, mas algo acontecera no ano anterior. Ela simplesmente estava *ali* de repente, ali de um jeito que não estivera antes. Espinhosa como sempre fora, porém mais esbelta e, ao mesmo tempo, exuberante. Na aula, ele a encarava. Ele não tinha reparado que estava fazendo isso até que ela ameaçou cortá-lo com uma faca de milho.

Outros garotos também ficavam olhando para ela. Alguns diziam que Priscilla Willis era gatíssima, desde que não se olhasse para sua cara. Mas Finn não via o que havia de errado com sua cara. Era isso que ele devia ter dito a Miguel: Priscilla Willis não se parecia com nenhuma outra pessoa.

Priscilla disse:

— Aposto que ela vale, tipo, um milhão de dólares ou algo assim. As pessoas não deixam cavalos que valem um milhão de dólares em celeiros. É loucura.

— É loucura. Mas agora tenho um cavalo.

— Você vai ficar com ela?

Finn deu de ombros. Era esquisito ficar montado em um cavalo de um milhão de dólares, conversando com Priscilla Willis no meio da noite, mas também era um alívio conversar com outra pessoa além do gato.

— Se importa se eu me sentar com você, Priscilla?

— Petey. Odeio o nome Priscilla. E se eu te chamasse de Finnegan?

— Seria esquisito, porque meu nome não é Finnegan.

— Bem, meu nome não é Priscilla.

— Ok — disse ele. *Isto está indo tão bem.*

— O que você disse?

Ele fechou a boca e sacudiu a cabeça, com medo de que ela sacasse a faca de milho. Ele deslizou das costas da égua e deu tapinhas em seu flanco. Não se deu ao trabalho de amarrá-la a uma árvore. Alguém poderia tê-la colocado em seu celeiro, mas por algum motivo parecia que ela fazia o que queria e decidiria onde e quando preferia estar, e para onde e quando preferia partir.

— Não está usando sela? Tá maluco?

— Eu não tenho sela. E não parecia correto.

— Então você está maluco.

— Ela tem rédeas e cabresto.

— Ótimo. Nesse caso ela podia ter arrastado você atrás dela.

— Não pelas rédeas, ela não faria isso. Apesar de não ter freio, faria com que ela se contraísse de dor e começasse a andar em círculos. — Finn se jogou no chão do outro lado da fogueira. — Se bem que acho que ela podia ter me derrubado e me pisoteado.

— Demais. — Petey observou o cavalo pegando um pouco de grama perto de uma das colmeias. — Qual o nome dela?

— Acabo de conhecê-la.

— Mesmo assim.

— Vou pensar em um.

— Pense em um bom. Um de que ela vá gostar. Ninguém quer estar atrelado a um nome de que não gosta.

— Atrelado, saquei.

— Não era uma piada.

— Ok.

— Minhas piadas têm *graça*.

— Ok.

O fogo iluminava o rosto de Petey de baixo, fazendo os olhos parecerem ainda maiores, mais negros, mais ferozes contra a pele cor de mel. Finn tinha dificuldade de manter os dois no campo de visão, então olhava de um para outro e de volta para o primeiro.

Petey deu uma punhalada rápida no fogo, fazendo as faíscas espiralarem no ar.

— Você está me encarando de novo.

— Desculpe — disse ele.

Mas não parou de encará-la.

Ela soltou o galho e o encarou também.

— Achei que diziam que você nunca olhava as pessoas nos olhos.

Ninguém tinha olhos tão interessantes. Mais uma coisa que ele não diria a ela.

— Você sempre presta atenção no que dizem?

— Se prestasse, teria que andar por aí com um saco de papel na cabeça.

— Eu não gostaria que você fizesse isso — disse Finn.

Petey piscou tão rápido que era como observar asas batendo. Finn se xingou por ter uma boca tão grande e idiota.

Então ela disse:

— Seu cavalo precisa de água. Já volto.

Apesar do fogo e da meia-lua acima, ela agarrou uma lanterna tão comprida que poderia servir de porrete e deu uma corrida até a casa. Petey fazia parte da equipe de corrida e andava com passos longos e elegantes. Na torneira, encheu um balde de água e o levou de volta ao apiário. Devia estar pesado, mas não seria possível determinar só de observar Petey. Ela estava acostumada a transportar baldes e colmeias e caixas cheias de vidros de mel.

Ela colocou a água em frente a égua, que deu um pulo até o balde. Ela sussurrou para a égua. A égua soltou o ar e esfregou o focinho na orelha de Petey.

— Ela gosta de você — disse Finn.

— É uma boa égua — elogiou Petey. — Você devia mesmo ficar com ela.

— Talvez eu fique.

Petey levantou por um instante, abraçada à égua, o que provavelmente devia ter parecido estranho, mas não era. A égua era abraçável quando não estava coiceando as coisas ou correndo pelos prados a duzentos quilômetros por hora.

— Está com fome? — perguntou Petey, sem esperar pela resposta.

Tirou um marshmallow de uma bolsa que estava perto do fogo e o espetou. Entregou o palito a Finn, que o estendeu para as chamas. Depois ela fez o mesmo. Quando seus marshmallows tinham esquentado à temperatura de delícias perfeitas, Petey entregou dois biscoitos e um pedaço de chocolate. Ele colocou o marshmallow entre os biscoitos e o chocolate, depois deu uma mordida.

— Não, não — disse Petey. — Passe nisto aqui primeiro. — Ela estendeu um pote de Mel Rainha Hippie.

A abertura do pote tinha o tamanho certo para ele mergulhar a ponta do biscoito. Ele deu outra mordida.

— Melhor ainda, não é?

— Melhor ainda. — Ele conseguiu enfiar o restante do biscoito na boca.

Então teve que lamber os dedos para pegar o mel. Petey, por outro lado, deu umas mordiscadas delicadas, feito uma abelha sorvendo de uma flor.

— Você nunca me contou por que estava aqui no meio da noite — disse Finn.

— Você não perguntou.

— Estou perguntando agora.

Ela deu de ombros.

— Não consigo dormir.

— Por quê?

— Não sei. Estou inquieta. O fim do ano no colégio faz isso comigo. Não me deixa dormir. Meu cérebro não para de falar.

— O meu também faz isso, às vezes. — *O tempo todo. Toda noite.*

— Está pior agora. Talvez porque fico pensando no que vou fazer depois que me formar ano que vem.

— Faculdade?

Priscilla assentiu.

— Você também?

— Sim. Todo mundo está dizendo que é cedo, mas...

— Eu penso nisso desde que tinha 10 anos.

— Pensa sobre a faculdade?

— Penso em sair de Bone Gap.

— Ah — disse ele.

— Eu estava vendo os formulários de inscrição on-line. É como se um monte de gente tivesse se juntado, se embebedado e tentado ver quantas perguntas de redação conseguiam inventar. Sabe que um deles quer que a gente escreva um artigo de quinhentas palavras sobre a cor vermelha? E essa não é nem a mais doida. Tem um que pede para você escrever um poema ou artigo ou peça de teatro, mas você tem que mencionar um par de mocassins novo, o Monumento a Washington e um garfo de salada. Qual é a deles?

— Que faculdade é essa?

Petey jogou uma das mãos para cima.

— Quem se importa? Algum lugar que não tenho mesmo como pagar. — Ela suspirou e observou as unhas na indistinta luz do fogo. — O máximo a que posso aspirar é a universidade estadual.

— Eu também. Você não parece muito empolgada com a ideia.

— É grande. Quarenta mil pessoas ou algo assim.

Finn engoliu o nó que imediatamente se formou em sua garganta. Quarenta mil pessoas, quarenta mil pessoas, *quarenta mil pessoas*.

— E pessoas... — disse Petey. — Bem, não sou exatamente fã de gente. Mas eles têm um centro de pesquisas lá. Eu gostaria disso. Mas é difícil entrar. E é muito cara, também. Minha mãe não vai poder ajudar muito.

— Meu irmão também não — disse Finn. — Estou por conta própria. Bolsas de estudos se eu conseguir alguma, e empréstimos se eu puder pegar.

— E quanto a sua mãe?

— Minha mãe liga uma vez por mês para nos contar como está feliz por estar longe da velha e chata Illinois. De aniversário, ela me mandou dez pratas.

— Ela não está com um cara rico agora?

— É, um cara rico e *sovina*. Talvez seja assim que os caras ricos conseguem continuar ricos.

— Isso não te dá raiva?

Ele não sabia o que responder. Ficar com raiva da mãe parecia obedecer à mesma lógica de ficar com raiva de uma tempestade.

— Acho que dez pratas não é de grande ajuda para pagar a matrícula — disse Petey.

— Mas quase dá para comprar uma pizza inteira.

Um canto da boca de Petey se curvou para cima, sua versão de um sorrisinho. Ela enfiou os longos cabelos ondulados atrás da orelha. No escuro, as mechas cor-de-rosa pareciam negras.

— Você poderia vender o cavalo, não ir para a faculdade e comprar cem milhões de pizzas.

Eles se viraram para a égua, que de repente parara de mastigar a grama para encará-los com olhos profundos, insondáveis.

— Acho que ela não ia gostar disso.

— Como você sabe do que ela ia gostar?

— Eu conheço animais. Sou bom com eles.

— Ou talvez eles sejam bons com você?

— Tanto faz. Eu quero trabalhar com animais. Estudá-los. Ser um veterinário, ou cientista, ou...

— Um palhaço de rodeio?

— Era exatamente o que eu ia dizer. Um palhaço de rodeio.

Petey esticou as longas pernas.

— Eu contei a você por que estou acordada. Agora por que vocês dois estão vagueando por aí no meio da noite?

— Acho que também não consigo dormir.

— Roza?

Quando ele não respondeu, a expressão da garota mudou. Não chegou exatamente a ficar emburrada, mas houve uma suave contração das feições, uma crispação e um frêmito. Ela se apoiou em um dos joelhos e enfiou a ponta de um tênis de corrida na terra.

— Um monte de gente sente a falta dela. Ela era linda. Quero dizer, é linda.

Aquele podia ser o motivo de as outras pessoas sentirem falta de Roza, mas não o de Finn.

— Ela era gentil também — disse Petey. — Por um segundo achei que você fosse ela.

— O quê?

— Sabe, é estranho. Ela jamais veio a cavalo ou nada parecido. Mas costumava vir me visitar às vezes.

— Costumava?

— É. Ela gostava das abelhas. E a gente conversava. Eu fazia marshmallows com chocolate extra para ela. Roza gostava de chocolate. Mas gostava ainda mais de mel. Bebia direto do vidro.

Finn esfregou os dedos uns nos outros, sentido o grude do mel que secava em sua pele.

— Sobre o que vocês conversavam?

— Coisas — disse Petey. — Tome conta de seus próprios...

— ... favos, eu sei. — Mas Finn estava surpreso.

Não porque Roza quisesse visitar Petey para falar sobre *coisas*, mas por não saber que ela ia ali.

— As pessoas dizem a palavra "gentil" e o que querem dizer é "sem graça". Várias vezes, gentil *é* sem graça. Mas não é o que quero dizer. Roza era gentil e nada sem graça.

— É — disse Finn.

Ele se perguntou se Sean sabia que Roza e Priscilla Wallis eram amigas. Talvez sim. Talvez Sean soubesse sobre todos os amigos de Roza. Talvez Sean conhecesse Roza tão bem que ele mesmo teria dito a Petey: certifique-se de que ela ganhe mel extra antes mesmo que ela peça. Talvez ele tivesse deixado de comer o próprio mel para que lhe sobrasse mais. Sean fizera isso por Finn. Quando a mãe ainda estava por perto, ela comprava picolé do freezer no armazém: uma barra de amêndoas para Sean, e um Bomb Pop para Finn. Mas Finn odiava os Bomb Pops: deixavam seus lábios tão manchados de vermelho que as pessoas perguntavam se ele andava usando o batom da mãe, e os Rude o seguiam pela cidade fazendo barulho de beijos. Sean dizia para a mãe: "Finn não gosta de Bomb Pops, eu que gosto de Bomb Pops", e trocava seu picolé de amêndoas pelo Bomb Pop, embora o de amêndoas fosse seu favorito, embora seus lábios também ficassem vermelhos.

Mas pensar sobre Roza e sobre Sean e sobre Bomb Pops e sobre os Rude fazia as costelas de Finn doerem. Ele perguntou:

— Tem mais marshmallows?

Petey jogou um marshmallow para ele, que o pegou no ar. Ele o espetou no palito e o levou ao fogo.

— Então, acho que você não ouviu notícias dela — sondou Petey. — De Roza, quero dizer.

— Não tenho certeza de que me diriam, considerando que colocam a culpa em mim.

— Eles diriam — assegurou Petey. — Todo mundo sabe o que você sentia... sente... por ela.

— Duvido que saibam.

— Não é segredo.

Finn secou a testa onde o suor começava a condensar, e tudo o que conseguiu foi se sujar todo de mel, ficando todo grudento.

— Ok, o que eu sentia?

— O quê?

— Se não é um segredo, se todo mundo sabe, por que você não me diz o que eu sentia pela Roza?

Petey recuou um pouco, como se ele a tivesse cutucado, e o cabelo caiu como uma cortina na frente de seu rosto.

— Deixe pra lá.

— Você quer falar disso, vamos falar disso.

— Sinto muito ter tocado no assunto.

— Não, sério.

Ele estava cansado de todo mundo acreditar que sabia de tudo o que havia para saber sobre ele, como se uma pessoa nunca crescesse, nunca mudasse, nascesse uma criança esquisita e sonhadora com os lábios vermelhos demais e ficasse daquele jeito para sempre, só para que as coisas continuassem simples para todos os outros.

— Esquece — pediu ela.

— Vá em frente, me diga.

A respiração de Petey saiu numa lufada exasperada.

— Tá. Você era doido por ela. Tanto você quanto seu irmão.

O marshmallow de Finn queimou com uma labareda azul, a cobertura ficando preta, crepitando. Estava perfeito, e ele não o queria mais. Ele o largou no fogo.

— Bem, quem sou eu pra discutir com Bone Gap inteira.

Ele se levantou e moveu a égua. Emaranhou os dedos na crina macia, e então montou. Guiou a égua para longe do fogo, para longe de Petey, mas só precisou levantar as rédeas e a égua soube quando parar.

— Você está certa. Todos vocês. Eu sou doido pela Roza. Só não da maneira como vocês pensam.

Finn

O ANEL DE COMPROMISSO

QUASE UM ANO ANTES, UMA VIOLENTA TEMPESTADE DE PRIMA-vera acordou Finn nas primeiras horas da manhã. Depois que a chuva estiou, ele se vestiu e foi para o celeiro inclinado para ver as andorinhas. Um par de pássaros construíra um pequeno ninho de barro e grama numa das vigas mais altas, e assim começou uma família. Finn gostava de ouvir os trinados histéricos e de observar os pássaros esvoaçando para lá e para cá, pegando grilos e largando-os nos bicos escancarados dos filhotes.

Mas, quando abriu a porta ruidosa, não ouviu os trinados histéricos. Não viu o esvoaçar e a comida caindo. Viu o que a princípio achou que fosse um fardo de feno num canto do celeiro, mas Sean não havia comprado feno. E, mesmo se houvesse, feno não tinha pés.

Finn se aproximou devagar do suposto feno. Era uma garota, toda encolhida. Usava um casaco de moletom bege amarrotado e sujo de lama. Um chinelo vermelho pendia miseravelmente do dedão. O outro pé estava descalço. O cabelo se derramava em ondas negras feito líquido. Finn não conhecia ninguém em Bone Gap com aquele cabelo, nem que fosse querer dormir no celeiro, com exceção talvez das galinhas de Charlie Valentim.

Foi então que uma andorinha mergulhou pela porta aberta, pipilando e chilreando alto o suficiente para acordar até garotas estranhas dormindo em velhos celeiros de desconhecidos. A garota se sentou. Viu Finn. Gritou. Ou pelo menos tentou gritar — a boca se abriu quase tanto quanto o bico dos filhotes de andorinhas —, mas não saiu nada. Ela tapou a boca e se arrastou para trás até encostar nas tábuas de madeira. Seu peito subia e descia como se ela estivesse com falta de ar. Um machucado em sua bochecha estava começando a ficar roxo.

— Você está bem? — perguntou Finn.

Ela não respondeu. Só o encarou, os olhos escancarados como a boca estivera, e tão brilhantes em contraste com a pele que dava pena. Então pareceu se recompor. A respiração ficou mais fraca. Tirou a mão do rosto. Ela se esforçou para ficar de pé, agarrando-se à parede, o rosto se contraindo com o movimento.

— Você está machucada? — perguntou Finn.

Ela continuou sem dizer nada. Se firmou da melhor forma que conseguiu e passou por Finn mancando, em direção à porta. Ele esticou a mão para impedi-la, tentou dizer que estava tudo bem, que só queria ajudar. Mas quando tocou o cotovelo da menina, ela deu uma guinada para longe dele, cambaleando.

Finn fez menção de segurá-la de novo, mas achou melhor não. Ele se virou e correu para a casa. Olhou a porta dos fundos. Sean estava de pé na bancada perto da cafeteira, tentando convencê-la a ir mais rápido com o café. Ele já estava vestido para o trabalho.

— O que foi que eu falei sobre ficar batendo essa porta? — perguntou ele.

— Tem uma garota no celeiro. Acho que está machucada.

Sean não fez nenhuma pergunta. Ele e Finn correram de volta para o celeiro. A garota tinha desaparecido.

75

Na época, Sean era só uns dez centímetros mais alto que Finn, mas Finn sentia como se fossem uns trinta. Sean encarou o irmão.

— Isso era alguma piada?

— Não! — disse Finn. — Ela estava aqui. — Apontou para baixo.

Por todo o celeiro, a tempestade revolvera a terra até quase transformá-la em lama. Pegadas estranhas deixavam um rastro até a porta da frente. A forma de uma sola do pé se alternando com a pegada plana de um chinelo.

Eles seguiram as pegadas discrepantes até a parte de trás do celeiro. Continuaram seguindo, dando a volta. A garota estava parcamente escondida nos arbustos. Quando viu Sean, fechou os olhos com força, como se fingisse que ele não estava ali.

Sean se agachou ao lado dela.

— Olá.

Ela não respondeu.

— Você pode me dizer o que aconteceu? Está ferida? — Sean estendeu a mão. Ela a afastou com um golpe. — Ok — disse Sean para Finn. — Você fica com ela. Eu vou lá dentro ligar para a emergência. Ela precisa de um hospital.

Com a palavra "hospital", a garota sacudiu a cabeça violentamente.

— Sim — disse Sean. Ela balançou a cabeça novamente. — Você vai me deixar ajudá-la? — Ela balançou a cabeça. — Então vou ligar para uma ambulância.

Ele tentou se levantar, mas a garota agarrou a mão dele, largando-a logo em seguida, como se tivesse encostado em um ácido. Depois engoliu e assentiu.

— Bom — disse Sean. — Agora vou levá-la para dentro de casa.

Mais uma vez ela balançou a cabeça.

— Olhe, eu não posso... — insistiu Sean.

A garota apontou para Finn.

— Você quer que ele ajude você a se levantar?

Ela assentiu.

— Então tá. Finn, se abaixe ao lado dela. Tente levantá-la passando sua mão ao redor das costas e por baixo do braço. Mas não aperte muito forte.

Finn se aproximou. Ele não tinha certeza da idade da garota. Dezenove? Vinte? Difícil saber. A respiração estava ofegante. Ele estendeu a mão, certo de que levaria um soco ou uma mordida. Mas ela permitiu que ele colocasse o braço em suas costas. Deixou que a erguesse. E se apoiou nele conforme andaram lentamente até a casa. Era tão pequena que ele pensou em carregá-la, mas concluiu que isso não apenas a deixaria apavorada, como também, provavelmente, o faria parecer o maior bobalhão do universo.

Quando entraram na casa, Finn a levou até o quarto da frente e a ajudou a sentar no sofá. Ela grunhiu um pouco quando se esticou, mas os grandes olhos pareciam esbugalhados e desconfiados. Seguiam tanto Finn quanto Sean pela sala. Sean pegou sua maleta preta e a trouxe para perto da garota.

— Vamos ver se você não está machucada — disse ele.

Ela sacudiu a cabeça violentamente. Os cabelos negros, prateados pela poeira em um dos lados, se destacavam em um halo ao redor de sua cabeça. Mais uma vez, ela apontou para Finn.

— Ele não é médico. E só tem 16 anos.

Ela esticou o dedo, indicando Finn, várias vezes seguidas, como se estivesse marcando um compasso.

Sean soltou um suspiro e acenou, chamando Finn.

— Ajude ela a se sentar, pode ser? — Sean pegou um estetoscópio na bolsa. — Você poderia tirar esse casaco?

Ela apertou o zíper com força.

— Não vou conseguir auscultar você muito bem pelo casaco.

Ela afundou no sofá, sacudindo a cabeça num *não não não*.

— Você pode ter quebrado uma costela.

Dessa vez a garota não se deu ao trabalho de balançar a cabeça. Encarou-o com tanta intensidade que seu olhar poderia ter fritado o mamífero mais próximo. Até Finn deu um passo para trás.

— Está bem — aquiesceu Sean, enfiando o estetoscópio na bolsa. — E quanto ao pulso?

A garota cruzou os braços.

— Agora, como isso vai ajudar? — perguntou Sean, quase que para si mesmo.

Mas a garota pareceu entender. Estalou a língua — lembrando muito o que Charlie Valentim fazia — e estendeu o pulso. Estava cheio de hematomas. Algumas de suas unhas estavam quebradas e ensanguentadas, como se tivesse tentado arranhar uma caixa para se libertar. Sean as examinou sem tocá-las e sem fazer comentários.

— Consegue flexionar o pulso? Assim? — Ele estendeu o braço e colocou a mão para cima, como um policial mandando alguém parar.

Com uma careta de dor, a garota conseguiu fazer o movimento.

— Agora, consegue fazer isso? — Sean deixou a mão cair, como se não tivesse ossos para sustentá-la.

A garota fez o mesmo, ainda com uma careta.

— E consegue girá-lo? — Sean fez uma demonstração.

Ela também conseguiu.

— Ok — disse Sean. — Sente dor em mais algum lugar? E quanto aos pés?

A garota balançou a cabeça.

— Não? — perguntou Sean. — Tem pelo menos dois dedos no seu pé esquerdo que devem estar quebrados, ou no mínimo doendo à beça. Talvez um no pé direito também. Mas não dá para verificar os dedos. Você precisa de umas radiografias.

A garota não disse nada, então Sean continuou:

— Vou arrumar umas muletas para você quando for para o trabalho. Mas vai doer usá-las se suas costelas estiverem machucadas, e imagino que estejam. Você vai precisar descansar um pouco.

A garota apertou a têmpora com os dedos ensanguentados e esfregou. Finn não queria falar nada, mas se perguntou se alguém tinha batido nela. Um marido ou namorado ou um pervertido qualquer. Algum babaca que Sean ia ter que...

— Tem certeza de que não consigo convencê-la a ir para o hospital? — perguntou Sean.

De novo, ela fez que não.

Sean examinou as próprias mãozorras.

— Há alguém que a gente possa chamar? Algum lugar para onde você queira ir?

A garota ficou com o olhar perdido, os lábios contraídos, como se houvesse um lugar, mas ela não soubesse como chamá-lo.

— Acho — começou ele, flexionando uma das mãos, e depois a outra. — Acho que você pode voltar para o celeiro, se quiser. Ninguém está usando. Mas temos um apartamento. — Ele apontou para a parte de trás da casa. — Não é nenhuma maravilha, basicamente só um quarto e um banheiro, mas está limpo e vazio.

Sempre estivera vazio. A mãe quis alugar, mas pedia um aluguel caro demais.

— Enfim — disse Sean. — Você poderia ficar por alguns dias.

A garota ficou petrificada, encarando Sean como se conseguisse ler sua mente, ver suas intenções. Finn, que com frequência se via sem ação nos piores momentos possíveis, sentiu-se mal por ela.

— A gente não vai ficar em cima de você.

Ela lançou para Finn um olhar inquisitivo e levemente divertido, como se ele fosse alguma criatura que a ciência ainda não tivesse identificado.

Ele sentiu o rubor se espalhar por todo o corpo.

— Quero dizer, a gente não vai ficar em cima de você como as andorinhas no celeiro. É o que elas fazem. Para proteger os filhotes. Então.

— A não ser que tenha outro lugar para onde ir — disse Sean. — Podemos levar você de carro, se quiser.

Finn pensou em outra coisa.

— Tem uma entrada separada. Estou falando do apartamento. É privativo. Não vamos incomodá-la.

— Certo — disse Sean. Ele foi até a cozinha, voltou com uma chave. — Não costumamos trancar, mas fique à vontade. — Ele estendeu a chave, mas então pensou melhor.

Entregou-a para Finn.

Uma lágrima abriu caminho pela sujeira na bochecha da garota. Ela a limpou. E então estendeu a palma da mão, para que Finn lhe entregasse a chave.

— Tudo bem então — disse Sean. — Eu sou Sean O'Sullivan. Este é meu irmão, Finn.

A garota respirou fundo.

— Roza — disse ela, séria, com sotaque, um tom de voz muito mais grave do que Finn teria esperado.

Sean se agachou, o mais tênue indício de um sorriso em seu rosto, a mão apertada contra o peito.

— Prazer em conhecê-la, Roza.

No começo, Roza mal saía do apartamento e só mordiscava a comida que Sean lhe trazia de manhã e à noite. Então, nem uma semana depois, ela mancou até a cozinha enquanto Finn revirava os armários em busca de caixas e vidros. Deu uma olhada na caixa na mão de Finn e franziu a testa. Ela a colocou de volta no armário. Remexeu na geladeira em busca de carne moída, uma cebola e repolho. Naquela noite, comeram repolho recheado com molho agridoce de tomate. Na noite seguinte, pierogi, que era um tipo de pastel. Toda noite ela cozinhava o suficiente para um time inteiro de pobres meninos órfãos. Quando Sean a lembrou que não era para ela ficar trabalhando, ela grunhiu e jogou mais gulache no prato dele.

— Você não precisa cozinhar para a gente — explicou ele.

Roza riu, um som estridente, feliz e estrondoso demais para o próprio porte.

— Eu cozinho para mim. Vocês comem o que sobra.

Finn se lembrou do que Charlie Valentim dissera, que ele talvez nunca descobrisse o que faria o irmão feliz. Mas Finn já sabia. Quando Roza ria, Sean sorria também, feito uma criança ganhando um presente de aniversário.

Oito meses depois da chegada de Roza, Sean mostrou a Finn o pequenino anel que comprou — não tanto um anel de noivado quanto um de compromisso —, um anel que ele enfiou numa caixinha em uma gaveta da cômoda. Estava esperando pelo momento perfeito para entregá-lo a ela.

Mas o momento nunca chegou. Quando ele conseguiu criar coragem, Roza foi roubada por um homem que se parecia com todo mundo e com pessoa alguma.

Roza

ATACANDO O CASTELO

Roza acordou, não no quarto com as poltronas azuis, o armário e a janela quebrada, mas em uma espécie de museu.

Pelo menos, era o que parecia. Um quarto isolado de algum castelo, um quarto feito integralmente de blocos de pedra, hostil e gélido, apesar do fogo que queimava baixo na lareira. Um quarto aonde rainhas condenadas iam para morrer.

Ela se sentou. Usava um elaborado vestido de seda e brocado, tão pesado que parecia uma armadura. Os braços feridos, braços que ela cortara no vidro da janela quando saltara para a árvore, estavam envoltos em ataduras. A cama em que deitava tinha um dossel de veludo vermelho com detalhes em dourado. A mobília de entalhes elaborados e as cortinas combinavam com a cama. Nas paredes havia retratos de duques e reis e estranhas deusas se engraçando com homens de pernas de cabrito.

A porta se abriu com um rangido. Uma empregada carregando um cântaro d'água fez uma cortesia e foi em direção a uma bacia no canto do quarto. Ela encheu a bacia de água e então colocou o cântaro ao lado. Fez outra cortesia e afastou as cobertas de Roza. Dedos hábeis desfizeram o nó do vestido no pescoço da garota. Quando Roza afastou as mãos da empregada, ela mal pareceu reparar. Fez uma terceira cortesia e recuou alguns passos.

— O que é este lugar? — perguntou Roza.

— Sua casa — respondeu a empregada.

— Esta não é minha casa.

A empregada não disse nada, apenas inclinou a cabeça. Fez um gesto para a bacia.

— A água está adulterada. É por isso que estou vendo coisas. Devo ter entrado em coma — disse Roza.

A empregada franziu a testa.

— Drogas? — repetiu ela, como se não entendesse a palavra.

Roza se levantou e foi até a bacia. Desfez as ataduras e lavou as mãos e braços feridos, jogou um pouco de água no rosto. A empregada lhe trouxe um pedaço de pano, que Roza apertou contra as bochechas úmidas. Mais pano para voltar a envolver os ferimentos.

— Podemos abrir uma janela? — perguntou Roza.

A empregada fez outra cortesia, foi até as pesadas cortinas, abriu-as, revelando uma grande janela quadrada recortada na pedra. A luz do sol invadiu o quarto escuro. Roza foi ficar do lado da empregada.

— Estamos na torre — disse a empregada. — Muito longe do chão. — Ela não disse isso com nenhuma ênfase específica, mas Roza sabia que era um aviso para que ela não tentasse pular. Como se precisasse de aviso.

Roza encostou o rosto no vidro ondulado e irregular. Esse era, de fato, um lugar onde rainhas eram condenadas à morte. Um castelo. Com tudo, inclusive um fosso e ponte levadiça. Guardas montados patrulhavam campos gramados para além do fosso e do bosque.

— O que tem no fosso? — perguntou Roza.

A empregada sorriu.

— Monstros.

Assim como na casa de subúrbio, Roza fez o tour do castelo. Havia uma sala do trono, um amplo salão com uma mesa de banquete tão longa que acomodava trinta pessoas, uma biblioteca, uma galeria de retratos. Ao contrário da casa de subúrbio, no entanto, o castelo estava repleto de gente. Empregados, cozinheiros, zeladores, guardas. Gatos rondavam as cozinhas, caçando ratos. Pássaros com penachos se precipitavam e disparavam de um lado a outro para além das janelas, ao comando dos falcoeiros empoleirados no chão. Ali, pelo menos, havia gente com quem conversar, gente que dava bom-dia e perguntava o que ela gostaria de jantar. E apesar de ela nunca comer o que serviam, a não ser por alguns pedaços de pão e um cálice de água, ela sempre agradecia; era sempre grata pelas perguntas.

A não ser quando a pergunta era: Já está apaixonada por mim?

Ela não fez contato visual, preferiu observar um camundongo correndo no chão. Era um serzinho pequeno, talvez ainda bebê, em sua primeira incursão pelo mundo. O camundongo encontrou um pedaço de queijo e o revirou em suas patinhas minúsculas, como se examinasse se era comestível.

— Você vai me amar um dia — disse o homem.

Ele estava sentado em um dos tronos, o que era adornado com veludo negro e tinha entalhes elaborados de pessoas gritando (se de medo ou de dor, Roza não sabia dizer).

— Você gosta do castelo — disse ele.

Não era uma pergunta.

Roza estava largada ao pé do trono destinado a ela.

— Eu poderia ficar sem a coroa — disse ela, tocando o aro dourado em sua cabeça, pesado como a bigorna em que o ferreiro forjava ferraduras.

— Você não precisa usá-la. Não precisa usar nada que não queira.

— Hm — disse Roza.

Ela só podia estar drogada. Só podia estar inconsciente ou dormindo. Estava em um hospital no momento, os olhos revirando por trás das pálpebras finas. Ela se perguntou se algum dia acordaria, e se Sean estaria esperando por ela.

O ratinho comeu o pedaço de queijo e começou a farejar à procura de mais. Roza ficou atenta aos gatos do castelo. Ela adorava os gatos, mas...

— Eu poderia esmagar aquele camundongo com meu pensamento — disse ele.

— Eu preferia que você não fizesse isso.

— Eu sei. E por isso não farei.

A expressão dele era tão estoica, o tom tão sereno, o sorriso tão brando que era difícil discernir como estava seu humor, mas Roza começava a aprender. Naquele dia, ele estava feliz. Os serventes estavam em alvoroço por causa de um estranho que aparecera no reino e apostara que conseguiria derrotar um dos cães mais temíveis apenas com as mãos. Ele o fez, reivindicou o cão como prêmio e o devolveu logo em seguida.

— Este cão dá trabalho demais! Ele tentou comer minha mãe. E fede — disse o estranho.

O homem de olhos gélidos sorriu e disse que sabia desde o início que o cão levaria a melhor sobre o estranho. Ele nunca tinha perdido uma aposta, disse, e nunca iria perder. Como poderia, quando era capaz de ler as pessoas com a facilidade com que se lê uma história?

O camundongo se ergueu nas pernas traseiras, farejando, e então correu para a parede, desaparecendo em um buraco praticamente invisível na argamassa entre as pedras.

— Por que você me quer? — perguntou ela.

— Por quê? Porque você é linda.

— Há muitas mulheres lindas.

— Você é a *mais* linda.

Se não estivesse drogada ou sonhando ou em coma, ela teria chorado. Teria chorado se qualquer dessas coisas fosse real, ou se não já tivesse esgotado todo o choro.

Ela não chorou. Ela disse:

— Não é isso que eu sou.

Ele continuou a encará-la e encará-la e encará-la, esperando que ela dissesse mais, talvez, ou vai ver nada que saísse de sua boca fosse tão interessante para ele quanto a boca em si. Ela fingiu que ele não a encarava. Fingiu que os olhos não a percorriam de cima a baixo, uma esponja de aço esfregando sua pele até deixá-la em carne viva. Sua visão embaçou, o tempo se estendeu e contorceu, as memórias se repetindo, trazendo-a de volta para onde começara.

Roza crescera na Polônia, numa cidade tão pequena que não tinha nome. Os habitantes chamavam de "aqui". Chamavam todos os outros lugares de "lá", como por exemplo: "Por que qualquer um quereria deixar este lugar *aqui* para ir até *lá*?"

Aqui, vacas e cavalos perambulavam livremente pelas ruas pavimentadas com paralelepípedos. Pela rua principal, as casas tinham sido construídas bem na beira da estrada, como se estivessem se reunindo para se proteger do frio durante os gelados invernos poloneses, e esperando companhia no verão. Os vizinhos se gritavam pelas janelas, trocando notícias, insultos, ou ambos.

Roza adorava tudo. A avó de Roza, por outro lado, dizia que era como viver numa colmeia de abelhas, só que com bem menos privacidade. A avó — Babcia Halina — sempre encorajara Roza a viajar quando tivesse idade suficiente.

— Não quer ver o mundo? — perguntava ela, enrolando a massa para o pierogi antes de amassá-la com a palma da mão.

— Já vi o bastante do mundo — respondeu Roza.

— Você puxou ao seu pai — disse Babcia. — Ele também jamais quis ir a lugar algum. Sempre sentado embaixo daquele olmo no morro, tocando aquela concertina e passando dia após dia perdido em sonhos. E o que aconteceu?

Roza puxou um pedacinho de massa crua e a jogou na boca.

— Um raio atingiu o olmo.

— Que caiu nele — acrescentou Babcia. — Se seu pai tivesse ido embora deste lugar como falei para ele fazer, ainda estaria aqui.

— Só que meu pai não estaria *aqui* — respondeu Roza. — Ele estaria *lá*.

— Ele estaria em algum lugar.

— E onde eu estaria?

— Bem onde está agora, roubando minha comida — retrucou Babcia, dando um tapinha nas mãos de Roza.

A senhora jogou uma colher de recheio de batata sobre um círculo de massa e juntou as pontas numa perfeita trouxinha. Mais tarde, ela fritaria o pierogi com cebolas colhidas direto da horta e até o ar ficaria tão gostoso que daria vontade de comê-lo.

— Por que eu ia querer deixar você? — perguntou Roza.

— Estou velha. Estou ranzinza. Você precisa de gente jovem.

Roza sorriu.

— Tem gente jovem aqui.

— Espero que você não esteja falando do Otto Drazek de novo.

— Por que eu não falaria dele? Ele é bonito, ele é forte, ele é…

— Um cabeça de vento — concluiu Babcia. — Um golobki.

— Ele não é um golobki! — retrucou Roza. — Quando tem uma poça no caminho, ele me pega no colo e me carrega por cima da poça.

— Então ele não é tão golobki assim — disse Babcia. — Estou achando que a golobki aqui é você.

— Babcia!

— Que foi? Este pierogi tem mais assunto que Otto Drazek.— Ela ergueu o pierogi até a orelha e assentiu como quem entende. — Se for comparar com Otto Drazek, este pierogi é um filósofo.

Roza olhou para seus pés descalços.

— Otto me carrega…

—… por cima das poças d'água, sim, eu entendi das primeiras novecentas vezes que você me contou. Não sabe que ele reboca você que nem um saco de repolhos para mostrar para os amigos cabeças de vento como ele é forte?

— Eu gosto de como ele é forte — disse Roza.

Babcia colocou mais uma colher de recheio, apertou as pontas da massa.

— Vários garotos são fortes. *Você* é forte.

— Você vai fazer cookies hoje?

— Alguns garotos vão dizer que você é linda, mas só alguns vão vê-la.

— Você não está fazendo sentido, Babcia.

— Que tal arrumar um garoto esperto? Ou melhor ainda, um garoto gentil, um garoto que ouça o que você tem a dizer?

Roza deu de ombros. Ela não conhecia nenhum garoto assim.

— Você precisa de uma aventura. Faça alguma coisa diferente. E talvez você conheça um menino que saiba ouvir. Que saiba ver.

— Eu já estou fazendo coisas diferentes — disse Roza.

E ela estava mesmo. Viajava duas horas por dia, três dias por semana, para as aulas no primeiro ano da universidade. Ficava apodrecendo em salas úmidas com morosos professores de biologia e composição. À noite, ela caía no sono em cima dos livros e acordava com as páginas grudadas nas bochechas. Ela adorava.

Babcia grunhiu.

— Você precisa fazer um tipo *diferente* de coisa diferente.

Roza sorriu e deu um abraço na avó, acreditando que a universidade era aventura suficiente. E Otto Drazek também era. Até o dia em que ele a carregou por cima de uma poça e pediu que ela largasse os estudos para casar com ele.

Ela riu.

— Otto, somos jovens demais.

— Estamos com 18. Não somos tão jovens — argumentou ele.

— Eu *gosto* de estudar — disse ela.

— O que você pode aprender estudando que já não sabe?

— Um milhão de coisas.

— Por que precisa estudar se já tem a mim?

— Uma coisa não tem nada a ver com a outra.

— Quem você pensa que é?

— Como assim?

— Tem alguma outra pessoa?

— Não!

— Então o que é?

— Você está me apertando com força demais.

— Foi mal — disse ele, e a largou na poça.

Quando soube que ela não pararia de estudar, a largou por completo.

Ela não teve tempo de ficar triste com isso. Depois de Otto, vieram Aleksy, Gerek, Ludo.

"Linda", diziam eles. "Tão linda."

— Não fique toda prosa — disse Babcia.

— Mas é gostoso! — disse Roza.

— É gostoso. Mas um rosto bonito não passa de um golpe de sorte. Beleza não alimenta. E você nunca será bela o suficiente para certas pessoas.

Mas Roza era bonita. E tinha sorte. Todo mundo dizia isso. Ludo era seu favorito porque, apesar de dizer que ela era bonita, ele não tentava carregá-la por cima de poças, porque ele era delicado e esperto e belo, e ele a olhava com suaves olhos cinzentos como tanques gêmeos dentro dos quais ela podia se perder. Levou meses até que ela percebesse que eles só conversavam sobre os livros que ele lera e os filmes de que ele gostava, que ele nunca lhe fazia pergunta alguma, que ele a recriminava por todas as coisas, desde seu gosto por polcas estridentes até pela altura do tom de sua risada e pelo quanto ela gostava de comer. *Não fica preocupada em parecer boba? Você não se preocupa em ficar gorda?* Ele lhe cutucava a lateral da barriga para mostrar que estava cheinha.

E quando ela descobriu que estava ficando quieta demais, preocupada demais com o quanto gostava de comer, ela disse a Ludo que deviam dar um tempo. Por ser tão delicado, ele soluçou feito um bebê. Por ser tão delicado, ele a sacudiu com tanta força que fez seus dentes se chocarem. *Quem você pensa que é?*

Ela não contou nada à Babcia. Não falou que chorou muito e que o beijou só para que ele parasse de sacudi-la. Que ele a tocou em seguida. Que ela não sentia vontade de beijar mais ninguém, nunca mais, que pensar em beijos fazia sua pele pinicar, fazia com que mordesse a parte de dentro das bochechas até sangrarem.

O que ela contou à Babcia: que ela havia se inscrito e fora aceita em um programa de intercâmbio em uma universidade americana. Três meses no verão, moraria num dormitório em Chicago, longe de Otto, Aleksy, Gerek, Ludo, longe de tudo e todo mundo que conhecia.

Babcia disse:

— Os Estados Unidos são como o El Dorado! O filho da Sra. Gorski disse a ela que as mulheres vão para o mercado com vestidos feitos de notas de cinquenta dólares.

— O filho da Sra. Gorsky é um golobki.

— Verdade — concordou Babcia. — Mas ainda assim, gosto de imaginar vestidos feitos de dinheiro.

Roza já estava se arrependendo da decisão.

— Não sei por que me inscrevi. Não vou poder pagar a passagem de avião. — E que diferença isso ia fazer?

Babcia ergueu um dedo e entrou no quarto. Voltou com uma caixa de cigarro. Quando Roza a abriu, estava recheada de zlotis.

— Babcia, onde foi que...

— Eu economizo — se limitou a dizer. — Guardei tudo para você.

— Mas...

— Você vai ver o mundo. Vai viver casos de amor com garotos que enxergam além de um rosto bonito. Você vai ser forte. Você vai me ligar e contar tudo. E então eu vou gritar tudo para os vizinhos e deixá-los com inveja.

Mesmo enquanto fazia as malas, Roza já começava a sentir falta do cheiro de pierogi frito. Ela sentia falta dos morros e das ovelhas cheias de lã e da sensação da água gelada do riacho correndo por seus pés. Sentia falta das familiares salas de aula com correntes de ar, das páginas dos livros didáticos grudadas em suas bochechas. E, no que dizia respeito a casos de amor, ela ficaria contente se nenhum garoto jamais voltasse a olhá-la. Ela enrolava o cabelo em um coque amarfanhado e fechava o zíper dos casacos de moletom até em cima.

Mas Babcia parecia tão certa, do jeito que sempre fora. Talvez fosse bom para ela fazer um tipo *diferente* de coisa diferente.

— Está bem — disse Roza. — Mas vou voltar em breve. Prometo, eu vou voltar.

O homem a encarou.

— Você não precisa voltar. Tem tudo aqui.

Roza piscou, lembrando de onde estava. Será que o homem conseguia ler seus pensamentos? Não, ele nunca dera nenhum indício disso. Ela devia ter falado em voz alta.

Ela não pretendera lhe contar essa história, nenhuma história, mas talvez tivesse contado. Talvez a solidão estivesse começando a afetá-la. Talvez *ele* estivesse começando a afetá-la, cansando-a, desgastando-a, encarando-a de cima com aquele sorriso indulgente, os olhos como lascas de gelo cintilando — cintilando! Será que ela era tão patética que começaria a tagarelar, entregando-lhe pedaços da própria história, pedaços de *si mesma*, como uma Sherazade de segunda categoria?

Quem você pensa que é?

Ela se virou, os olhos percorrendo um vitral. Mas os dedos pétreos do homem encontraram seu queixo, trouxeram o olhar de volta para ele. Ela odiava olhá-lo, odiava que ele a olhasse, o jeito como os olhos desabotoavam mentalmente suas roupas, abriam mentalmente sua pele. A garganta se fechou quando esses dedos, frios, tão frios, percorreram o contorno de seu maxilar, a dobra de sua orelha, os vãos em seu pescoço, onde um pulso tremulava, como uma mariposa moribunda.

Ele dissera que não ia tocá-la, e ela acreditara nele. Naquele momento os dedos dele se arrastavam por sua carne, e seus olhos gélidos queimavam com um fogo estranho. Em breve, ela estaria sentada no trono ao lado dele, aquela coroa idiota na cabeça, enchendo o bucho com coxas de peru, na triste esperança de que ele não a machucasse, se é que ele já não o tinha feito.

O vestido caía contra sua pele como se fosse feito de chumbo, prendendo-a ao assento. A voz mal passava de um sussurro quando ela disse:

— Você disse que não ia me tocar.

Os dedos percorreram o contorno de seu pescoço, dedilhando os delicados cordões do vestido.

— Não até que você queira.

— Eu não quero.

Ele lhe soltou o pescoço, deslizou a mão para baixo até estender a palma sobre o coração de Roza, apertando a carne macia.

— Você quer.

Ela lutou contra a bile que implorava para engasgá-la, lutou para acabar com aquilo antes que fosse adiante.

— Onde está a fera?

A mão parou de deslizar para baixo.

— Perdão?

— A fera. A do quintal. A da outra casa. Aquela coisa asquerosa que quase dilacerou minha garganta.

— Ele só estava fazendo o próprio trabalho. Mas tenho certeza de que você não quereria vê-lo novamente.

— Traga-o para mim. Se o que quer é me agradar, isso me agradaria.

— E por que isso a agradaria?

— Porque sim.

Ela se reclinou na cadeira o máximo possível, deixando a mão dele congelada no vazio. *É porque ele é tão bonito quanto os sentimentos que tenho agora.*

Finn

VÊ O FOGO

SEAN ESTAVA PARADO EM FRENTE À PORTA ABERTA DO CELEIRO, a constituição robusta projetando uma longa sombra.

— Desde quando temos um cavalo?

— Faz quatro noites. O que você saberia se ficasse em casa.

— Aham — disse Sean. — E como espera conseguir alimentá-lo?

— Tem dez fardos encostados na parede.

— E como espera conseguir alimentá-lo quando esses acabarem?

— Vou pensar em alguma coisa.

— Certo — disse Sean.

— E o que é aquilo?

— Aquilo? É um bode.

— Um bode.

— Sim, para a égua. Os Hass deram ele para mim por vinte pratas, porque ele não parava de comer as calças estendidas no varal.

— Ótimo — disse Sean. — Vou começar a economizar para comparar calças novas. Jantar em quinze minutos. — Ele virou, foi a passos largos até a porta da cozinha e, então, entrou em casa.

Finn guiou o animal até o celeiro.

— Bode, esta é a Égua. Égua, este é o Bode. Ainda estou pensando em nomes para vocês, mas isso é o que temos por agora.

— Bé! — disse o bode, olhando para cima. De repente, o bode deu um pulo, ficando cara a cara com a égua. Fez isso três vezes. O relincho da égua parecia uma risada.

— Dá para ver que vocês vão ficar amigos. — Finn tirou uma cenoura do bolso e deu metade à égua.

Então foi procurar a gata. Jane Calamidade não estava no quintal. Não estava no palheiro, nem sob os arbustos, nem empoleirada na forquilha de sua árvore favorita. Sua comida, em uma tigela ao lado da porta da cozinha, estava intocada. Não era típico dela, e uma pontada de ansiedade perfurava as entranhas de Finn.

A ponta virou uma broca quando Charlie Valentim atravessou a rua a toda velocidade em direção ao quintal de Finn. Os longos cabelos cinzentos de Charlie estavam mais arrepiados que o normal, e ele se esquecera de colocar a dentadura. Passou direto por Finn e bateu com força na porta dos fundos até Sean aparecer.

— Sue Rompante fugiu — avisou Charlie.

— Talvez esteja na hora de ter um galinheiro, Charlie.

— As galinhas não gostam do galinheiro.

— Parece que também não gostam da sala de estar.

— Você vai me ajudar a encontrá-la ou não? — perguntou Charlie.

— Peça ajuda a seus bisnetos — disse Sean. — Tem um monte deles. Vão cobrir mais terreno.

— Isso foi alguma piada?

— Não faço piadas — disse Sean.

— Costumava fazer — retrucou Charlie. — Quando Roza estava por aqui. Você costumava fazer piadas e sorrir e brincar. Agora é só um chatonildo pé no saco. Você precisa de outra...

Sean fez um gesto para o uniforme.

— Deixe eu primeiro tirar isto aqui.

— Estarei no meu quintal — disse Charlie. — Às vezes ela gosta de se empoleirar ali pelos malmequeres.

— Charlie! — gritou Finn, quando ele estava indo embora.

— Que foi?

— Por quanto tempo precisa que eu fique com a égua?

Charlie sugou os lábios para dentro.

— Que égua?

— Você nos deu uma égua.

— Ora, por que é que eu faria uma coisa idiota dessas? — perguntou Charlie, pisoteando a grama na direção de casa.

Finn seguiu Sean até a cozinha.

— Vou ajudar a procurar a galinha.

— Está ficando tarde — disse Sean. — Por que você não alimenta e dá de beber à égua? Aproveita e dá uma olhada em Jane Calamidade também. Ela está quase pronta para ter os filhotes.

Finn não se deu ao trabalho de comentar há quanto tempo já vinha procurando por Calamidade.

— Ok.

— Tenho que aproveitar sua mão de obra enquanto posso — disse Sean. Tirou o colete fino. — Daqui a pouco você vai para a faculdade. E aí vou ter que fazer tudo sozinho.

Finn ficou ali de pé, piscando, surpreso. Faltava mais de um ano para ele ir para a faculdade, mas Sean o apressava porta afora, como se não pudesse esperar a hora de Finn partir. E então, o que aconteceria? Ele venderia a casa e o celeiro e o insignificante pedaço de terra? Será que finalmente voltaria a estudar medicina? Será que ligaria para Finn uma vez por mês e mandaria cheques de dez dólares em seu aniversário? Será que falaria sobre o alívio que era ir embora de Illinois?

Finn abriu a boca para fazer a pergunta, mas Sean enrolou o colete na mão como um boxeador protegendo os nós dos dedos.

— Que foi?

Finn se lembrou de quando sentaram na mesa da cozinha, ele e Sean tentando falar a palavra "mesa" em polonês. Roza dissera: "Vocês têm língua de vaca!", e rira sem parar.

95

— Que foi? — perguntou Sean de novo.

A língua parecia de vaca. A mente parecia de vaca. Embotada, sem palavras.

— Vou sair para cavalgar — disse Finn.

Mas não foi. Não de imediato. Enquanto Sean procurava pela galinha de Charlie, Finn tomou conta do jantar: uma caixa de macarrão misturado com meio quilo de carne moída e umas ervilhas. Quando Sean voltou, a comida já estava fria, mas ele não reclamou.

— Encontrou a galinha do Charlie?

— Não — disse Sean.

— Ele precisa de um galinheiro.

— Hm — disse Sean.

Enfiou uma garfada na boca, mastigou. Finn tentou pensar em outra coisa para falar. Didi, a mãe deles? Não, falar sobre Didi fazia ele empacar como se tivesse dado pane na embreagem. O pai? Não, Sean resmungaria algo sobre o pai estar morto havia anos, sobre Finn ser jovem demais para se lembrar, e de que servia trazer o assunto à tona? Mas Roza perguntara sobre os pais deles uma vez, e Sean não empacara. Ele fora até o quarto e voltara com uma fotografia, deixara que ela olhasse para a foto, depois para o rosto de Sean e depois de volta para a foto. Para Finn, parecia com qualquer foto de qualquer outra família: dois pais, duas criancinhas, todo mundo sorrindo, como se nada nunca pudesse dar errado. Mas Roza parecia ver algo na imagem. Quando devolveu para Sean e ele pegou a ponta, ela não soltou — por um momento, os dois ficaram segurando a fotografia.

Finn respirou fundo, expulsou pensamentos sobre a família, pensamentos sobre Roza. Galinhas. De volta às galinhas.

— Acho que um coiote pode ter conseguido pegá-la — disse ele.

O garfo de Sean ficou parada entre o prato e a boca.

— Pegar quem?

— A galinha — disse Finn.

Sean abaixou o garfo.

— Ou talvez ela simplesmente fugiu. O nome era Sue Rompante. Talvez ela só esteja fazendo jus.

— Então talvez ela volte — disse Finn.

Sean se levantou da mesa, jogou o restante do jantar na pia.

— Se fugiu, vai continuar fugindo.

Sean foi para a cama, o que queria dizer que estava indo até o quarto para não precisar mais olhar Finn ou falar com ele, e Finn ergueu acampamento na mesa da cozinha com seus livros e seu chá e seu Mel da Rainha Hippie, com as entranhas embrulhadas demais para escrever redações sobre seus maiores feitos, sobre suas piores decepções, sobre o que seu quarto diria sobre ele se fosse capaz de falar.

Às dez da noite, quando o céu turbulento finalmente se assentou em uma noite manchada de azul, Finn olhou o quintal de novo. E o celeiro, e todos os quartos da casa.

Nada de Calamidade.

Ele lamentava ter usado a palavra "coiote". Lamentava que Bone Gap parecesse, de alguma forma, amaldiçoada, grandes perdas salpicadas de pequeninas tragédias, dolorosas quase além do suportável. Havia anos, a esposa do delegado de polícia deixou um post-it na geladeira para dizer que estava partindo e ia levar o cachorro. Depois de encher a cara de cidra, Jonas falou sobre como o cachorro o visitava nos sonhos e lhe dizia que passara a morar no deserto, que a areia era quente sob suas patas e parecia cada vez mais difícil lembrar do cheiro da chuva.

Eis um título de redação: *Você não pode ficar com suas galinhas, não pode ficar com seu gato, seu cachorro mora num trailer em Tucson, Arizona, e tem um nome diferente.*

Finn foi até o celeiro e subiu na égua, e, apesar de o bode ficar infeliz de ser deixado para trás logo depois de ter feito uma amiga, Finn e a égua partiram, acelerando por casas e campos, através de rios e estradas. Ele montara todas as noites, mas fazia uma semana que não visitava Petey, não desde que ela tentara lhe dizer o que ele sentia por Roza. Talvez ele tivesse errado em confrontá-la, em insistir que os próprios motivos eram o que mais importava. Talvez não fizesse diferença que *tipo* de louco ele era, só o fato de que ele era, o fato de que queria que alguém fosse louco com ele.

A égua se permitiu guiar para além da parte de trás da fazenda dos Cordero, e então para dentro do apiário de Petey Willis. Não havia fogueira perto das colmeias; o pátio estava escuro. Finn e a égua ficaram parados no círculo de colmeias, ouvindo o zumbido grave das abelhas, sentindo-o na pele. Em vez de passar direto pela casa, para além da casa, em vez de dar a volta em Illinois pela Dakota do Sul, a égua andou direto até a construção, direto para as janelas cinzentas como tampas fechadas. A égua farejou e bufou, parada perto de uma das janelas. Ela jogou a cabeça para trás, a crina brilhando ao luar.

— Esta? — sussurrou ele.

A égua resfolegou mais uma vez. Finn se inclinou para a frente e bateu na janela. Vendo que ficou sem resposta, bateu de novo.

Mãos finas afastaram as cortinas, e os olhos arregalados e exasperados de Petey ficaram emoldurados pela janela. Ela esticou a mão e abriu o caixilho num puxão.

— O que está havendo? O que está fazendo?

Ele não sabia o que ia dizer até que falou:

— Não consigo encontrar minha gata.

Ela estava apenas de camiseta e o tipo de short cortado de calça jeans que fazia o cérebro de Finn derreter, mas enfiou botas nos pés e saiu pela janela como se fizesse esse tipo de coisa havia anos, e talvez fizesse mesmo. Ele ouvira sobre as coisas que Petey fazia. E talvez, se fosse sincero consigo mesmo, era um dos motivos para ele ter ido até lá. Mas não o principal. Ele estava feliz demais por vê-la. Interessado demais no que ela teria a dizer, ainda que fosse uma ferroada.

Ela contorceu o rosto, os dedos acariciando o focinho da égua distraidamente. Então seu rosto relaxou.

— Ok — disse ela, olhando para ele. — Para onde?

— Pensei em cavalgarmos. — Foi o que Finn disse, mais uma coisa que ele não sabia que ia dizer.

— A égua sabe para onde a gata foi?

— Parece saber um monte de outras coisas.

Petey juntou o cabelo e o prendeu em um nó atrás da nuca.

— Você ainda não tem sela. Como vou subir aí?

Ele olhou ao redor do pátio, viu uma pedra alta contra um canto da casa. Apontou para a pedra. Ela assentiu e deu algumas passadas rápidas e um pulo para cima da pedra, com suavidade e graça. Ele guiou o cavalo até ali, segurando as rédeas em uma das mãos. Petey olhou para o espaço atrás de Finn e o espaço à frente dele. Então virou o rosto, focando em alguma estrela distante, como se olhar diretamente para ele fosse difícil demais.

Ela soltou o fôlego feito a égua fazia.

— Escute. Sinto muito pelo outro dia. Às vezes eu... eu devia...

As palavras escaparam:

— Devia usar esses shorts com mais frequência?

Surpresa, ela olhou para baixo. Primeiro, ele achou que tinha sido a coisa errada a dizer, o tipo de coisa que os Rude diriam logo antes de acrescentar que Petey tinha um corpo incrível mas uma cara horrível, mas então ela olhou para cima e sorriu com o canto da boca.

O sorriso aumentou quando ele disse:

— Aqui vai uma ideia de redação: escreva um poema descrevendo os shorts que mudaram sua vida.

— Gostei. — Ela colocou as mãos no quadril. — E aí?

— E aí, o quê?

— Cadê meu poema?

— Talvez um dia eu te escreva um.

Ela agarrou a crina da égua e passou uma das pernas pelo pescoço do animal, hesitando por apenas um instante antes de Finn a firmar, colocando uma das mãos em seu quadril. Ela se acomodou contra ele, as costas em seu peito. Não disse mais nada quando ele lhe envolveu com os braços e incitou a égua a avançar.

A égua se afastou do pátio devagar, como se estivesse fazendo muito esforço para ser furtiva, e começou um trote suave conforme passaram da fazenda dos Cordero. Cada passo da égua trazia Petey mais para perto, até que ela ficou encaixada em Finn como uma peça de quebra-cabeças, a cabeça sob seu queixo. Ele não reparara em quanto do peso dela estava nas pernas, as macias pernas nuas que brilhavam douradas à luz do luar.

A égua passou pelo rio fazendo a água espirrar, borrifando seus passageiros com gotículas de água fria, e então seguiu para o cemitério, que estava envolto em uma estranha névoa prateada. Mais velho que a própria cidade de Bone Gap, o cemitério tinha algumas lápides que datavam do início dos anos 1800. Uma vez, Miguel inspecionara as fileiras e fileiras de lápides e dissera: "Todo mundo é igual quando está morto." Mas Finn não achava que fosse verdade. Cada lápide era diferente. Algumas das mais antigas estavam absurdamente inclinadas, como dentes tortos, os nomes e datas desgastados por décadas de sol, vento e neve. As mais recentes eram de granito polido de diversas cores. Cinza-escuro, preto e, no caso da Sra. Philander "Muffin" Gould (1903-1982), um rosa cor de chiclete.

Mas a névoa prateada passara a amortecer todas as cores que marcavam os túmulos, o chão irregular dançava com estranhas sombras. A égua parou, deixando-os inspecionar as lápides, o salgueiro passando seus dedos pelos telhados dos dois pequenos mausoléus, o sombrio pomar de choupos mais além.

— Sinistro — murmurou Petey.

— Hm — disse Finn, que descobrira que, se virasse o rosto só um pouquinho, seus lábios roçavam no cabelo dela.

— Olhe! — sussurrou Petey, e ele olhou para cima e viu uma das sombras tremular, absorver retalhos de luar e névoa para se consolidar numa forma indistinta que flutuava sobre o topo das lápides.

— Está vendo isto? — perguntou Petey.

— Sim.

Eles observaram a figura deslizar pelo ar parado, passando tão perto que Petey estremeceu. A figura saiu do cemitério para a escuridão além.

— Aquilo era um fantasma? — perguntou Petey.

— Uma nuvem, provavelmente. Névoa — disse Finn.

— Acho que era um fantasma.

— Talvez esteja indo para a casa de Miguel. Talvez esteja com fome.

E talvez fosse um fantasma, talvez estivesse com fome, mas, se era, a égua não se perturbara. Ela seguiu calmamente para além do cemitério, para a terra sem dono adiante. O campo devia ser de grama exuberante chegando até os joelhos da égua, devia ser um bosque selvagem de campânulas e violetas e esporas, arbustos de louros e lírios e trevos, mas o campo estava aceso em dourado com a escassa luz do luar, e Finn se perguntou por que a grama e as flores pareciam morrer. Sem dúvida era uma ilusão de óptica ou mental ou o fato de que Petey Willis estava quente contra seu corpo, e com cheiro de um milhão de iguarias, e isso estava embaralhando os pensamentos de Finn, deixando-o confuso, tornando difícil prestar atenção em qualquer coisa que não ela.

A égua trotou para além do campo dourado e para dentro de uma floresta inerte, uma floresta de que Finn não se lembrava. Grilos guizalhavam, e corujas piavam, e o chão era triturado sob as patas da égua. Pareciam estar na entrada de um caminho muito longo pela floresta escura, um caminho através de uma floresta que ele nunca vira antes.

— Que lugar é este? — perguntou Petey.

— Eu não sei.

E não sabia. Mas a égua parecia saber, e parecia saber de tantas, tantas coisas, coisas demais para uma égua, e passou do caminhar para um trote, de um trote para um galope. Finn apertou mais os braços, de maneira que eles encostavam na cintura de Petey. Se ela achou que ele estava perto demais, não disse nada. Não falou nada sobre os lábios em seu cabelo, ou sobre o fato de a respiração do garoto ter ficado levemente irregular.

E então as árvores viraram um borrão conforme a égua acelerava cada vez mais. Primeiro Finn tentou ficar de olho no caminho adiante, mas estava escuro demais, e a égua ia muito rápido. Ele tentou focar o olhar na lua, mas seu brilho era quente e ofuscantemente branco, e a imagem ficou impressa em seu campo de visão. Ele olhou em volta, mas o que via não fazia sentido — árvores se dissolvendo até virar nuvens, e as nuvens se abrindo para leões alados entalhados em pedra, e os leões de pedra descendo por uma escada feita de vidro, e o vidro se quebrando e se transformando em fogo.

A égua atravessou a floresta inteira a galope e saiu do outro lado, e de repente os sons da floresta foram substituídos pelo de cascos sobre pedras. A égua trotou por uma planície cinzenta que Finn reparou tarde demais, que se tratava da beirada de uma montanha, e que a égua estava saltando, e que estavam caindo pelo despenhadeiro, até que sentiram o vento pegá-los e carregá-los em suas mãos suaves e sombrias, como se o cavalo e seus dois passageiros não passassem de uma pena que flutuasse até a base da montanha.

E como nada disso podia ser real, Finn fechou os olhos e segurou Petey com força, se perguntando se ela conseguia sentir em suas costas o coração batendo, se ela reparara nos braços que envolviam sua cintura, se a lua também se imprimira em seus olhos sobrenaturais, se era possível que a lua fosse grande o suficiente para preenchê-los.

Horas, dias ou semanas ou meses mais tarde, os cascos da égua voltaram a encontrar o chão, e não mais estavam caindo de uma montanha ou voando pela floresta, estavam trotando de volta pelo campo dourado, pelo cemitério que ficara negro como piche, para além da adormecida casa de pedra dos Cordero, e para dentro do apiário, os únicos sons eram os da respiração de Finn, da respiração de Petey, da respiração da égua.

Quando chegaram à janela de Petey, Finn soltou as rédeas e deslizou das costas da égua, os joelhos moles e frouxos, as mãos tremendo. Petey pôs as mãos nos ombros de Finn enquanto ele a ajudava a descer. Eles ficaram ali na abafada escuridão do pátio, lutando para encontrar palavras.

Finalmente, Petey disse:

— Sinto muito por não termos encontrado sua gata.

Finn decidiu não abusar da sorte, não fazer nada a não ser dizer *Obrigado*, dizer *Boa noite*, dizer *Quem sabe amanhã*, dizer *Você viu o fogo?*, dizer *Aquilo acabou de acontecer?*, mas, quando os dedos de Petey lhe percorreram o caminho pelo braço até o pulso, quando ela virou o rosto para o dele, os lábios entreabertos, a respiração doce, não parecia haver nada a dizer, nada a fazer, a não ser beijá-la.

E foi o que ele fez.

De alguma maneira, Finn chegou ao lar, colocou a égua no estábulo e lhe deu água, fez carinho no bode, tropeçou até a casa. Em vez de ficar de vigília na mesa da cozinha, como ele fizera por sessenta e tantas noites cinzentas e perturbadas, ele desabou na cama e pegou no sono, os pés se sacudindo como se ele ainda estivesse cavalgando com Petey por uma floresta que existia apenas nos sonhos. Mas apenas algumas horas mais tarde, gritos agudos o acordaram.

Finn jogou os lençóis para o lado, desorientado. Ele se lançou para a janela aberta, sem saber que nome gritar.

Outro grito estridente.

Finn olhou em volta. Então caiu de joelhos e espiou embaixo da cama.

Calamidade.

E seis minúsculos gatinhos, não muito maiores que os camundongos que a gata era uma calamidade em caçar.

— Está tudo bem — sussurrou ele para o montinho de filhotes que guinchavam e se enroscavam, apertando o focinho contra a barriga da mãe. — Vou cuidar dela, e ela vai cuidar de vocês. Vocês vão ver.

Ele rastejou de volta para a cama. *Vocês vão ver, vocês vão ver, vocês vão ver.*

Roza

EXATAMENTE COMO O RESTANTE DE NÓS

A FERA QUE IMPEDIRA ROZA DE ESCAPAR DO QUINTAL DAQUELA horrenda casa de subúrbio era o maior, mais repulsivo e mais deplorável cão que Roza já vira. Os dentes eram longos e amarelados, o rabo tinha um chicote espinhoso, os olhos eram da cor de túmulos. Ele mostrava os dentes a cada vez que ela se movia, explodia em rosnados furiosos se ela ousava andar de um lado a outro da sala, latia até ficar rouco se ela se demorava demais perto das portas ou janelas.

As empregadas e os guardas do castelo mantinham distância de Roza e seu novo e feroz companheiro. Mas naquela noite, quando a cozinheira perguntou se ela gostaria de uma torta de enguia para o jantar, Roza respondeu:

— Sim. Muito obrigada.

A cozinheira ficou tão satisfeita de ter para quem cozinhar que preparou *duas* tortas. Roza levou o cão e as tortas para seus aposentos na torre, partiu a torta em pedaços e os ofereceu ao cão. O cão desviou os olhos injetados para ela, confuso com a oferta, com a gentileza.

— Está tudo bem — disse ela.

Ele pegou um pedaço, engoliu, olhou para ela de novo.

— Vai em frente. É tudo seu.

Ele comeu uma das tortas, em seguida a outra, e arrotou satisfeito. Ela se sentou em uma cadeira perto do fogo, e o animal deitou a cabeça nos tornozelos da jovem e babou nos pés descalços. Veio a escuridão, e ele se estirou ao pé da enorme cama, ocupando mais da metade com seu corpo sarnento e pulguento. E apesar de que ela provavelmente precisaria mandar queimar os lençóis pela manhã, além de tomar um banho de lixívia, era agradável ter um amigo.

Porque seu pelo avermelhado tinha um aspecto surrado, ruço, ela resolveu chamá-lo de Rus.

Ela não se incomodava em conversar com Rus, já que o cão não a olhava com aquele sorriso horrendo, indulgente, o cão não a tocava com dedos gélidos, não dedilhava o cordão que amarrava o corpete de seu vestido e não dava risadas quando ela se arrepiava e jogava o corpo para trás, o cão não fazia isso o cão não fazia aquilo o cão o cão o cão.

Roza pediu à cozinheira que fizesse torta de enguia todas as noites. Depois que o cão as devorava e colocava sua grande cabeça de pelos ásperos em seus tornozelos ou em seu colo, ela lhe contava uma história. Dizia: "Cresci em um vilarejo tão pequeno que não tinha nome." Ou: "Antes de embarcar no voo para os Estados Unidos, eu jamais tinha andado de avião. Nunca havia ido para tão longe de casa. Nunca para tão perto do sol."

No avião, havia outros alunos matriculados no mesmo programa, dando risadinhas e se virando em seus assentos nas fileiras diante de Roza, mas seus tímpanos pareciam balões com ar demais, o coração martelava no peito, e a língua pesava feito uma pedra em sua boca. Será que estava doente? Será que estava com medo? Se alguém tivesse perguntado, ela não teria sido capaz de responder. Ao redor do avião o amplo céu azul cintilava à luz do sol. Lá embaixo, o oceano cinzento era a definição da palavra "eternidade". Tudo parecia imenso e pequeno, como se o avião estivesse pendurado numa corda sustentada pelas mãos dos deuses.

Roza ficou grata por finalmente aterrissarem. Com as pernas rígidas e entorpecidas, ela seguiu os outros alunos para fora do avião até a alfândega, tentando não perdê-los de vista quando se dividiram em diferentes filas. Por que ela não falara com uma dessas pessoas no avião? Talvez soubessem onde encontrar as malas. Talvez soubessem onde estavam os ônibus. Talvez não estivessem tão enjoados ou assustados, como se já tivessem entregado seus destinos a outra pessoa sem sequer se dar conta.

A fila dela andou devagar, e então o agente da alfândega lhe encarou o passaporte por muito, muito tempo, e seu rosto por mais tempo ainda. Ela sabia um pouco de inglês, apesar de ter um sotaque pesado. Ela disse:

— Sim? Está bem?

— Você é polonesa.

— Sim.

— Você não parece polonesa.

— Desculpe?

— Polonesas são loiras.

Ela não sabia o que responder. Mordeu o lábio.

O homem deu um sorriso secreto, como se o sorriso não fosse direcionado a ninguém, nem mesmo a ela. Ele perguntou:

— Você é modelo?

O calor subiu pelo pescoço até suas bochechas. Será que ele estava brincando?

— Não. Eu vim estudar.

— Quem precisa de escola quando poderia ser modelo?

Ele estendeu a palma da mão por cima dos documentos de Roza, prendendo-os ali, prendendo *Roza* ali. Ela olhou de volta para a fila formada ali atrás, mas ninguém estava prestando atenção. Os últimos alunos desapareciam no corredor diante dela. Roza queria puxar os dedos do homem para trás até fazê-lo gritar. Queria socá-lo.

Queria chorar. Mas este era um adulto, e algum tipo de autoridade, e ela não ousou dizer nada. Só ficou esperando com as bochechas ardendo e o próprio sorriso estúpido até que ele deslizou os documentos de volta para ela, as pontas ásperas dos dedos roçando seu pulso brevemente.

Ela agarrou os documentos e correu, esfregando o braço na calça jeans com tanta força que poderia ter começado a pegar fogo. Mas não precisava ter se preocupado em se perder dos outros alunos, eram tão turbulentos que era impossível não vê-los, passando o tempo em torno da esteira de bagagens, rindo e conversando, como se já se conhecessem havia anos. Roza pegou a antiga mala florida da esteira e seguiu os alunos até um homem que segurava uma placa onde se lia o nome da universidade. Ele os reuniu, os contou — havia uma dezena da Polônia, outra dezena de outros lugares da Europa — e os levou porta afora para o ar surpreendentemente frio e úmido do mês de maio. Apontou para um ônibus. Roza se jogou em um assento ao lado de uma menina com expressão tristonha.

— Não é terrível? — comentou a garota.

— O quê?

— Este lugar.

Roza esfregou o braço onde o agente a tocara.

— Acho que não estou aqui há tempo o suficiente para saber.

— Eu, sim — disse a garota.

O nome dela era Karolina, seus pais terríveis a tinham obrigado a vir, ela tivera que deixar o namorado para trás, não tinha almoçado, estava morrendo de fome, estava *frio*, segundo ela, os olhos se enchendo d'água, e era tudo terrível demais para colocar em palavras. Terrível, terrível, terrível.

Roza remexeu sua mochila e tirou um saco de papel. Abriu o saco e encontrou o babka que comparara dois aeroportos antes, na Polônia. Não estava tão velho. Ela o ofereceu a Karolina.

Karolina fungou e pegou o pão cravejado de frutas.

— Não como um destes há séculos.

Atrás delas, ressoavam palavras em inglês, tão exageradas que o efeito foi fazer quem falava soar ainda mais polonês:

— *Ohmygod*, você está comendo *carbs*!

Karolina largou o pão no colo, como tivesse acabado de ser pega com heroína.

Roza se virou. Atrás delas, uma menina bonita, mas brutalmente magra, piscou olhos cheios de delineador.

— Quê? Carboidratos são engordativos.

— Ela está com fome — disse Roza.

— E daí? — retrucou a garota.

Roza se virou de volta para Karolina:

— Você não almoçou.

Karolina sacudiu a cabeça e estendeu o babka de volta para Roza.

— Tudo bem. Coma você.

Roza deu de ombros, deu uma mordida. A garota atrás cantarolou:

— Gorda!

Roza achava que ser gorda era melhor que parecer uma carcaça revoltada de galinha, fervida para uma sopa revoltosa, mas não disse mais nada. O que foi uma sorte, porque a carcaça brutalmente magra seria sua nova companheira de dormitório.

O nome era Honorata. Os pais de Honorata não a obrigaram a vir para os Estados Unidos, ela exigira. E uma vez ali, tinha 12 semanas para encontrar um namorado rico que lhe compraria várias joias. Disse que era melhor que Roza começasse a usar um pouco de maquiagem se quisesse encontrar um namorado. E comprar umas calças jeans decentes. E se livrar daquele moletom surrado. E ficar longe do sol; do jeito que era já parecia uma egípcia.

— Eu gosto desses jeans — comentou Roza.

— Não me diga que veio para estudar — retrucou Honorata.

— Eu vim. Botânica.

— Botânica? Tipo *plantas*? O que você vai ser, uma plantadora de batatas? — Honorata abriu a porta do quarto com violência. — Ei, gente! Minha colega de quarto quer plantar batatas!

Roza esbarrou nela quando saiu para o corredor.

— Aonde vai? — perguntou Honorata.

— Estou indo ver se Karolina não quer umas batatas.

Ela encontrou o quarto de Karolina, quatro portas adiante. A garota estava sentada em sua cama desfeita, mandando mensagens no celular para o namorado e chorando.

— Eu vou arrumar uma comida para gente — disse Roza. — Você vai se sentir melhor depois que comer alguma coisa.

— Que *tipo* de comida? — perguntou Karolina. — Quem sabe o que eles têm aqui. Insetos? Morcegos? Caracóis? *Carbs*?

Roza revirou os olhos, mas fez um esforço para manter a voz animada.

— Não seja boba. Eles têm McDonalds, que nem na Cracóvia.

Do lado de fora, não tinha nada a ver com a Cracóvia. Os prédios eram atarracados e retangulares. Lixeiras transbordavam com embalagens de fast-food e garrafas de refrigerante. Ela havia achado que Chicago inteira seria feita de mármore e metal e vidro, como algo em um filme de ficção científica. Onde estavam os reluzentes arranha-céus recém-construídos? Cadê as mulheres usando vestidos feitos de notas de cinquenta dólares?

Nem precisava disso. Cadê as árvores? A grama? Ela pensou nos morros ondulantes de seu vilarejo, nas vacas de olhos cor de chocolate, nas ovelhas cheias de lã, na tagarelice dos vizinhos, no cheiro da comida de Babcia, e sentiu uma onda de solidão tão forte que quase a derrubou.

O cheiro da comida de Babcia. Ela se viu diante de uma pequena venda de onde vinham os odores de alho e sauerkraut. Roza quase caiu no choro quando viu a placa na janela: MÓWIMY PO POLSKU TUTAJ. Aqui falamos polonês. Comprou um pote grande de sopa de beterraba, uma salada verde, sauerkraut, batatas assadas e salsichas polonesas ainda quentes da frigideira. Roza levou o pacote de volta para Karolina.

— Olhe! — disse Roza — Nada de *carbs*!

— Batatas têm *carbs*.

— Sim, mas são carboidratos deliciosos.

Karolina enxugou os olhos e guardou o telefone. Elas espalharam a comida pela escrivaninha. O cheiro do alho e das beterrabas atraiu os outros alunos do intercâmbio, que não conseguiam ficar longe de uma coisa que cheirava tanto à casa.

As aulas começaram. Roza ficou alocada na estufa do departamento de biologia com um professor visitante de cara macilenta que viera do centro de Illinois. Ela aprendeu a respeito dos efeitos do dióxido de carbono sobre diferentes plantas, as propriedades medicinais dos lúpulos, alcaçuzes e trevos-violeta. Não era o mesmo que estar ao ar livre, com as mãos na terra, o sol nas costas, mas melhor que ficar presa numa sala de aula. À noite, ela cozinhava sopa e salsicha e pierogi em uma chapa quente que contrabandeara para dentro do dormitório. Ela cozinhava tanto que as meninas polonesas começaram a chamá-la de Mama. Os meninos também, alguns de um jeito doce e tímido, outros lambendo os beiços. O que deixava Honorata maluca.

— O que é que *ela* tem de tão especial?

Um dos meninos, Baltazar — "Bob", como ele costumava se apresentar — era um garoto enorme e popular, com grandes olhos azuis. A maior parte das garotas mal conseguia se conter para não babar em sua presença. Não importava que fosse incapaz de manter os olhos azuis longe dos seios de todo mundo. Não parecia importar que tudo o que ele fazia era se vangloriar de trabalhar meio turno com o primo, que já estava no país havia cinco anos.

— Muito dinheiro. Todos os americanos ricos querem que a gente conserte a casa deles. Não conseguem fazer sozinhos. São burros demais.

Com todo esse dinheiro, Bob comprou um carro velho e enferrujado, que parecia ter sido pintado com tinta de parede marrom, e convidou Roza, Karolina e Honorata para dar uma volta. Ela não queria ir, não gostava de Bob, que era um golobki, mas Honorata disse que Roza parecia uma avó rabugenta e que ela devia calar a boca e parar de estragar tudo para o restante das pessoas. Dentro do carro velho, o cheiro era de bode velho e salsicha bolorenta (ou bode bolorento e salsicha velha, Roza não tinha certeza). Ou talvez não fosse nem o carro. Talvez fosse Bob. Ele tinha se certificado de que ela fosse no banco do carona, mas Roza se enroscou para longe dele, como uma flor em busca do sol, enquanto todo mundo tagarelava em polonês.

— Também tenho primos de segundo grau aqui — disse Karolina.

— Ah, é? — perguntou Bob. — Onde eles trabalham?

— Acho que um deles trabalha numa empresa de carne. Ele disse que podia me conseguir um emprego se eu quisesse ficar mais tempo.

— Uma empresa de carne? Como assim, fazendo kielbasa?

— Acho que sim — respondeu Karolina. — Não sei o que eles fazem. Eu trabalho no escritório. Vou ser contadora.

Bob riu.

— Garotas não são boas com matemática.

Roza estalou a língua.

— Quem te disse *isso*?

Bob riu de novo.

— Você vai ser contadora também?

Honorata se inclinou para a frente, respirando na orelha de Bob.

— Roza gosta de brincar na lama.

Bob acenou com a mão, como se estivesse afastando mosquitos.

— Isso pode ser divertido.

— Estudo plantas — disse Roza.

— Ela está estudando magia — acrescentou Honorata.

— Não seja burra — retrucou Karolina. — Está estudando medicina fitoterápica.

Honorata riu.

— Ahã. Remédios para rubores. Ela vai ajudar todas as velhas secas.

— É isso que você está fazendo? — perguntou Bob.

Roza se perguntou o que fazia naquele carro com aquelas pessoas. Ela e Karolina podiam ter ido ver um filme. Ela podia estar lá na estufa, ouvindo a voz arrastada do professor macilento falando sobre plantas.

— A aspirina veio do tronco de uma árvore — disse ela. — Então por que não seria o caso de outros remédios?

— É legal de sua parte ajudar as velhas — disse Bob. — Elas não servem mais para grande coisa.

Enquanto estavam paradas em um semáforo vermelho, um homem triste com uma barba suja e um copo de papel mancou até o lado do motorista. Bob abaixou o vidro e lançou:

— Vá arrumar um emprego!

Roza esfregou a cabeça, desejou ter uma casca de sabugueiro, decidiu que não haveria cascas de sabugueiro suficientes no mundo.

— Por que você gritou com ele?

— Porque ele é um vadio — disse Bob em polonês. — Estamos nos Estados Unidos. Você tem que trabalhar se quiser dinheiro.

— E se ele estiver doente? — retrucou ela.

— Ele parecia saudável o suficiente para mim — disse Bob.

— Parecia triste.

— Você está brincando.

Roza estava prestes a dizer que não, que não estava brincando, que o homem realmente lhe parecera triste, mas então percebeu que Bob não estava interessado no que tinha a dizer.

— Trabalho pesado — falou ele. — Comprei esse carro com meu próprio dinheiro.

— É um bom carro — disse ela.

— É uma sucata, mas é *meu* carro, e é isso que estou dizendo. E não ache que não vou conseguir um melhor em breve, porque vou, sim.

— Sem dúvida — disse Roza. — Provavelmente uma Mercedes.

Ele a encarou, se perguntando se ela estava curtindo com a cara dele. Deve ter concluído que ela fora sincera, porque disse:

— Estamos nos Estados Unidos. — Pisou no acelerador, e os pneus velhos guincharam em protesto. — Quero um Mustang.

Ele convidou Roza para jantar. Ela respondeu:

— Sinto muito, minha aula vai até tarde.

Ele a convidou para o cinema. Ela respondeu:

— Tenho dever de casa.

Ele a convidou para dançar. Ela respondeu:

— Não, obrigada, tenho que ligar para minha avó.

Estava quente demais para usar casaco, mas Roza usava o dela de qualquer maneira, o zíper fechado até o pescoço.

Ele a pegou no corredor dos dormitórios, pressionou-a contra a parede. Exalava o considerável cheiro de bode em ondas nauseantes. De perto, os olhos pareciam marejados e cinzentos, como os de Ludo.

— Qual é o problema com você? — perguntou ele. — Por que não coloca um vestido ou algo assim?

— Visto o que eu quiser.

— Você acha que é boa demais para a gente?

— Quem é *a gente*? — perguntou ela.

— Eu. Você acha que é boa demais para mim?

— Não! — disse ela.

— Então prove.

Ela o empurrou. Era forte, mas ele era mais.

— Eu não tenho que provar nada!

Ele a encurralou, fedendo, encarando-a. Ela virou o rosto para o lado, mordendo com tanta força a parte de dentro da bochecha que sua boca se encheu de sangue. O professor falara sobre os "olhos de boneca", que era outro nome para a Erva-de-São-Cristóvão, que podia provocar parada cardíaca. Ela desejou ter um bom punhado para enfiar na goela de Bob.

— Cadela. Você não passa de uma cadela cheia de si.

Quando Roza tentou entrar em seu quarto novamente, encontrou a porta fechada por dentro com uma corrente. Ela esperou no saguão por uma hora antes de tentar a porta de novo. Na segunda tentativa, a porta se escancarou e Bob passou correndo, dando um encontrão com tanta força que a desequilibrou.

Honorata estava sentada na cama, olhar sombrio e indecifrável, o batom borrado como um ferimento.

— Eu disse a você que ele era horrível — disse Roza, só reconhecendo a crueldade das palavras enquanto as dizia.

Honorata lançou um travesseiro pelo quarto.

— Vá para o inferno!

— Ele machucou você?

— Por que você se importa?

Roza pegou o travesseiro, colocou-o na cama de Honorata. Abriu os livros em sua escrivaninha, fingindo estudar.

Muito mais tarde, depois de ter apagado as luzes, Honorata sussurrou, a voz tão fina e tensa que Roza achou que podia se romper:

— Você não é melhor que nenhum de nós. Algum dia, alguém vai lhe mostrar isso.

Roza era melhor. *Elas* eram melhores, mesmo a Honorata irritada. Roza podia ter sido qualquer uma delas, cada uma delas. A história não tinha mudado. Só os figurinos. Só os jogadores.

Um dos benefícios do figurino: o disfarce. No jantar no castelo, quando o homem de olhar gélido parou de encará-la por tempo o suficiente para tomar um gole de vinho de seu cálice cravejado de joias, Roza puxou uma faca da mesa e a enfiou nas dobras do vestido.

JUNHO

Lua dos morangos

Finn

PERDIDO

Desde que começaram o trabalho, Finn e Miguel haviam substituído mais de uma dezena de postes da cerca, emendado centenas de metros de arame, e ainda parecia que mal haviam começado. A cada dia, o sol ficava mais quente e mais escaldante, quente demais para o mês de junho, e a cerca parecia ficar cada vez mais longa, como uma coisa viva, serpenteando pela pradaria. Os dois tiraram a camisa, simplesmente para se refrescar; suas costas e costelas estavam marcadas nos pontos em que o arame da cerca os fustigara e espetara. Tomavam cuidado redobrado com o arame farpado que instalaram no topo e na base da cerca, arame que poderia facilmente lacerar os dois.

Após apenas duas horas de trabalho, Finn fez uma pausa para jogar uma garrafa de água na cabeça.

— Ei — disse Miguel. — Você não vai desmaiar para cima de mim, vai?

— Desculpe. Não tenho dormido muito.

— Ouvi dizer.

— O que você ouviu?

Miguel deu um nó num segmento de arame, jogou os grampos e o alicate no chão.

— Ouvi que você não vinha dormindo muito.

— Qual é — disse Finn.

Miguel tomou um gole da água.

— É Bone Gap. O povo fala.

— Que povo?

— O povo todo — respondeu Miguel. — Você pode estar perambulando no escuro, mas todos nós ouvimos o galope.

— Gosto de cavalgar.

— Não brinca. Aonde você vai?

— Lugar nenhum.

— Lugar nenhum?

— Aonde a égua quiser.

— Maneiro.

— É sério, a gente só cavalga por aí. Não é nada de mais.

Miguel assentiu. Ele olhou para o chão, para a pá, para Finn, para todo lugar a não ser a estrada.

— Onde está ela hoje? — perguntou Finn.

— Quem?

— A Sra. Lonogan — respondeu ele, secamente. — Amber, sabe? Bicicleta rosa? Mastiga cabelo?

— Ah, ela — disse Miguel.

Finn riu.

Miguel agarrou a pá e continuou cavando.

— Vá se foder.

— Vá *você*.

Miguel jogou um bocado de terra nos pés de Finn.

— Eu não quero deixar seu cavalo com ciúme.

— Talvez eu devesse trazê-la aqui amanhã. Ela pode levá-lo para ver Amber, já que você não tem colhões para fazer isso sozinho.

— Não me apresse, cara. Estou esperando o momento perfeito.

— É isso que você está fazendo?

Essa era uma coisa que Finn não podia fazer: esperar. Toda noite, depois que a escuridão caía sobre Bone Gap, ele se esgueirava até o celeiro. E toda noite, a égua noturna o levava para a casa de Petey. Às vezes Petey estava esperando no apiário, uma fogueira acesa, o zumbido das abelhas suave e baixinho. Às vezes o apiário estava em silêncio, e ele cavalgava até a casa e batia na janela. Ela emergia feito uma borboleta de uma crisálida.

Quando o encontrava no apiário, eles assavam marshmallows, mergulhavam os sanduíches de biscoito num vidro de Mel da Rainha Hippie e conversavam sobre a carga pesada de deveres do colégio, e sobre como conseguiriam sobreviver ao último ano; sobre os seis filhotinhos de Jane Calamidade; sobre a mãe volúvel de Finn; sobre o pai falido de Petey; sobre o mudo e enraivecido Sean; sobre Charlie Valentim e todos os seus supostos encontros com mulheres misteriosas que ninguém conhecera; sobre os Rude; sobre os temas de redação mais estranhos em que conseguiam pensar: *Descreva uma pessoa que teve o maior impacto em sua vida usando apenas advérbios. Explique um momento que mudou sua visão de mundo, em forma de receita culinária. Conte como se sente a respeito de quintas-feiras — são melhores ou piores que terças?* E se as palavras e humores de Petey às vezes eram ferroadas, os lábios eram sempre macios.

Quando Petey não estava esperando no apiário, quando ele batia no vidro e ela saía de casa pela janela, eles cavalgavam na égua para além do riacho, através da enorme planície, pela floresta que não estava ali, por cima do penhasco com o vento que os pegava nas mãos suaves e macias. Horas mais tarde, eles voltariam, ofegantes e com os joelhos fracos e tremendo, sem entender onde haviam estado, mas sabendo que fora um lugar de existência impossível. Finn puxava Petey para seus braços e a beijava até que ambos estivessem tão atordoados que mal conseguiam andar.

Finn ainda estava atordoado. Um atordoamento perpétuo.

Para Miguel, ele disse:

— Petey Willis.

— Quê?

— É aonde tenho ido.

Miguel assentiu.

— Você não está surpreso.

— Surpreso que ela goste de você, talvez — disse Miguel. — Petey, hein?

— Petey — repetiu Finn.

— Você não desistiu.

— Acho que não.

— Bem, ela não é chata, tenho que admitir. Gata do próprio jeito. Eu entendo. E aí, o que vocês fazem?

— A gente fica junto.

— Fica junto. E que mais?

— A gente conversa.

— Ok. Sobre o quê?

— Coisas. Não sei. Redações das provas para faculdade. É tipo uma piada recorrente. A gente pensa nas perguntas mais estranhas que poderiam fazer e...

Miguel apoiou a testa no cabo da pá.

— Cara, eu não tenho uma namorada há meses. E quando foi a última vez que você teve uma? Você tem que conseguir atividade o suficiente por nós dois. E não vai conseguir atividade nenhuma se ficar falando de *redações*.

— Petey e Amber são amigas, talvez eu pudesse...

— Amber gosta de *você*. Várias garotas gostam de *você*.

— Gostam nada.

— Tem um bocado delas sentadas na beira da estrada observando a gente agora mesmo.

— Observar não é o mesmo que... — Finn não terminou a frase.

— Achei que você não sabia quem estava sentado na beira da estrada agora.

— Tem *nove* garotas.

— Por que tem nove garotas sentadas na beira da estrada? Formule sua resposta em forma de pergunta.

— Hã?

— Deixe pra lá.

— Você tem que desgrudar dos livros. Temos que passar pelo último ano do ensino médio primeiro. Precisamos conseguir passar pelo verão.

Finn não queria passar pelo verão. Ele queria ficar parado nele, sentar ali e continuar por um tempo. Ele já desgrudara dos livros, já perdera a primeira das provas de admissão para a faculdade, já não se importava. Cada vez mais, Finn já não conseguia mais lidar com os marshmallows ou com a cavalgada, porque Petey estava ali, exuberante com seus olhos de abelha, e era demais para absorver de uma vez só, e ele não conseguia esperar até o momento de silêncio diante da fogueira ou até o fim de uma cavalgada impossível — tinha que beijá-la imediatamente, e continuar beijando para provar a si mesmo que ela não acabaria desaparecendo, como tinha acontecido com tantas outras coisas.

— Vamos marcar de sair — convidou ele uma noite, enquanto Petey o pressionava contra a grama, dedos pequenos percorrendo suas costelas através da camiseta, a respiração quente em seu pescoço.

— Sair para onde?

— Qualquer lugar. Para lanchonete, para o cinema, sair *mesmo*. Onde as pessoas vejam a gente. Onde eu possa ver você.

— Não está me vendo agora?

— Sim, mas...

— Mas o quê? Quem se importa se outra pessoa nos vê?

Ele não conseguia explicar qual era o medo dele, soava estranho demais — que ele tinha medo de que ela também não fosse de verdade. Mas, se fossem vistos em algum lugar, a fofoca do povo de Bone Gap, os burburinhos, as opiniões, as análises infindáveis, fariam com que ele pudesse acreditar. Ele queria acreditar nela.

Mas não havia nada que ele pudesse dizer. Então ele falou:

— Eu só quero passar mais tempo com você, mais nada.

Ela riu.

— Se você passar mais tempo por aqui, vai ter que se mudar para minha casa. Minha mãe é tranquila, mas não tanto.

Era precisamente por não querer que Petey desaparecesse que Finn achava que ele devia aparecer na casa dela à luz do dia, talvez dar um oi para a mãe dela, ser um homem, em vez de espreitar feito um adolescente idiota dominado pelo tesão (apesar de ele ser um adolescente idiota dominado pelo tesão). Ele deixou a égua no celeiro e pegou a estrada principal até a casa de Petey, mantendo-se fora do caminho de carros e caminhões, parando o trânsito para permitir que uma pata com uma fila de patinhos atravessasse a rua, ignorando os motoristas impacientes se debruçando sobre as buzinas.

Ele virou na via que dava na casa de Petey, algumas ruas antes da estrada principal. Um dos cães dos Willis estava dormindo no meio do asfalto. Ele tinha um nome que ninguém usava. Todo mundo chamava esse cachorro de Cachorro que Dorme no Asfalto. Nenhum motorista impaciente conseguia impressionar o cachorro; ele não se movia para nada ou para ninguém. Era preciso contorná-lo com o carro ou voltar para o lugar de onde se tinha vindo.

— Olá, Cachorro — disse Finn.

O Cachorro que Dorme no Asfalto levantou a cabeça, observou Finn, como se ele não passasse de um adolescente idiota dominado pelo tesão, e voltou a dormir.

Finn se aproximou da casa, pensando tarde demais que devia ter trazido alguma coisa para a mãe de Petey — flores? Bombons? Um documento assinado declarando suas intenções ligeiramente indecorosas? — quando ele viu a fumaça ondulando acima do teto da casa. Estranho Petey acender uma fogueira durante o dia e em junho, mas, pensando bem, ela havia usado um defumador para acalmar o enxame no café. Ele contornou a casa, esperando não estar se metendo bem no meio de outro enxame. Mas, em vez de um enxame, Finn se viu diante de um massacre. Ou melhor, uma autópsia. Mel Willis estava diante de uma das colmeias parcialmente desmantelada. De uma macieira próxima, uma pequena bola de abelhas confusas pendia como um novelo de lã desgrenhado. Tanto Mel quanto Petey usavam macacões brancos de apicultor e chapéus telados. O ar tinha cheiro de cinzas e mel.

Mel Willis, reconhecível dentro da roupa só porque era mais alta que a filha, disse:

— Oi, Finn! Não chegue muito perto, tá? Estamos com umas abelhas desorientadas aqui.

— Posso ficar aqui atrás se quiserem — disse Finn. Ele se lembrou do pai de Miguel depois de ser picado dezenas de vezes, vermelho e todo inchado, Sean raspando os ferrões de sua pele com um cartão de crédito.

— Pode chegar mais perto que isso. Priscilla está com o defumador — disse ela. — Mas você tem que se mexer devagar, tá? As abelhas são míopes. Qualquer coisa grande e parada fica embaçada para elas; qualquer coisa rápida ou com movimentos bruscos chama a atenção.

Finn reduziu o passo e parou a alguns metros da colmeia e das apicultoras. De onde estava, conseguia detectar pelo menos um dos problemas com a colmeia. Grandes insetos negros haviam aberto caminho por um dos favos.

— Baratas — disse Mel.

Como se estivesse esperando a deixa, uma das baratas caiu na grama. Era tão grande que poderia rebocar um trator.

— Maneiro — disse Finn.

— O que tem de maneiro? — estourou Petey.

Então talvez Petey fosse um pouco mais espinhosa durante o dia. Ou então quando as abelhas estavam bravas.

Mel soltou um suspiro.

— Não grite, Priscilla. Vai irritar as abelhas.

— Elas já estão irritadas!

— Obrigada por avisar — ironizou Mel. — Agora trate de falar baixo, por favor.

Petey cruzou os braços, fazendo o defumador soltar fumaça freneticamente.

— As baratas atacaram as abelhas? — perguntou Finn.

— Baratas conseguem entrar em qualquer colmeia, mas uma colônia forte consegue dar conta delas. Não sei o que aconteceu com esta, e foi tão rápido, também. É uma de minhas melhores colmeias. Ou era.

— Então por que elas saíram? — perguntou Finn.

— Falta de espaço ou uma rainha velha.

— Ou porque deu vontade — murmurou Petey.

— Quando não tem espaço na colmeia, a rainha velha põe alguns ovos, que são então alimentados com uma coisa chamada geleia real para se desenvolverem e virarem abelhas-rainhas — disse Mel. — Antes de essas novas rainhas eclodirem, a rainha velha vai embora com algumas operárias para formar uma segunda colmeia.

— Talvez não estivesse lotado demais. Talvez algo tenha perturbado as abelhas — disse Petey, com uma voz mais branda dessa vez.

— Como o quê? — perguntou Mel.

— Eu não sei — respondeu Petey. Ela inclinou o rosto coberto pela tela para o céu, como se as nuvens pudessem fazer a revelação. — De qualquer maneira, se elas estivessem planejando deixar a colmeia, ou mesmo se estivessem planejando substituir uma rainha doente, a colmeia teria uma nova rainha. As células das rainhas estão vazias: os favos estão ali, mas não há rainha alguma.

Finn apertou os olhos para ver melhor o favo exposto, algumas abelhas zumbindo e se enroscando nele.

— Isso é ruim?

— Uma colônia não sobrevive sem rainha — disse Mel. Como Petey, ela inclinou o rosto para o céu. — Torçamos para que a nova rainha tenha ido acasalar e volte em breve. No meio-tempo, vamos tirar as baratas, substituir alguns quadros de favos e torcer pelo melhor.

Depois disso, vamos tentar arrumar um novo lar para essas abelhas. — Ela indicou com a cabeça a bola de abelhas que pendia do galho.

Finn ajudou Mel e Petey a tirar as baratas dos quadros velhos. Mel substitui dois deles por quadros novos em folha que ainda tinham cheiro de seiva. Uma abelha solitária pousou no braço de Finn. Ele estava fascinado demais para ficar nervoso.

— Consigo sentir as patinhas dela.

Petey bufou.

— Ela? É ele.

— Como você sabe?

— Os olhos gigantescos que praticamente ocupam a cabeça inteira. As meninas não têm esses.

— Mas a maior parte das abelhas são meninas, certo?

— Elas deixam alguns zangões por perto para se divertir — disse Mel, dando um sorrisinho por baixo da tela.

Petey mirou o defumador nela, e Mel ergueu as mãos.

— Eu sei, eu sei, vou parar de envergonhá-la — disse Mel. Para Finn, ela disse: — Tão melindrada.

— *Mãe* — reclamou Petey.

— Está bem. Vamos colocar aquele enxame numa caixa. Finn, você precisa recuar um pouco para o caso de Priscilla ter que usar o defumador.

— Não me chame de Priscilla — disse Petey.

— Não jogue fumaça nelas a não ser que seja necessário.

— Eu sei!

Mel pegou um borrifador e lançou uma nuvem no enxame. As abelhas zumbiram e se agitaram.

— É uma mistura de água com açúcar — disse ela. — Elas não conseguem voar tão bem quando estão molhadas. E lamber a água açucarada as acalma. Eu sempre digo a Priscilla que é melhor que jogar fumaça, mas minha filha não gosta que lhe digam o que fazer. — Mel amarrou um lençol em torno de um tronco da árvore bem embaixo das abelhas.

Ela estendeu o lençol do galho até a colmeia do mesmo jeito que Petey tinha feito no PAPO & PRATO.

— Agora — disse Mel — esperamos pela rainha. É mais fácil vê-la contra o lençol branco.

Finn e Petey e a mãe de Petey ajoelharam na grama enquanto uma abelha atrás da outra marchava de volta para a colmeia. Quando as abelhas começaram a se aglomerar, andando e voando, um pensamento ocorreu a Finn:

— Como vocês sabem qual é a rainha?

— Ela é maior que as outras — disse Mel.

— Isso não ajuda muito — retrucou Petey. — Nem sempre consigo encontrar.

— Porque ela não é tão maior assim — disse Mel. — Você não pode confiar no tamanho tanto quanto na maneira como se move. É como se ela andasse de um jeito mais decidido. — Ela tirou o chapéu e ajeitou o longo cabelo liso. — Ela tem uma função pesada. Gerar os bebês. Inspirar as operárias. Gerenciar a colônia. É desse jeito que ela se move. Como uma mulher determinada. O melhor jeito de vê-la é deixar seus olhos perderem o foco, deixar as coisas parecerem meio nebulosas. Ver as abelhas como um todo em vez de indivíduos. Quando faz isso, você entende o padrão por inteiro. Os movimentos da rainha vão se destacar por serem tão diferentes dos de todas as outras.

— Você quer dizer para eu tentar enxergar como uma abelha — disse Finn.

Mel riu.

— Exatamente. Está certíssimo.

Finn fez como Mel sugeriu, deixando a vista sem foco. Não precisou de muito tempo.

— Ali — disse ele, apontando para uma abelha comprida no meio de todas as outras que percorriam o lençol.

Mel se inclinou para olhar.

— É ela!

— Está zoando com minha cara — disse Petey.

— Finn, parece que você tem um talento para encontrar as meninas bonitas. — Mel indicou Petey com o dedo.

Petey puxou uma margarida do chão e arrancou a flor do caule, mas isso só fez a mãe rir de novo.

Apesar de Finn saber que Mel se referia a Petey, ele não conseguiu evitar o pensamento súbito em Roza, e como ele *não* a encontrara, como ele quase se esquecera de ir atrás dela desde que seu cérebro e sonhos e noites começaram a ser preenchidos por Petey. E ele pensou em Sean, se perguntou se ele estivera beijando Roza da maneira como ele vinha beijando Petey, e como devia ser isso. Como se sentiria se Petey fosse levada de repente, se Sean tivesse estado lá para testemunhar e não tivesse feito nada para impedir, e não fizesse o menor sentido quando fosse falar a respeito depois? O estômago de Finn rastejou até a garganta.

— Finn? Você está bem? — perguntou Mel.

— Quê? Ah, sim. Estou bem.

— Sempre no seu mundinho, não é mesmo? — comentou Mel, mas com gentileza.

Mel não o chamava de Aéreo nem de Aluado nem de Avoado nem de Brother nem de mais nada; ela o chamava pelo nome. Ela não parecia achar que ele era o culpado pelo desaparecimento de Roza, como tantos outros, e isso só tornava as coisas piores.

— Vamos entrar e tomar um chá com flocos de mel — disse ela. — Fiz hoje de manhã.

Os flocos de mel de Mel Willis eram quase tão famosos quanto seu Mel da Rainha Hippie, e ninguém os recusaria, nem mesmo um adolescente idiota dominado pelo tesão e dividido entre a culpa paralisante e um impulso louco de carregar uma menina com olhos de abelha até a cama mais próxima para mostrar a ela todas as coisas que ele não conseguia dizer, todos os aspectos em que ele temia perdê-la.

Em vez disso, os três entraram na cozinha em fila indiana, os olhos de Finn grudados no chão enquanto Petey despia o macacão. Eles ficaram sentados na mesa da cozinha dos Willis, mergulhando os flocos de mel no chá de limão adoçado. E depois de Finn comer mais flocos de mel que a lei do estado de Illinois permitia, Mel embalou uma lata extra para Sean, assim como um pote grande de mel, em uma sacola parda para viagem.

— Ah! — disse Mel. — Antes de ir, você devia assinar o anuário de Petey. — Ela estendeu para ele um tomo bordô fino e de capa dura.

Petey emitiu um som sufocado, como se estivesse engasgando na própria língua.

— Hã, Finn não precisa *assinar meu anuário.*

— Por que não? Todo mundo quer que as pessoas assinem seus anuários.

— Eu não sou todo mundo. E eu nem queria um anuário. Você encomendou esse livro para você mesma.

— Certo, vou pedir para Finn assinar para mim então.

Petey revirou os olhos, mas, quando a mãe virou as costas, estendeu a mão e apertou de leve o mindinho de Finn.

Finn folheou o livro, lendo as listas de nomes até chegar ao seu, o terceiro da página. Então ele foi para a fileira de fotografias, contou três. Pegou a caneta e rabiscou alguma coisa em cima da foto.

Petey o observou fazendo isso, o cenho franzido. Mel, por outro lado, estava realizada, da maneira como parecia se sentir realizada com todas as coisas.

— Obrigada, Finn. Apesar de Priscilla achar besteira, daqui a cinco anos ela ficará feliz de ler sua mensagem.

— Eu não vou nem abrir esse anuário — rebateu Petey.

— Vai si-im! — cantarolou a mãe.

— Vou na-da! — cantarolou Petey de volta. — E vou acompanhar Finn até a saída agora!

— Não se percam — disse Mel.

Petey bateu com força a porta da cozinha e andou com passadas pesadas até o quintal. Ela esperou até que estivessem do lado da casa antes de dizer:

— Tá, é sério? *Espero que você não mude nunca?*

Finn ficou vermelho até a raiz dos cabelos.

— Eu ia escrever alguma coisa a respeito de minhas intenções ligeiramente indecorosas com você, mas não achei que sua mãe fosse aprovar.

— Ah, sim, ela ia. Ela gosta de achar que é moderninha com essas coisas. E ela é, acho, mas é meio esquisito ouvir uma mulher de 36 anos relembrando todos os meninos em quem deu uns pegas debaixo das arquibancadas quando estava no ensino médio. Quem quer saber dessas coisas? Ainda que não seja ilegal dizer em voz alta, deve ser *meio* ilegal.

— A gente nunca deu uns pegas debaixo das arquibancadas.

— Quem precisa de arquibancadas? — Petey entrelaçou os dedos nos dele e o puxou para um tufo de flores silvestres, com mais ervas-daninhas que flores, um tufo que vinha quase até seus cotovelos.

— Então, essas suas intenções. Quão indecorosas, exatamente?

Ele ia fazer uma piada — *Escreva sobre o momento em que suas intenções foram mais indecorosas na forma de biscoito da sorte* —, mas os olhos faiscantes de Petey, o contorno de seus ombros na camiseta apertada, a piscadela secreta de sua clavícula sob a pele, o denso cheiro adocicado de morangos no ar fizeram seus pensamentos se dispersarem, como peixes à pancada de uma pedra na água. Ele deixou cair a sacola, sem se importar com o que tinha quebrado. Emaranhando as mãos no cabelo de Petey, Finn a beijou como se estivesse possuído, e eles caíram sobre as flores, os corpos ocultos pela grama alta. Ela passou os braços pelo pescoço de Finn e as pernas ao redor de seu quadril, e os dois se moveram juntos, se perdendo um no outro. E apesar de haver camadas de roupas separando-os, ele conseguia se imaginar dentro dela.

Ficou muito, muito tempo sem conseguir formular um pensamento coerente.

Finn pegou o mesmo caminho de volta para casa, passando pelo de Cachorro que Dorme no Asfalto, que sequer ergueu a cabeça para bocejar quando o garoto disse:

— Até mais, Cachorro.

Conforme o dia resvalou para a noite, o céu descamou os laranja e roxos em negro e azul. Uma lua falciforme se insinuou pela seda celeste. Finn andou até a vala na beira da estrada para não ser massacrado pelos carros que passavam. Ou então para não cambalear para cima do tráfego, ele não sabia ao certo qual dos dois.

Ele se arrastou pela estrada, o ar noturno se encheu com o som dos grilos e os chamados dos sapos e o *uh? uh?* das eventuais corujas. O cheiro de esterco-com-leite-azedo das vacas veio e foi embora com a brisa. As plantas bem que precisavam de um pouco de chuva. Os sapos também. A cidade inteira. Ele gostaria de ficar com Petey do lado de fora na chuva, uma daquelas chuvas quentes de verão que era forte o suficiente para deixá-lo ensopado, mas não tanto ao ponto de obrigá-lo a entrar em casa.

Atrás dele, o ronco de um motor, o chiado de pneus, uma voz gritando "Aluaaaaadooooooo!". Ele se abaixou bem a tempo de evitar um tomate verde apodrecido na cabeça enquanto os Rude passavam de carro em sua picape velha, seus cacarejos ainda ecoando.

Então os Rude tinham desaparecido, e as risadas com eles, e Finn tinha a estrada toda para si. Ele estava tão ocupado ouvindo os grilos e os sapos e o barulho de suas próprias botas e imaginando Petey tomando um banho de chuva, a pele escorregadia e brilhosa com as gotas de chuva, que não reparou nos passos atrás dele até estarem *bem* próximos. Ele se virou num movimento rápido, os punhos em riste. Mas a estrada estava escura e vazia. Não havia ninguém ali.

Ele sacudiu a cabeça e continuou andando. Novamente, os grilos e sapos o embalaram, e sua mente deslizou para outra tempestade e rajada de Petey, e novamente, apenas o som de estranhos passos o lançaram para fora dos sonhos. Ele parou, a cabeça inclinada. Até os sapos e corujas prenderam a respiração.

Nada.

As casas ficavam longe da estrada, os carros sombrios e silenciosos na pista. Os campos se estendiam por quilômetros em todas as direções. Ele não conseguia ver nada se movendo na estrada ou nos campos, mas, ainda assim, os pelos de sua nuca se eriçaram.

A voz de Miguel ressoou dentro de sua cabeça. *A qualquer momento, um gato vai pular na sua frente e você vai se sentir um retardado. E no momento em que você relaxar, o assassino vai cortar sua cabeça com um machado. Gato surpresa, e aí cabeça cortada. Sempre nessa ordem.*

— Cale a boca — disse Finn.

Ele acelerou o passo. Desejou que Miguel não tivesse assistido a tantos filmes de terror. Desejou que Miguel não *falasse* tanto sobre os filmes. Desejou que...

Uma bola de penas brancas explodiu das ervas daninhas e o acertou bem no meio da barriga. Ele cambaleou para o lado, quase esmagando a galinha desorientada num estupor aos seus pés.

Retardado. Na mosca.

Ele pegou a galinha com o braço livre. *Sue Rompante dando mais um rompante*, pensou. Charlie ia ficar mesmo feliz em vê-la.

Ele começou a andar novamente, a sacola de papel em um dos braços e a galinha no outro. Pensou que a galinha fosse ficar mais calma ao ser carregada — Charlie carregava todas as galinhas de um lado para outro —, mas seus cacarejos frenéticos completaram o coro de grilos e o crescendo das corujas: *Uh? Uh? UH?*

Ele desacelerou o passo quando finalmente chegou à casa de Charlie Valentim, mas as luzes estavam apagadas; talvez Charlie tivesse ido para outro "encontro". Ele deu a volta pela parte de trás da casa. Se a porta estivesse destrancada, ele podia colocar a galinha lá dentro. Mas a galinha esvoaçou, irrompendo do aperto de Finn, e meio que correu, meio que voou pelo quintal.

— Ótimo! — exclamou Finn. — Que maravilha.

Uma voz como o eco dentro do esgoto disse:

— Vejo que você encontrou uma companheira.

A pele de Finn ficou completamente fria e áspera.

Lentamente, ele se virou. Um homem alto estava parado a sua frente, mais alto que Finn, mais alto que Sean, um completo estranho e ainda assim tão familiar.

Finn fez a pergunta das corujas:

— Uh... quem é você?

O homem ergueu ambas as mãos com a palma para a frente e inclinou a cabeça de pedra. E então Finn soube. Ele soube.

Finn mal conseguia respirar, mal conseguia acreditar que teria tal oportunidade, porém uma vez mais deixou cair a sacola que estivera carregando, obrigou-se a dizer as palavras:

— *Onde está Roza*?

— Como vai *sua* jovem dama?

— O quê? — disse Finn, enquanto tentava corresponder ao olhar gélido, memorizar traços tão pouco marcantes como os de um espantalho. — Você anda me seguindo.

— Eu estava... curioso. Ela é bem impressionante, embora imagino que nem todo mundo concorde.

— Como sabe quem eu tenho visitado? Se chegar perto dela, eu...

— Por favor — disse o homem, interrompendo-o. — Eu só tenho interesse em uma mulher. Ao contrário de certas pessoas. — Ele apontou para a casa de Charlie Valentim.

Então o maníaco vinha seguindo Charlie também. Finn firmou melhor os pés.

— Cadê Roza?

— Pense em Priscilla neste momento. Pense no que todo mundo vai pensar.

Todas as perguntas erradas irromperam dele:

— Pensar no quê? Do que está falando?

— Garoto estranho, menina feia, talvez ele esteja se aproveitando dela, talvez ela faça qualquer coisa para...

— Cale a boca!

— Ele é tão estranho, aquele garoto. Estranho demais. Talvez tenha a ver com o que aconteceu àquela outra garota... nunca se sabe. Até o irmão acredita nisso.

134

— *Onde está Roza, seu canalha bizarro?*

— Ela ainda vai me amar — disse o homem.

Ele se balançava feito um colmo de milho fremindo ao vento, e escorregou direto pelas mãos furiosas que Finn estendeu adiante, como se nunca tivesse estado ali. Finn ouviu o motor de um carro e correu para tentar anotar a placa, mas o utilitário esportivo negro já estava na metade da estrada antes que ele tivesse conseguido alcançar o fim do caminho que saía da casa de Charlie.

Como um terrier desmiolado, Finn perseguiu o carro pela estrada até este desaparecer na escuridão. Ele se curvou diante da lua decepcionada, as mãos apoiadas nos joelhos, arquejando no quente ar de verão, desejando se dar uma surra por ter deixado o homem escapar. Mas saiu correndo de novo, dessa vez na direção contrária, sem parar até chegar à casa de Jonas Apple, a quase dois quilômetros de distância. Ele esmurrou a porta, implorando que Jonas a abrisse, até que Jonas a abriu, os cabelos arrepiados como a crista de um galo. Ouviu a história de Finn, assentindo e suspirando.

— Ok — disse ele. — Bem, o que Charlie tem a dizer sobre isso?

Finn parou de falar.

— Acho que ele não estava em casa.

— Você não verificou?

Finn fechou os olhos.

— Não, corri direto para cá.

Jonas ajeitou o cabelo, que imediatamente se arrepiou de novo.

— Escute, filho, você anda cheirando alguma coisa?

— Não!

— Não precisa ter medo de admitir que tem um problema. Sean ajudaria você. Eu te ajudaria. Bone Gap inteira te ajudaria.

— Eu não estou cheirando coisa alguma!

— Santo céu, não é cristal, é? Esse treco vai fazer buracos em seus miolos.

— Não tem buracos nos meus miolos! — Mas ele soava como se houvesse, e Jonas o espiava como se houvesse, mesmo enquanto colocava os sapatos para acompanhar Finn até a casa de Charlie.

Para piorar, Charlie estava em casa, e nem tinha saído aparentemente a noite inteira.

— Não — disse Charlie. — Não ouvi nada. Não estava esperando convidados também. Especialmente ninguém que se movesse como um colmo de trigo.

— De milho — disse Finn.

— Escute, garoto, você está obcecado. Tem que deixar isso pra lá — disse Charlie.

— Não posso! Ele esteve aqui! Ele estava espionando você também! Ele estava me espionando! Ele me conhece. Ele sabe quem é Sean. Ele... ele sabe de coisas que não teria como saber.

Tanto Jonas quanto Charlie encararam Finn, como se ele estivesse não apenas doidão, mas completamente tresloucado e a qualquer minuto pudesse resolver que passaria a dormir no meio do asfalto, e Finn achava que talvez essa fosse uma excelente ideia, porque assim um carro poderia atropelá-lo, e todo mundo de Bone Gap poderia comentar que sempre soube que esse seria seu fim. Pobre Avoado, pobre Aéreo, pobre menino sem mãe.

— Sinto muito — murmurou Finn, uma desculpa geral por tudo que ele era e tudo o que não era, e por todas as formas que não conseguia deixar pra lá.

Em vez disso, deixaram *ele* pra lá, observando enquanto ele recuperava sua sacola de papel cheia de mel e cambaleava feito um bêbado até sua casa, onde o irmão, conforme ele esperava, acreditaria nele.

Sean

BOM PARA VOCÊ

SEAN ESTAVA SENTADO À FRACA LUZ DA COZINHA, UM DESENHO desamassado no tampo da mesa. Ele tinha 5 anos quando descobriu que sabia desenhar. Desenhar *de verdade*. Seus cavalos pareciam cavalos, suas vacas pareciam vacas, seus gatos pareciam gatos. Mas pessoas eram seu tema favorito, e pareciam pessoas, não com desenhos de palitinhos ou espantalhos. Quando ele trazia para casa um desenho da pré-escola, o papel decorado com estrelas douradas e carinhas felizes, a mãe, Didi, pegava o papel e exclamava: "Uma estrela! Que bom para você!" Ela o pegava e o apertava com força, envolvendo-o em uma nuvem de perfume e fumaça de cigarro, e lhe dizia que menino maravilhoso ele era, e como ele seria um grande artista um dia, e como ela estava orgulhosa. Sean era seu garotão, e ele cresceria para se tornar um grande homem.

Os desenhos cobriam a parte da frente da geladeira, aguardando a próxima vez que o pai voltaria para casa. Hugh O'Sullivan era motorista de caminhão e tinha apenas alguns finais de semana por mês para passar com a esposa e o filho. Mas a primeira coisa que fazia ao mancar para dentro de casa — o exército lhe deixara com uma perna capenga, o caminhão lhe deixara com a coluna ruim — era parar diante da geladeira, examinar todos os desenhos que Sean fizera desde a última vez que o pai estivera ali. Hugh colocava uma mãozorra na cabeça de Sean e outra sob o próprio queixo, coçando a barba escura malfeita. Depois de bons cinco minutos, ele escolhia o favorito. Era quase sempre um retrato da mãe de Sean. Sean desenhava bastante a mãe, porque, bem, era a mãe dele, porque era mais bonita que qualquer um em Bone Gap, e porque seu pai gostava mais desses desenhos que dos outros e os dobrava e colocava na carteira, já gorda com tantos retratos.

O pai de Sean então servia um copo de água da bica, bebia tudo de uma vez e fazia a mesma coisa mais duas vezes. Colocava o copo perto da pia e chamava pela esposa. Didi sempre vinha correndo, pulando em seus braços feito uma criança. Hugh a pegava — não importava quão dolorida estivesse sua perna, não importava quão dolorida estivesse a coluna — e a chamava de Zebra, sua adorável Zebra, e não lhe perguntava o que ela andava fazendo enquanto ele estava fora.

Sean tinha 6 anos quando Finn nasceu. Se Sean era o garotão da mãe, Finn era o bonitão. Ambos haviam herdado os espessos cabelos negros do pai e os olhos cor de café, mas Finn também herdara os traços delicados da mãe, sua desatenção sonhadora. Não se podia deixar Finn sozinho no jardim, senão ele acabava seguindo uma fileira de formigas direto até a estrada. Desaparecia nos milharais por horas, porque alegava que o milho estava sussurrando coisas para ele. Tinha conversas inteiras com pássaros e vaga-lumes, bodes e cavalos. Quando as pessoas falavam com ele, no entanto, Finn concentrava a atenção na boca, cabelo ou sobrancelhas delas, ou então nos sapatos, e esquecia de se concentrar nas palavras.

"O quê?", Finn perguntava, vez depois da outra. "O quê?"

Que foi precisamente o que ele disse quando Didi contou aos meninos que o pai havia morrido em um acidente de caminhão na I-80 em Ohio. A ambulância o levou para o hospital, mas não rápido o suficiente. Sean de 12 anos abraçava a mãe soluçante, enquanto Finn perguntava: "O quê? O quê?"

Didi era jovem, e tão bela que o povo de Bone Gap presumiu que, depois de um tempo, um novo homem entraria em sua vida, e que isso seria bom para todos. Didi era o tipo de mulher que precisava de um homem, diziam, e todo menino precisa de um pai. Mas Hugh O'Sullivan fora o único homem que conseguira captar a atenção de Didi por mais que apenas alguns meses, e nem sequer ele conseguira captar sua atenção por completo; nenhum dos novatos estava à altura do desafio. Didi ficou cada vez mais sonhadora e distraída, e encontrou outras coisas para fumar além de cigarros. Sean fazia as compras e se certificava de que o irmão tinha roupas limpas e cadernos para a escola. Finn conversava com esquilos e ficava debruçado na janela com o olhar perdido.

Quando Sean trazia para casa uma prova gabaritada, um trabalho com a nota máxima, um novo desenho, a mãe ainda dizia: "Bom para você."

Mas ela não olhava mais para ele, não o abraçava e não falava que estava orgulhosa. O povo de Bone Gap dizia que Sean se parecia tanto com o pai — alto e ombros largos e tão forte que poderia lançar um carro até o outro lado do quintal — que Didi não conseguia suportar. Sean também não. Ele não parou de gabaritar provas, mas parou de trazer os indícios para casa.

Também parou de desenhar.

Sean focou as energias nos estudos de medicina, ele seria o tipo de médico capaz de salvar qualquer pessoa que precisasse de salvação. E Sean estava quase lá, também, tão perto que conseguia sentir o bisturi nas mãos. Didi era volúvel e paqueradora e imatura com uma ou outra coisa, mas gostava de ver que o filho mais jovem era quase tão bonito quanto ela, e Sean achava que Finn ficaria bem. E apesar de Finn volta e meia tomar umas porradas por ser avoado e estranho e lindo demais, ele também estava ficando alto e forte e não queria mais que Sean o protegesse. Ele mesmo o faria, ou não. De qualquer maneira, Finn disse ao irmão, não era problema de Sean.

Então Sean preencheu os papéis de inscrição e providenciou o auxílio financeiro, fez as malas, e Didi disse: "Conheci um ortodontista na internet e vou me mudar para Oregon."

Ao que Finn retrucou: "O quê?"

Sean desfez as malas.

Por mais que tentasse, Sean não conseguia odiar a mãe. Primeiro, porque ele não era esse tipo de pessoa, e, em segundo lugar, porque finalmente entendera quão frágil ela era, quão desapegada e desprendida, feito um balão brilhante flutuando, indomável. E ele também não conseguia odiar Finn, porque Finn era tão estranho, e porque quem pode odiar um garoto de 15 anos que perdeu os pais e não consegue olhar ninguém nos olhos e diz "O quê?" quando na verdade quer dizer "Como?" ou "Por quê?" ou "Não!" ou "Não é justo"?

E Sean também não odiava seu trabalho, porque permitia que ele dirigisse uma ambulância na velocidade que bem entendesse, e também que salvasse pessoas que precisavam de salvação, e isso era um motivo de orgulho. Ele namorava enfermeiras robustas, estagiárias exaustas e destemidas flebotomistas. Evitava pessoas bonitas demais.

E então Roza apareceu no celeiro.

Ele já vira mulheres espancadas. Já vira mulheres encolhidas nos degraus da varanda de casa, com olho roxo, dentes envoltos em tecidos ensanguentados. Roza não poderia ter mais de vinte enquanto Sean tinha vinte e três, mas ela sofria o mesmo tipo de ferida que as outras mulheres: o pulso torcido, as costelas quebradas e os dedos do pé fraturados, a cautela de um pássaro ferido. Sean meio que esperava que algum ex lunático inflamado invadisse a casa pela porta da frente, o que não o preocupava muito, já que ele conseguia deixar qualquer um de quatro, e porque ele era amigo de todos os policiais em um raio de 150 quilômetros. Mas ficou preocupado quando ela se recusou a ir ao hospital, preocupado quando ela só permitiu que Finn a tocasse. E ele temeu por Finn também, pela facilidade com que um adolescente poderia se apaixonar por um pássaro ferido, um pássaro ferido *absurdamente bonito* que não falava muito inglês. Ele não queria chegar um dia em casa e dar de cara com Finn e a garota se lambendo feito gatos. Pensou em deixá-la ficar por alguns dias e então ligar para uma das assistentes sociais do hospital, encontrar um abrigo para ela.

E poderia ter sido dessa maneira, se o próprio Sean não tivesse precisado ir para o hospital.

Roza acabara de saquear o refrigerador e a despensa, separando ingredientes para outro de seus pratos poloneses — farinha, batatas, cebolas, manteiga. Ele não esperava que ela cozinhasse tanto, e queria ajudar. Ou pelo menos deixar claro que não era o trabalho dela e que ele não era tão idiota que fosse incapaz de cortar algumas batatas feito uma pessoa normal. No primeiro corte, quase arrancou o dedo fora. Não conseguiu evitar o silvo que escapou de seus lábios, e o sangue que jorrou por toda a bancada e pelo chão. Soube sem precisar examinar o ferimento que precisaria de pontos.

Imediatamente, Roza envolveu o dedo dele em um pano de prato e lhe ergueu o braço.

— Médico — disse ela. — A gente vai.

— Não — disse ele. — Estou bem, só preciso de minha maleta.

— Médico — disse ela, mais alto.

— Não, vai ficar tudo bem. Minha maleta está no quarto.

Ela emitiu um silvo e soltou uma torrente de palavras em polonês que ele não entendeu. Finalmente, ela murmurou algo que soava como "gobloki". Ele estava se perguntando se ela acabara de chamá-lo de almôndega quando a garota saiu correndo da cozinha. Voltou com a maleta e a largou na mesa.

Ele manteve o braço erguido e se enrolou com o fecho. Ela lhe afastou a mão e abriu a maleta. Primeiro, ele pegou Povidine para limpar a ferida. Diante das atrapalhadas tentativas de molhar uma gaze com a solução, Roza estalou a língua e molhou a gaze por ele. Tirou o pano de prato e limpou o dedo, trincando os dentes diante da ardência. Depois disso, anestésico. Uma injeção seria mais rápida, mas ele não conseguiria usar uma ampola e seringa com a mão ferida. Então encontrou um anestésico tópico. Mais uma vez, Roza pegou o frasco de sua mão, embebeu a gaze de solução. Sean colocou a gaze sobre o ferimento. O corte era profundo, e a anestesia ia levar um tempo. Sem que ele precisasse pedir ou fazer um gesto, Roza encontrou uma toalha limpa e voltou a lhe envolver a mão por cima da gaze. Colocou outra toalha aberta na mesa.

Enquanto ele esperava que o anestésico entorpecesse seu dedo, revirou mais a maleta e encontrou um pacote esterilizado com uma agulha, um suporte para ela e um fórceps. Apesar de ele teoricamente não poder fazer suturas, praticara dando pontos em pés de porco até ficar com as mãos doloridas, até que os pontos estivessem firmes e com a perfeição de uma nota máxima. Mas ele precisaria de mais que apenas uma das mãos para abrir o pacote com a agulha. Ele estava prestes a pedir a ela quando ela falou, novamente:

— Médico.

— Não, eu consigo fazer, eu só...

De novo, a torrente musical do polonês falado em seu contralto desconcertante. Ela era delicada demais para aquela voz forte e rouca, como se sua forma externa de pássaro fosse apenas um conto de fadas que ela gostava de contar, e a história real fosse algo que ela mantinha bem dentro de si. Sondou o rosto dela — a pele vivaz e intensa, os olhos límpidos e brilhantes — e tentou encontrar algo em que se agarrar na torrente de sons. Ela sacudiu a cabeça, abriu o pacote para liberar a agulha recurvada e a linha de seda. Ela colocou ambos sobre a toalha. Passou a mão pelas outras coisas que ele separara: tesoura, pomada antibiótica, curativos. Não pareceu perturbada pela visão dessas coisas, ou pelo sangue que se alastrara pela toalha ou pingara na mesa e no chão, e ela não parecia estar com medo. O que era interessante.

Mais interessante foi quando ele removeu a toalha e a gaze e tentou dar o primeiro ponto. Ele conseguiu passar a agulha pela carne, mas não conseguiu amarrar a linha. Ele explicou como enrolar a linha na cabeça da agulha e usar o fórceps para dar um nó. Ela pegou o suporte da agulha e o fórceps, observando o rosto de Sean com cuidado para se certificar de que o nó estava firme o suficiente, mas não apertado demais. Ele fez a segunda sutura; ela deu um nó e cortou a linha. Quando ele estava prestes a dar o terceiro ponto, hesitou e estendeu o suporte da agulha para ela, que a pegou e habilmente deu o terceiro ponto, a punção da agulha quase agradável contra a pele. Ela aplicou a pomada sobre o ferimento, pegou a mão e examinou os nós aracnídeos, como se fossem uma obra de arte; uma pintura, uma escultura.

O rosto se abriu num sorriso, e foi como assistir ao nascer do sol.

— Frankenmão.

— Perdão?

Ela deu um tapinha suave na mão de Sean. Ele tirou os olhos dela, olhou para os pontos negros. Ele assentiu:

— Frankenmão.

Ela riu, estendeu a mão e, para surpresa dele, deu-lhe um tapinha na cabeça.

— Bom para você! — disse ela.

Ela arrumou a maleta e a colocou de volta no quarto. Ele colocou luvas de borracha para proteger os pontos. Juntos, eles limparam as bancadas e o chão e fizeram bolinhos de batata salteados na manteiga e na cebola, como se nada naquela casa pudesse provocar ferimentos, e como se nenhum sangue jamais tivesse sido derramado ali.

Mais tarde naquela noite, ele vasculhara o armário, encontrara um antigo caderno de desenho, alguns lápis. Ele fez um desenho, o primeiro em anos.

Um rascunho de sua Frankenmão na dela.

Sean ouviu os passos do lado de fora, voltou a dobrar o desenho e o enfiou de volta na carteira. O chá estava gelado, mas ele bebeu um gole de qualquer maneira quando Finn apareceu na cozinha.

Finn largou uma sacola de papel suja de grama na mesa.

— Eu o vi. Ele estava na casa de Charlie Valentim.

Sean sentiu que estava roubando o bordão de Finn quando falou:

— O quê?

— Ele! — disse Finn. — O homem! O que raptou Roza! Ele estava na casa de Charlie Valentim. Na porta dos fundos. Ele me conhece. Quero dizer, me reconheceu. Mas aí ele... Ele... Eu fui à casa de Jonas, fui contar a ele. Mas ele não acreditou em mim.

— Não consigo imaginar por quê — disse Sean.

— Ele estava me seguindo. Estava espionando Charlie.

— Qual dos dois?

— Sean — disse Finn. — Eu o vi.

— Sim, você disse. E onde você estava afinal? Onde você vai?

— O que isso tem a ver com qualquer coisa?

— Você sai todas as noites. Acha que eu não sei?

— *Eu vi o cara que raptou Roza. Ele estava na casa de Charlie Valentim.*

— Onde mais ele estaria?

— Sean!

— O que tem na sacola?

— Você está me ouvindo? — disse Finn. — Está escutando o que estou dizendo?

Sean estendeu a mão, agarrou a sacola e a puxou para si. Tirou o grande pote de Mel da Rainha Hippie, a lata de cookies. Abriu a lata. Sentiu uma pontada no peito, algo se quebrou, conforme o cheiro morno subia até ele, mel e nozes e baunilha. E ele sabia aonde Finn ia todas as noites, noite após noite, e sabia por quê. Ele tentara com tanta força não menosprezar todo mundo — seu pai por ter morrido, sua mãe por ter fugido, seu irmão por ter mentido, Roza por ter partido —, mas achava que não conseguia mais se conter. Seu coração não tinha mais essa força.

— Priscilla Willis, hein?

Finn não respondeu. Não precisava. A vida inteira de Sean estava na lixeira, e seu irmão estava passando o tempo com a lamentável garota que aceitaria qualquer garoto que lhe dissesse que não era feia.

Sean abriu o pote de mel, enfiou o dedo, provou.

— Bom para você, irmão — disse ele, a voz feito uma lâmina enferrujada. — Bom para você.

Petey

MANDANDO A REAL

ELE ESTAVA ATRASADO.

Com os grilos guizalhando pela janela aberta, Priscilla "Petey" Willis estava no escuro do quarto, sentada de pernas cruzadas na cama, esperando Finn aparecer como algum truque de mágica.

Isso era incomum. Petey Willis não era do tipo que esperava por ninguém. E, se era obrigada a esperar, não ficava felizinha desse jeito. Normalmente, Petey estava irritada com coisas demais para enumerar: seu nome de batismo, o próprio rosto, aquela festa horrível, para mencionar apenas algumas coisas.

Ela devia ter superado a história do nome a essa altura, e talvez tivesse conseguido, se o povo de Bone Gap se lembrasse de chamá--la de Petey. Mas eles não se lembravam. Não se lembrariam. E a mãe se recusava por completo. Priscilla, dizia a mãe, era tão divertido de falar, um som rítmico da língua, como uma música favorita. Pris-cil-la.

— E você é minha música favorita de todos os tempos — disse a mãe a ela.

E por mais que as pessoas de Bone Gap se esquecessem do nome, nunca deixariam de lembrá-la do próprio rosto. Ah, a maior parte não era cruel, pelo menos não diretamente. Mas ela podia ver que a olhavam quando achavam que ela não estava prestando atenção, como seus olhos passavam da mãe para ela e de volta a mãe, e ela sabia que estavam pensando: Como a vivaz e radiante Mel Willis com seu doce sorriso e sardas de açúcar mascavo gerou uma filha tão desagradável, mais vinagre que mel? Quando criança, Petey se vislumbrava no espelho ou em uma vidraça ou na superfície de um lago plácido, e achava seus traços desmesuradamente grandes, interessantes e incomuns — inesquecíveis, até. E como isso poderia ser uma coisa ruim?

Enquanto Petey crescia, sua mãe, honesta como era, falava com Petey sobre se apaixonar e ter desejos e tudo o que havia entre um e outro, porque sem dúvida alguém algum dia repararia nela. Petey era tão curiosa quanto qualquer um, mas com demasiada frequência as explicações de sua mãe davam uma guinada do científico para o nostálgico conforme se lembrava de como era ter 11 anos e se apaixonar pela primeira vez por um menino, ter 13 e menstruar pela primeira vez, e ter 15 quando Tommy Murphy tentou enfiar as mãos por dentro de sua calça durante a pré-estreia de um filme, mas acabou com a mão presa.

Tommy Murphy foi a gota d'água. Petey agarrou o utensílio mais próximo.

— Se você não parar, vou encontrar uma maneira de dar um fim a tudo com esta colher de chá.

Mais tarde, era só sua mãe fazer menção de começar a desfiar floreios sobre amassos com este ou aquele garoto que Petey dizia "colher de chá!" e a mãe ria e mudava de assunto.

Mas Mel não desistiu. Quando Petey estava na sétima série, a mãe a presenteou com um livro chamado *Mandando a real*. Tinha uma capa rosa-shocking, desenhos estranhamente fascinantes e explícitos, e todo tipo de informações para garotas que gostavam de garotos e garotas que gostavam de garotas, e garotas que gostavam de todo mundo e gente que não acreditava em binarismo de gênero, e sobre métodos anticoncepcionais e sobre como prevenir DSTs e coisas divertidas de se fazer com as duchinhas do banheiro, e por que não é uma boa ideia mandar uma foto de seus peitos por SMS para um cara que você acabou de conhecer no shopping.

E então seu corpo estourou como um grão de milho, e com isso vieram os garotos que a seguiam pela rua, fazendo comentários e discutindo qual parte eles preferiam e o que queriam enfiar em qual lugar, mas, quando ela se virava, diziam que ela estava arruinando a vista.

As meninas legais sugeriram diferentes estilos de maquiagem e cabelo. As malvadas sugeriram máscaras de hóquei ou que ela fosse roer um osso. E o tempo todo, Mel lhe dizia que a maior parte das pessoas se sentia ameaçada por quem era diferente, que nem todo mundo era tão míope.

Petey também acreditava nisso. Precisava acreditar. E sua necessidade de acreditar nisso a levou àquela estupidez, à coisa que todo mundo em Bone Gap usava para defini-la, mesmo que tivessem entendido a história toda errada, e a ouvido de todas as pessoas erradas.

Petey se levantou da cama e pegou um livro, um de seus favoritos. Era uma *graphic novel* sobre dois irmãos, um que se apaixonava perdidamente por uma menina e acabava com o coração terrivelmente partido. Se era possível confiar em histórias, havia um garoto no mundo que compartilhava a cama com o irmão quando era muito pequeno, fazia xixi no irmão por diversão e, para atormentá-lo, se apaixonara tão loucamente por uma garota que era capaz de se convencer de que ela fora forjada por um artista divino, e que ela era ao mesmo tempo perfeita e incognoscível. Petey era filha única, e meninos — meninos gentis, meninos amáveis — eram um mistério para ela. Gostava de imaginar meninos pequenos lutando debaixo das cobertas.

Mas aquela noite os desenhos no livro não eram o suficiente para satisfazê-la. Era quase meia-noite, e fazia horas que a mãe tinha ido para a cama. A lua era um filete no céu, e as abelhas estavam cansadas e quietas, as colmeias envolvidas na própria coberta de escuridão.

Onde estava Finn?

Ela fechou o livro e alisou a colcha da cama. Ao contrário da garota do livro, ela não a costurara sozinha, e sabia pouco sobre costura, cerzido ou artimanhas. E, ao contrário da garota no livro, ela entendia o calor e o vento melhor que o gelo e a neve, e não tinha a menor intenção de partir o coração de ninguém, exceto talvez o próprio. Nem mesmo *Mandando a real* falava sobre isso, sobre ficar sentada na cama do quarto, o estômago e a cabeça agitados, os nervos zumbindo, o coração batendo nos lóbulos das orelhas e nos dedos, esperando tanto que houvesse um menino lá fora que a quisesse tanto quanto ela o queria, porque não saberia o que fazer consigo mesma se não fosse verdade.

Petey se levantou da cama e foi até a janela, apurando o ouvido para os cascos da égua, mas tudo o que escutou foi o incessante grosar dos grilos. Ela adorava insetos, todo tipo de inseto, a não ser pelos grilos, arrastando suas serrinhas independentemente do que acontecia ao redor. Estavam guizalhando na noite da festa, a festa à qual Amber Gass implorou que ela fosse. Petey não teria ido à festa por ninguém, a não ser Amber. Elas tinham se conhecido no primeiro dia do jardim de infância. Amber dera um olhada em Petey e anunciara: "Você parece uma fada da terra das fadas!" E a opinião dela nunca mudou. Quando as outras meninas davam dicas de maquiagem ou demonstravam compaixão, o rosto bonito de Amber se contorcia em surpresa: "O que tem de errado com o brilho que ela está usando?", perguntava. "Por que ela ia querer pegar seu chapéu emprestado?" A festa era a uma cidade de distância, mas Amber esperava que Finn O'Sullivan estivesse lá, porque ele era *tão gato*, embora fosse meio avoado, não frequentasse festas e uma menina linda e misteriosa chamada Roza tivesse acabado de aparecer no celeiro, e, se uma garota deslumbrante surgisse no celeiro de um adolescente feito uma princesa em um conto de fadas, talvez ele acabasse decidindo ficar em casa.

A garganta de Petey ficou apertada à menção do nome de Finn.

— Achei que você tinha dito que ele era esquisito.

— Só um pouco esquisito.

— Nada de só um pouco. Lembra quando ele estava saindo com Sasha Butcher? E ela decidiu fazer um corte joãozinho no cabelo? E quando ela o viu na escola, ele passou reto por ela, como se nem a conhecesse?

Amber deu de ombros.

— Em defesa dele, Sasha ficou mesmo parecendo um Joãozinho.

— Você ia querer sair com um cara que te desse um pé por causa de um corte de cabelo?

Amber fez um aceno com a mão.

— Ela deu um pé nele. E, de qualquer maneira, ele é estranho, mas é *uma graça*. Por mim podia só ficar em pé no canto do quarto para eu ficar olhando para ele.

— Talvez você que seja esquisita — disse Petey.

— Não importa — retrucou Amber. — Porque Finn gosta de Roza.

— Finn não tem a menor chance com Roza. Roza gosta do irmão dele.

— Como você sabe disso? — perguntou Amber, entregando a Petey um copo de papel cheio de ponche.

Petey tomou um gole, tão doce que quase apodreceu seus dentes de imediato.

— Dá para perceber. Quando Sean está por perto, Roza não para de sorrir.

— Talvez ela só o ache engraçado — argumentou Amber.

— Engraçado é a última coisa que se poderia dizer de Sean O'Sullivan. Ele parece o Wolverine, só que maior.

— Se eu fosse deslumbrante feito Roza, também sorriria o tempo todo — disse Amber, olhando para os bolsões de garotos reunidos no porão úmido e mal iluminado.

— Todas nós devíamos ser deslumbrantes daquele jeito.

Petey bebeu o líquido em seu copo de um só gole, pensando em como Amber queria deixar Finn no canto de seu quarto feito um boneco.

— Ser deslumbrante pode ser mais problemático do que vale a pena.

— Eu não me importaria com esse tipo de problema — disse Amber, conforme uma dupla de meninos de fazenda cobertos em flanela ia na direção delas.

Petey se preparou para a reação deles; só Amber poderia achar que Petey era uma boa companhia para festas. Mas um dos garotos perguntou a Petey qual era seu nome e onde ela morava, e deu um sorrisinho quando ela mencionou o negócio melífero da mãe. Eles conversaram sobre abelhas, e sobre como coletar o mel, e qual era o melhor filme de Batman. Ele encheu o copo dela com mais do ponche doce demais. Estava batizado com alguma coisa, mas ela não estava preocupada. Aquele garoto parecia razoavelmente humano, Amber estava pressionada contra um canto, dando uns pegas no amigo dele, e ninguém tinha dito nada terrível, o que para Petey era bom o bastante. Ela teve o cuidado de dar goles pequenos no ponche em vez de virar tudo, de qualquer maneira, porque não acreditava em abusar da sorte. E, quando ele não estava olhando, ela jogou o resto num vaso de figueira-benjamim.

Talvez tivessem sido os golinhos, talvez porque estava chegando perto de meia-noite, talvez porque a festa estivesse ficando agitada, talvez fosse o fato de o ser humano razoável ter segurando sua mão e passado os lábios nos nós de seus dedos, que a levaram a segui-lo pelos degraus do porão, a sair para o pátio com ele, a deixar que a beijasse, os dois de pé sob as sombras de uma árvore. Era preciso um monte de energia para ficar com a guarda levantada o tempo inteiro, e ela estava cansada disso. Além de tudo, o beijo foi ok, e ela não teria se incomodado com um pouco mais.

Só que, depois de um tempo, ele colocou uma das mãos no ombro dela e fez força para baixo, o que foi irritante e a distraiu do beijo, que estava ao menos divertido, para não dizer eletrizante. Ela agarrou os pulsos do garoto e empurrou para cima, para liberar a tensão. E então eles estavam travados numa estranha batalha: ele empurrando para baixo, ela empurrando para cima, um aparelho de supino feito integralmente de carne e osso, Petey incapaz de entender o que ele tentava fazer, até que se lembrou de certos desenhos nas páginas de *Mandando a real*.

Abruptamente, ela soltou os pulsos dele e permitiu que ele a empurrasse, deixando-a de joelhos. Ela olhou para cima, esperou até que ele sorrisse.

E lhe deu um soco nas bolas.

Se tivesse sido um soco certeiro, se ele não tivesse conseguido se virar no último segundo, talvez a dignidade dela tivesse ficado intacta. Mas, em vez de cair no chão e guinchar como um leitão como ela havia esperado, ele deu um pulo para trás, as mãos apertando a virilha, e cuspiu as palavras:

— Qual é o problema com sua cabeça, sua piranha horrorosa!

De repente, luzes inundaram o pátio, acompanhadas de um enxame de policiais, que juntavam os foliões ao passar.

— Acabou a festa — ressoou uma voz.

O garoto nem-um-pouco-humano fingiu fechar a braguilha.

— Desculpe, senhores. Estávamos só nos divertindo um pouco por aqui.

Um policial direcionou a lanterna bem para os olhos do garoto.

— Você andou bebendo?

— Não, senhor!

O policial olhou para baixo, para Petey agachada.

— E quanto a você, senhorita? — perguntou o policial, redirecionando a luz da lanterna.

Ela piscou furiosamente, não ia chorar de jeito nenhum. O policial se virou para alguém atrás dele, esticou o dedo para Petey:

— Por que você não cuida desta aqui, O?

O policial agarrou o menino de fazenda pelo colarinho da camisa e o tirou do pátio. Sean O'Sullivan, o homem menos engraçado do universo, deu um passo adiante, enorme e impositivo em seu uniforme engomado. Ele se agachou na frente de Petey. Os olhos escuros estavam solenes enquanto a encarava.

— Desde quando chamam ambulâncias para festas caseiras? — perguntou ela.

— A partir do momento que tem um monte de crianças vomitando as tripas nos arbustos da varanda e os vizinhos ficam preocupados com uma intoxicação aguda devido ao excesso de álcool. Você está machucada?

— Isso é uma piada?

— É uma pergunta.

— Pergunta idiota.

— Que tal esta: você está bêbada?

— Você está?

Ele direcionou o facho menor de sua lanterna tipo caneta para os olhos dela, suspirou, se levantou.

— Você veio com alguém?

— Amber Hass.

— Ela está bêbada?

— Não sei.

— Talvez você devesse encontrá-la. E, se ela estiver bêbada, você dirige, está bem?

— Claro — respondeu Petey.

Ele estendeu uma das mãos para ajudá-la a se levantar, mas ela ficou de pé sem auxílio, limpou a grama dos joelhos.

— Você devia tomar mais cuidado, Priscilla — aconselhou Sean.

Petey riu.

— Achei que estava tomando.

Petey encontrou Amber na cozinha. Como Amber não estava bêbada, ou pelo menos não bêbada o suficiente para os policiais a prenderem, permitiram que elas saíssem. Petey conduzia o carro levando as duas de volta para casa, as janelas abertas, o vento quente balançando seus cabelos, o som dos grilos parecendo se intensificar furiosamente. Apenas grilos machos produziam o som, arrastando uma asa contra a outra para atrair uma parceira. Quando estivesse perto, o macho o substituía por uma melodia de galanteio. Alguns grilos até emitiam uma melodia pós-acasalamento em comemoração.

Meninos nem-um-pouco-humanos também emitiam esses sons, pelo jeito, porque, quando Petey foi para a escola no dia seguinte, descobriu todas as coisas que havia feito não com um, mas com vários caras naquela festa fora da cidade. De acordo com as histórias, Priscilla Willis podia não ter um rosto que inflamasse muitos corações, mas ela era cheia de fogo.

Petey não queria pensar naquela festa, não queria pensar sobre os grilos, não queria que aquela noite humilhante atingisse as outras, contaminando esta ou qualquer outra. Mas não conseguia deixar de ouvir os sussurros do povo da cidade chiando em sua cabeça, sua crítica renovada.

Onde estava Finn?

Ela se afastou da janela e voltou com passos pesados para a cama. Ela pegou a *graphic novel* e a abriu em uma página aleatória, determinada a concentrar os pensamentos em outra coisa. Mas é claro que a página em que ela abriu era o desenho de duas pessoas se beijando, se derretendo uma na outra — não dava para definir onde acabava o rosto de uma pessoa e começava o da outra.

— Petey?

Ela se atrapalhou com o livro. Finn estava emoldurado pela janela aberta, o rosto bonito como sempre — divino —, mas um pouco triste, também.

Ele colocou os dedos contra a tela.

— Você quer sair?

Petey já fora chamada de muitas coisas na vida, mas covarde não era uma delas. Ela colocou o livro na cama.

— Você quer entrar?

Ele piscou, talvez surpreso, e então sussurrou algo para a égua e pulou no chão. Ele estava com uma das mãos em cada lado da moldura. Passou uma de suas longas pernas pela abertura e então entrou dentro do quarto. Ela sempre se esquecia de como ele era alto até que ele parasse bem ao seu lado, e o espaço apertado o fez parecer maior ainda. Ele olhou as fotos nas paredes atrás de Petey — abelhas, flores —, as prateleiras repletas de contos de fadas e mitologia e mangás, a escrivaninha bagunçada com o laptop e uma pilha de papéis, o pôster com um poema de E.B. White, "O Canto da Abelha Rainha", a cama desfeita.

— O que você está lendo?

— Meu favorito. Bem, um deles. — Ela pegou o livro e o entregou a Finn.

Ele ficou ali em pé, magrelo e esquisito e distraído, e folheou o livro. Enquanto fazia isso, ela desabou na cadeira perto da escrivaninha, esperando — pelo quê, ela não tinha certeza. Que ele a beijasse com a voracidade com que sempre fazia. Ou que lhe dissesse o que estava errado. Porque definitivamente havia algo errado.

Ele observou uma ou outra página dupla, mas ela não conseguia ver quais. Então ele fechou o livro e o colocou na escrivaninha ao lado dela. Ele a encarou, e ela o encarou também, porque estava acostumada ao peso de seu olhar, e porque ele a observava como ela mesma costumava se olhar em espelhos e vidraças e lagos havia tanto tempo. Como se seu rosto fosse interessante e incomum — inesquecível, até.

Uma pulsação lhe apareceu no pescoço, e ela se perguntou se ele conseguia ver isso também.

— Você está bem? — perguntou ela.

Ele sacudiu a cabeça, mas não deu o motivo. Ele deu um passo para perto da cômoda, onde havia um arranjo aleatório de fotografias — Petey e a mãe, Petey com as colmeias, Petey e o Cachorro que Dorme no Asfalto —, e pegou a mais próxima, inspecionando-a. O peito dela doía, e ela rezou para que ele não estivesse ali para pedir mais espaço, ou para lhe falar sobre os compromissos para os quais não se sentia preparado, ou que ele tinha encontrado uma menina de aparência comum e que isso não passara de um sonho ou uma piada, porque ela o empurraria de volta janela afora, queimaria todos os livros idiotas em um fogo ritual e se entregaria às abelhas de uma vez por todas.

Em vez disso, ele colocou a fotografia de volta na cômoda. Ele se ajoelhou na frente dela, abraçou Petey pela cintura, e colocou a cabeça no seu colo.

Os braços da garota se moviam num espasmo, como os de uma marionete, chocada com esse gesto, com essa postura. Porém mais uma vez, ela esperou. Esperou que ele deslizasse as mãos pelas costas da blusa, ou tentasse abrir seu short com os dentes ou o que quer que os caras fizessem quando garotas reuniam coragem para convidá-los a entrar. Outra coisa que os livros esqueceram de mencionar: o que fazer quando o garoto mais bonito do mundo deita a cabeça no seu colo e parece contente de montar acampamento ali por algumas semanas. Ela deixou os dedos penderem frouxos, lânguidos, no ar atrás das costas dele, desejando poder Googlar isso.

Mas a respiração de Finn era suave contra sua coxa, os longos cílios faziam cócegas em sua pele, liberando um cheiro penetrante e caloroso de sabão, como o vapor que sai de uma xícara de chá de ervas. Ela deixou as mãos caírem. Ele soltou um suspiro curto conforme as palmas das mãos dela deslizaram pelo contorno de suas costas, traçaram a larga envergadura dos ombros, percorreram a coluna dele do pescoço até as covinhas que escapavam pela parte de trás da calça jeans.

Os braços dele se afrouxaram, e ele olhou para ela, um cacho escuro de cabelo caído por cima da testa.

— Eu o vi — disse ele.

Novamente, ela estava surpresa.

— Quem?

— O homem que raptou Roza.

Ela não soube o que dizer, então não falou nada.

— Noite passada. Depois que estive com você e sua mãe. Ele estava na casa de Charlie Valentim, se esgueirando pelo quintal —

prosseguiu Finn. — Fui atrás dele, mas ele entrou num carro preto e desapareceu.

— Por que não me contou?

— Estou contando agora.

— Mas — disse ela — se ele está com Roza, por que voltaria aqui?

— Eu não sei!

— E tem certeza de que era...

— *Absoluta*. Ele se movia exatamente da mesma maneira. Contei para Jonas Apple e ele não... e aí tentei contar para Sean, mas... — Olhos escuros, olhos feridos, investigaram o rosto dela. — Eu o vi, Petey. Eu juro que vi.

— Tudo bem, tudo bem. Talvez você devesse procurar uma pessoa que faça retratos falados ou algo assim?

— Um retrato falado não vai capturar o jeito como ele se mexe! — explodiu Finn. — Foi assim que eu soube que era ele. Pela maneira como se move. Não foi por causa do casaco ou do cabelo ou qualquer coisa assim.

— E quanto ao rosto dele?

Ele se agarrou a ela, os dedos enterrados em seus quadris.

— Ele tem um rosto comum! Como se descreve um rosto comum?

— Tudo bem.

Ela conhecia as histórias que o povo de Bone Gap contava, como as histórias haviam se transformado de um Finn estranho e amedrontado demais para ajudar Roza quando ela mais precisou a uma Roza sendo apenas outra garota desesperada em deixar uma cidadezinha e Finn um menino tão apaixonado por ela que cobriu todas as pistas, escondendo-a até mesmo do próprio irmão desiludido.

Ainda assim, ninguém sabia a verdade sobre a própria Petey; eles tinham entendido a história toda ao contrário e ouvido tudo das pessoas erradas. Uma voz ecoou em sua cabeça, a voz de Sean: *Você devia tomar mais cuidado*. Mas como se pode tomar cuidado com um garoto que aparece cavalgando uma égua mágica?

Ser cuidadosa, de qualquer maneira, não tinha ajudado. Não a tinha protegido.

— Eu acredito em você — disse ela.

A respiração de Finn veio curta e apertada, como se tivesse corrido uma longa distância. Ele caiu de volta no colo dela, envolvendo os braços ao seu redor com ainda mais força que antes. Ela continuou sem se apressar, com cada osso, cada faixa de músculo e segmento de tendão que seus dedos pudessem encontrar, mapeando-lhe o panorama. O frêmito em seus nervos era como o bater de um bilhão de asinhas, como se houvesse mensagens sendo passadas da respiração e das mãos dele na pele dela, respondidas do mesmo jeito, feito as abelhas que roçam a antena uma na outra para passar informações pelo toque. Talvez fosse assim que a nova rainha se sentia antes de sair voando, os zangões se aproximando com velocidade.

Os joelhos se abriram, puxando-o para dentro. Ela enterrou as mãos no cabelo dele e se inclinou para sussurrar no ouvido de Finn:

— O que eu vou fazer com você?

Mas ela já sabia a resposta para essa pergunta.

Roza

NINGUÉM ESTÁ BEM

ROZA ESCONDEU A PESADA FACA SOB UMA PEDRA SOLTA NO CHÃO. À noite, antes de se enterrar na enorme cama de dossel, ela pesava a faca na palma da mão, passava o dedo pela lâmina até sentir a punção.

Mas, quando dormia, sonhava com abelhas.

Ela sabia que estava sonhando — um sonho dentro de um sonho, ou melhor, um sonho dentro de um pesadelo —, mas, como tudo no castelo, o som e os cheiros pareciam reais. Ela andou pela ponte leva-diça que rangia, por cima do fosso fervilhante e repleto de monstros, para além dos falcoeiros com rostos de pedra, por baixo das aves de rapina que planavam, e para dentro do bosque mais além. As árvores eram densas, rodeadas por cogumelos. Galhos se partiram sob seus pés, pássaros esvoaçaram nas folhas. Uma raposa vermelha estava empoleirada num toco de árvore, dois filhotinhos mais escuros espiando por trás das costas da mãe. Por toda parte, o aroma profundo e rico, como o do chocolate mais amargo.

Depois de algum tempo, Roza abriu caminho por entre a parede de árvores para um prado relvado. Havia três garotas sentadas na grama.

— O que estão fazendo aqui? — disse Roza.

— Estávamos esperando por você — respondeu Karolina.

— Demorou bastante. Este lugar é tão chato — disse Honorata, arrancando uma flor do chão e jogando-a fora.

Priscilla Willis ergueu o dedo, onde uma abelha estava pousada, carregada de pólen amarelo.

— Pelo menos tem abelhas.

Honorata torceu o nariz.

— Não são grandes o suficiente para causar danos.

— Você não é grande o suficiente para causar danos — retrucou Priscilla. Ela soltou a abelha e tirou um pote do bolso. — Tome um pouco disso.

Passou o pote para Honorata. Honorata virou a tampa, inspirou o ar.

— Tem cheiro de laranja.

— Estou morrendo de fome — disse Karolina. — Não almocei.

— Abelhas melíferas têm um olfato melhor que o dos outros insetos — informou Priscilla. — Mas o paladar é pior.

— Que chato para elas — comentou Honorata, virando o pote.

Jogou tanto mel dentro da boca que escorreu pela bochecha e pelo pescoço.

— Não beba tudo! — avisou Karolina.

Ela pegou o pote e virou, e então o entregou para Priscilla. Priscilla bebeu.

— Olhe! — disse Roza.

Amber Hass correu pela grama atrás de uma borboleta azul.

— Borboletas são bonitas, mas são solitárias e não vivem por muito tempo. Abelhas são melhores. Elas fazem qualquer coisa para proteger a colmeia — disse Priscilla, erguendo o pote de mel para Roza. — Aqui. Você precisa mais que nós.

— Quem disse? — perguntou Honorata.

Roza se jogou na grama. As abelhas dançavam de flor em flor e então zuniam para longe. Karolina arrancou uma flor, colocou-a atrás da orelha de Roza. Roza provou o mel, suculento e doce.

— Então — disse Honorata, pegando a flor do cabelo de Roza e a lançando para trás por cima do ombro. — O que *você* está fazendo aqui?

— Como assim? — perguntou Roza.

— O que ela quer saber é — disse Priscilla. — Quando vai fazer alguma coisa com essa faca?

Roza acordou na escuridão fria de sua prisão no castelo, o gosto de mel nos lábios.

Ela treinou empunhar a faca como uma arma em vez de como uma ferramenta. Estocou e apunhalou o ar, avançando como um espadachim. Tirou uma das poltronas de perto do fogo e a virou. Ela lançou a faca nas costas da poltrona vez e outra, ocultando os rasgos com uma coberta de peles, e os cortes e lesões decorrentes sob luvas.

— Olhe para mim, Rus — disse ela, erguendo as luvas. — Sou uma guerreira agora.

Apesar de ele também não ter muita sorte com facas, Sean parecera um guerreiro, ou a coisa mais próxima disso que ela já vira de perto. Estranho, então, ela nunca ter sonhado com Sean, mas com bosques e abelhas e mel. Estranho que ela sonhasse justo com *Honorata*, de todas as pessoas, porque Honorata ficaria furiosa de ouvir Roza se chamar de guerreira, mesmo que fosse piada. Roza não era nada especial, Roza não era melhor que nenhuma outra pessoa, Roza não era a *Mama* de ninguém, não era bonita nem sortuda, dissera Honorata. Honorata vivia convidando Balthazar — Bob — de volta ao quarto, não importava se ele a tratava mal ou se saía com outras garotas. Às vezes Roza ficava trancada do lado de fora a noite inteira, e era obrigada a acampar nos sofás tortos do lounge, um poema de Wislawa Szymborska se repetindo em sua cabeça: *Quatro da manhã, ninguém se sente bem.* Sua performance escolar sofria, os professores queriam saber se havia algo errado, e Roza dizia que não, estava tudo ótimo, a não ser pelo fato de a colega de quarto estar dormindo com um cara que odiava garotas, o que só fazia com que ela própria se odiasse, e a Roza ainda mais.

E então o dinheiro de Roza começou a acabar. Karolina ofereceu para conectá-la com o primo que trabalhava na fábrica de carnes. Honorata disse que Roza ia ser alocada no matadouro, ou talvez num trabalho de empacotar linguiças. Em vez disso, o professor visitante, o que falava sobre cascas de sabugueiro e sobre alcaçuz, absinto e arbustos de louros, deu a Roza um emprego de limpeza da estufa à noite e nos finais de semana, disse a ela que seria paga por baixo dos panos. Honorata disse que o mundo era um lugar injusto, que certas garotas sempre ganhariam tratamento especial sem motivo, como se limpar o chão e organizar o estoque de fertilizante fosse glamouroso.

— Você está fazendo um excelente trabalho, Roza — elogiou o professor.

— Obrigada.

— Não se incomoda de trabalhar aqui?

— Trabalho não incomoda — respondeu Roza, sem saber ao certo aonde ele queria chegar.

— Eu estava falando da espécie de trabalho que fazemos aqui.

— Espécie? Eu posso catalogar espécies.

O professor olhou para baixo.

— Mexer com terra. Algumas jovens não gostam de tanta sujeira.

— Coisas crescem em terra — disse Roza.

— E morrem aqui também — acrescentou o professor. — Você também não tem melindres. Eu a vi mexendo com as minhocas e os insetos. Destemida, alguns poderiam dizer.

Roza apertou a gola do moletom com o punho.

— Não gosto de escuro.

— Hm — disse ele. — O escuro é algo com que é preciso se acostumar.

Depois de um mês trabalhando para o professor, ele começou a lhe trazer presentinhos. Um refrigerante. Um bombom. Um cachorrinho esculpido em madeira. Ela não queria presentes de homens, não importava o quão inofensivos os homens parecessem. Ela tentou devolver o cachorro.

— Por favor, fique com ele. Foi meu filho que esculpiu. Ele tem 8 anos.

— Ah! — disse ela.

— Minha esposa me disse que eu tenho que ser tão bom para as pessoas como sou para minhas plantas. Mas cá entre nós, as pessoas não são nem de perto tão interessantes. — Ele deu um sorriso morno e saiu andando.

Ela enfiou o cachorrinho no bolso, aliviada.

No último dia de aulas de verão, ele veio até a sala onde ela estava descalçando os sapatos de trabalho para colocar os chinelos, fechando o zíper do casaco e juntando o restante de suas coisas.

— Posso oferecer uma carona até o trem?

Roza hesitou. Ele era gentil, mas um desconhecido. Ainda assim, ela estava tão feliz, tão aliviada de voltar à Polônia, que concluiu que estava sendo boba. Ele era um homem *mais velho*, um professor, com esposa e filho. Ele não ia fazer nada. E sem chance de ela aceitar uma carona de Bob, nem que fosse para voltar ao dormitório para fazer as malas.

Ela seguiu o professor até o carro. Era um carro muito sofisticado, um utilitário esportivo preto tão brilhante que parecia ter sido banhado em prata. Imaginou como o descreveria para Babcia, a tinta preta prateada, o interior de couro bege, o painel que parecia a cabine de uma nave espacial. Ele lhe ofereceu uma garrafa de água para a estrada e então tirou o carro do estacionamento.

Eles estavam dentro do carro havia quinze minutos quando ele disse:

— Não era desse jeito que eu tinha planejado.

— Hm? — perguntou Roza.

Ela estava olhando pela janela, para as luzes de Chicago. Cintilantes, reluzentes. Engraçado quando você só repara na beleza das coisas quando está prestes a deixá-las para trás, ela pensou.

— Queria ter feito as coisas de outro jeito. Ter tomado mais cuidado.

— Aham — disse Roza. Perto do carro, um taxista desceu a mão na buzina e gesticulou freneticamente para o motorista da frente. Até os gestos dele pareceram bonitos a Roza, feito uma dança exótica.

— Presumi que teríamos mais tempo — disse ele, guiando o carro até a estrada. — Nunca pensei que você fosse querer ir embora daqui para ir para lá.

Roza tirou os olhos da janela a fim de olhar para ele.

— O quê?

— Você é a criatura mais adorável que já vi.

Criatura?

— Que estrada é? — A língua dela pareceu presa nas duras palavras estrangeiras. — Aonde estamos indo?

— É meio fora do caminho, mas acho que você pode até gostar.

— Gostar o quê?

Ele não respondeu. Os carros passaram por eles a toda, borrões vermelhos, azuis, dourados. As mãos dela se fecharam em punhos. Ele assobiava enquanto manobrava sem dificuldade pelo tráfego da hora do rush, como se os veículos abrissem caminho só para ele. O carro ganhou velocidade, e Roza teve que agarrar o puxador da porta para não deslizar no assento. *Golobki, golobki*, o cérebro gania enquanto ela catalogava os presentes que ele lhe oferecera, os elogios enigmáticos, a quantidade de saídas pelas quais estavam passando reto.

— Pare o carro, me deixe sair — disse ela, sem perceber até a frase deixar seus lábios que ela estava falando polonês.

— Temo que eu não possa fazer isso — disse ele, também em polonês. Os olhos dele se cravaram nela. — Falo muitas línguas, mas prefiro o gosto da sua.

O estômago dela se revirou, e ela pressionou o rosto contra o vidro. Estavam indo tão rápido, rápido demais para qualquer tipo de carro em qualquer tipo de estrada, e ela começou a acreditar que estava sonhando, ou que ele tinha batizado a água com absinto, porque não era possível que aquilo estivesse acontecendo. Ela se lembrou do celular na bolsa, mas então também lembrou que ele colocara todas as suas coisas no porta-malas, e ela não tinha dito uma palavra, tão concentrada em para onde estava indo que não passou um minuto pensando em onde realmente estava.

Finalmente, o carro desacelerou quando se aproximaram de uma saída bem distante dos limites da cidade. A paisagem era sombria, vasta e desolada, com raros carros e casas mais raras ainda, e ela tentou engolir a bile que subira até a garganta.

Ele guiou o carro para uma extensão sem fim de estrada rural, milharais de ambos os lados.

— Você não tem nada a temer.

Semanas antes, ele dissera que ela era destemida, e, naquele momento, ela desejou com tanta força que isso fosse verdade que algum insólito ferro se injetou em seus ossos, uma calma de aço suprimiu a tagarelice desesperada em seu cérebro. Sem esperar pelo momento certo — afinal, quando haveria um momento melhor? —, ela atacou com as unhas a trava da porta e a abriu com um empurrão. Roza lançou-se para a noite, esperando que os milharais fossem gentis mesmo que o mundo não o fosse.

O milho a escondera pelo máximo de tempo que pudera, e então Sean e Finn a esconderam por algum tempo, mesmo sem saber o que faziam. Mas o homem a encontrou novamente. Eles estavam predestinados, ele disse. Estava escrito, ele disse.

Ela enfiara a faca nas dobras da saia. Ela empurrava a comida de um lado para outro no prato, beliscava um pedaço de pão. O vinho brilhava tinto em seu cálice, o sangue brilhava vermelho em seus olhos. Mas ela não era boa com arremesso de facas. Ele ia ter que chegar perto.

Ele comeu a comida em mordidas pequenas, meticulosas, terríveis, o guardanapo pressionado contra os lábios bem delineados após cada garfada. Ela pensou em Ludo, no delicado Ludo: no que ele fizera quando ela quis deixá-lo, no que ela fizera para que ele a deixasse partir.

— Ja me ama?

Ela esfregou a boca com a parte de trás da mão.

Ele pousou o garfo atravessado no prato.

— Tem alguma coisa incomodando você?

Ela tentou reprimir uma risada. Sequer sabia se era possível feri-lo.

— Venho tendo sonhos estranhos. Pesadelos.

— Ah. E ficou assustada?

— Sim.

Olhos gélidos queimaram sua pele.

— Ainda está?

— Sim.

— A fera não a conforta?

O rosnado de Rus se ergueu de seu lugar sob a mesa. A garganta de Roza se apertou. Ela não ia conseguir fazer isso, não ia conseguir se oferecer, não ia conseguir.

Mas fez.

Ela disse:

— A fera não é o suficiente.

Ele estava do lado dela em uma fração de segundo, as mãos em seus ombros, erguendo-a da cadeira, puxando-a para seu abraço pétreo. A respiração dele era fria e saía em vapores feito um mausoléu, mas ela suportou até que ele finalmente, finalmente fechou os olhos, os lábios a poucos centímetros de seu rosto. Ela sacou a faca das dobras de seu vestido e a mergulhou na carne branca sob a mandíbula, onde ela afundou até o cabo.

Finn

AVOADO

FINN ENFIOU A PÁ NA TERRA, PISOU NO APOIO PARA O PÉ, JOGOU a terra por cima do ombro, enfiou, pisou, jogou, enfiou, pisou, jogou. Sean não acreditara nele, Jonas não acreditara nele, mas Petey acreditara, mostrara o quanto. Ele adormecera com o nariz no cabelo da garota, inspirando seu aroma, segurando-se nela como se fosse a única certeza, a única coisa real que já conhecera.

Tinha sido desse jeito pelas últimas quatro noites. Ele podia cavar buracos para postes pelo restante da vida. Podia cavar até chegar do outro lado do planeta. Talvez conseguisse até encontrar Roza. Talvez…

— Cara, a gente não tá procurando petróleo — disse Miguel.

— Quê? Ah, desculpe.

Roza gostava de Miguel. Da primeira vez que Miguel foi à casa deles depois que Roza chegou, ela abrira um sorriso tão grande que Finn e Sean acharam que ela conhecia Miguel de algum lugar. Mas Miguel disse que não, nunca a vira antes, porque de jeito algum ele ia se esquecer de uma garota *daquelas*.

— Daquelas o quê? — perguntou Finn.

— Não vai ter jeito para você — respondeu Miguel.

Eles travaram mais uma batalha para arrancar um poste carcomido e lascado do chão. Eles ergueram outro até o lugar e o fixaram no concreto. Então se sentaram por um minuto para descansar na grama que começava a amarelar.

Miguel inspecionou o antigo poste.

— Parece que um touro tentou pegar este aqui.

— Os Rude não têm um touro?

— Os Rude *são* touros. Vai ver eram eles que vinham atacando a cerca.

— Eu não ficaria surpreso. — disse Finn. — Cadê o Mostarda?

— Saiu estrada abaixo para pastorear as meninas de novo.

Finn usou uma das mãos para fazer sombra nos olhos.

— Amber está com eles?

Miguel deu de ombros.

— Não quer falar com ela?

Miguel puxou um punhado de grama, examinou com cuidado como se estivesse procurando algo que tivesse deixado cair.

— Você não quer conversar comigo?

— Hã? A gente conversa todo dia.

Miguel jogou a grama longe, limpou as mãos.

— Quando você pensa a respeito, construir essa cerca é uma loucura. Os bichos vão continuar passando por cima ou por baixo, ou roendo até chegar do outro lado. Bichos de todo tipo. Talvez até os que a gente não sabia que existiam.

— Ok — disse Finn.

— Então, você não vai me contar?

— Contar o quê?

— Que você o viu. O cara que raptou Roza.

Finn abriu a boca e depois fechou.

— Como você ficou sabendo?

— Estamos em Bone Gap. Todo mundo sabe.

— Você acredita em mim?

— Você tem merda na cabeça.

Miguel se colocou de pé, limpou o pó da parte de baixo da calça jeans. Foi até o poste seguinte e atacou a terra com a pá. Finn se lembrou de um dia na terceira série quando um dos Rude o acusara de roubar o boneco do Monstro do Pântano, e os garotos o atacaram de surpresa durante o recreio. Miguel foi para cima dos irmãos, girando seus braços ridiculamente longos, derrubando pelo menos três dos Rude antes de um professor dar um basta. Miguel disse que Finn nunca teria roubado. Finn não era um ladrão.

A verdade é que Finn pegara o Monstro do Pântano. A mãe jamais tivera dinheiro para comprar brinquedos. Sean o obrigou a devolver no dia seguinte.

Finn pegou a pá e começou a cavar ao lado de Miguel. Por algum tempo, eles não disseram nada.

Depois Finn falou:

— Vou encontrar com Petey no Papo & Prato mais tarde. Eu poderia perguntar sobre Amber.

— A gente não tá mais no quinto ano.

— Não quer que eu pergunte para ela?

Miguel pisou na ponta da pá, levantou um pedaço de terra.

— Eu não falei *isso*.

Sentado no balcão da lanchonete esperando por Petey, tamborilando nervosamente os dedos, a enorme égua negra, agitada com o cabresto e do lado de fora, Finn se perguntou que droga ele estava pensando. As luzes estavam fortes demais, o assento sob ele, desgastado e solto, prestes a descarregá-lo no chão. Ele queria encontrar Petey num lugar público para que todos pudessem vê-los, pudessem ver como eram reais um para o outro. Àquela altura parecia que ele só queria problema.

— Ei, Avoado!

— Quê?

Uma garçonete, o cabelo pintado de vermelho como um tijolo novo, estava parada na frente dele, segurando uma jarra de café.

— Estou falando seu nome desde que a Terra esfriou. O que uma garota precisa fazer para conseguir sua atenção?

— Darla?

A boca da garçonete se contorceu.

— Bem, quem mais poderia ser?

— Mas... seu cabelo.

— Ah, é! Você gostou? Eu queria uma coisa diferente. Melhor isso que o loiro, né?

— É! — disse Finn. — É bem... vermelho.

— Quer um pouco de café?

Finn fez que sim com a cabeça, empurrou a xícara na direção dela.

— Eu não esperava que você dissesse sim. Você nunca toma café — disse Darla.

— Meio cansado.

— Por bons motivos, espero — disse Darla.

Um rubor queimou as bochechas de Finn.

— Estudando muito.

— Estudando uma ova — disse Darla. — É verão.

— Tenho provas e tal. Para a faculdade.

— Aham — disse Darla. — E foi por isso que você ficou vermelho.

— É queimadura do sol.

Darla ergueu a jarra na direção da janela.

— Um animal e tanto, o seu. É algum tipo de égua de corrida?

— Não sei — disse Finn.

— Ela é grande.

— É.

— Nunca vi uma tão grande. Nem um cavalo, aliás.

— É — disse Finn.

Darla colocou a jarra de volta na cafeteira, pegou um pano de pia e limpou a bancada.

— Ouvi dizer que você cavalga bastante à noite.

— Onde ouviu isso? — perguntou Finn, a voz mais ríspida do que era a intenção.

Darla parou de limpar.

— Talvez eu devesse parar de servir café para você. Está ficando incrivelmente agitado.

Finn empurrou a xícara de volta na direção de Darla.

— Talvez você esteja certa. Pode me dar uma limonada em vez disso?

— Pode deixar — disse Darla, levando embora a xícara culpada.

Finn respirou fundo, tentando se acalmar. Não vinha ao Papo & Prato havia meses, desde o que acontecera com Roza. Roza adorava o Papo & Prato. Ela adorava a comida, a agitação, a fofoca que a fazia lembrar de casa. Finn não sabia onde exatamente era "casa" para ela. Sean nunca perguntara como ela viera parar em Bone Gap. Sean dizia que, se ela quisesse contar para ele, contaria. Sean dizia que havia certas perguntas que não se faz, mesmo que o povo de Bone Gap não parasse de inventar histórias.

— O povo fala — disse Roza para Finn uma vez, os dois em uma das mesas debruçados sobre seus sundaes. — Eles dizem qual menino Roza ama.

— O que você quer dizer?

Roza fez um gesto com a colher.

— Sean, Finn, Finn, Sean.

Finn quase engasgou na cereja.

— Isso é tão idiota.

— Eles dizem qual menina Finn ama também.

— Dizem nada.

— Sim. Eu ouço. Eu escuto.

— A maior parte das pessoas não escuta.

— As pessoas olham, não veem.

— Isso também.

Roza pegou a cereja no topo do sundae e a ergueu na frente de Finn.

— Você vê a menina-abelha.

Ele pegou a cereja. Ele sabia de uma coisa também.

— Você vê meu irmão.

— Ele não me vê.

— Vê sim — disse Finn, ao mesmo tempo constrangido e contente por estarem tendo essa conversa, por mais estranha que fosse.

Ela se inclinou para a frente.

— O povo fala agora. Eles dizem: Olhe! Roza e Finn! Juntos! Talvez eles deem beijo! Talvez se casem!

Finn riu.

— Somos jovens demais para casar.

— Mas talvez a gente beije.

O rubor queimou a ponta das orelhas dele.

— Você não quer me beijar.

— Não importa. Gostam de histórias.

Apesar de Sean ter avisado, Finn não pode conter as palavras que escaparam:

— Falando em histórias, como foi que você chegou aos Estados Unidos? Onde estava antes de vir para Bone Gap?

Ela pousou a colher cuidadosamente sobre o guardanapo, mas não falou.

— Deixe pra lá — disse ele. — Eu não preciso saber. Sinto muito.

Ela o encarou com uma atenção que não permitia que ele fugisse do olhar.

— Você não olha para mim — disse ela.

— O povo diz que não olho para ninguém.

Ela deu um sorrisinho, um dos dentes ligeiramente torto.

— Você olha Petey.

Finn enfiou mais três colheres de sorvete na boca enquanto Roza ria.

— Tudo bem. Eu gosto dela. Corajosa feito uma rainha. Você tem bênção.

Corajosa feito uma rainha. Darla cravou a limonada diante de Finn, espantando-o para longe de seus devaneios. As mãos do garoto deslizaram pelo copo suado. Ele girou no assento, esquadrinhando o restaurante em busca de Petey. Talvez vir até ali naquele dia, encontrar Petey onde todas essas pessoas inventariam as próprias histórias sobre eles, tivesse sido uma má ideia. E então Jonas Apple se largou no assento ao lado, e não havia mais *talvez* na questão.

— Darla — disse Jonas, assentindo. — Avoado. Como vão vocês nesta noite, turma?

Darla deslizou um cardápio para Jonas, como se ele precisasse vê--lo. Jonas entrou na jogada, passando o olho pelas coisas como se de repente tivesse algo de novo ali — *cassoulet* de coelho, filé mignon. Finn se encurvou diante da limonada, lutando contra o ímpeto de derrubar Jonas do banquinho.

Jonas fechou o cardápio num movimento rápido.

— Vou querer umas batatas com molho de carne, Darla. E um refrigerante de laranja.

— É para já — disse Darla.

Ela serviu o refrigerante, colocou o copo diante de Jonas.

Jonas desembalou um canudo, mergulhou-o na bebida, deu um longo gole.

— Tem gosto de aspirina infantil.

Finn não perguntou a Jonas Apple por que ele bebia uma coisa com gosto de aspirina, já que se preocupava tanto com drogas. *Você anda cheirando alguma coisa? Santo céu, não é cristal, é?* Finn observou Darla dançar de um cliente para o outro, distribuindo comida e bebidas e catchup extra. Por toda a sua volta, o povo de Bone Gap chocalhava o gelo dentro dos copos, levava colheres de sopa à boca, conversava sobre o clima e sobre como o calor e a luz do sol deviam resultar em colheitas viçosas e saudáveis. Mas o céu estava azul demais, e a terra seca demais, apesar das breves chuvas que iam e vinham. Os dias pareciam durar horas demais, e as noites eram escuras e traziam sonhos estranhos. O milho, que estivera tão verde e forte, estava rajado de folhas amareladas. Os legumes estavam pequenos e mirrados, as flores, destituídas de suas cores, deixando abelhas e pássaros confusos. Algo estava fora do lugar, algo estava errado, e eles não sabiam o que era, mas sabiam que não era normal porque nunca tinham visto nada assim. Nem Charlie Valentim sabia explicar, até ele só conseguia olhar para o céu e as plantas e sacudir a cabeça. E porque o que quer que fosse não era normal e porque nenhum deles nunca vira nada assim antes, seus olhos lentamente recaíram em Finn, recurvado como um prisioneiro por cima de sua limonada, a grande égua negra se sacudindo em seus cabrestos do lado de fora.

Sim, essa tinha sido uma ideia muito, muito ruim.

Darla deslizou um prato de batatas fritas ensopadas em molho para a frente de Jonas Apple, observando com satisfação enquanto ele jogava uma batata na boca.

— Como anda o lance de combater o crime esses dias?

Pareceu a Finn que Jonas fez questão de não olhar para ele quando disse:

— Lento. Algumas invasões. Alguns furtos breves de veículos. Algumas festas barulhentas. Vamos ter mais trabalho quando começarem as corridas de monster truck.

— Que venham os monstros — disse Darla.

Jonas riu e usou uma batata para apontar.

— E quando for época de festival e aqueles lunáticos descerem de Chicago e subirem de Saint Louis. Se você me perguntar, são os sujeitos da cidade que trazem o crime para cá.

— Quem quereria morar na cidade?

— Eles fazem uma pizza ótima em Chicago — comentou Jonas.

— Acho que isso não é pouca coisa — falou Darla.

O ribombar de um motor e o resultante relincho de protesto da enorme égua de Finn fez com que todos no restaurante se virassem para a porta. Petey entrou na lanchonete, o alourado cabelo selvagem como um matagal, usando um curto vestido branco que brilhava feito a luz do luar contra a pele. Eles ficaram boquiabertos quando ela se sentou do outro lado de Finn e apertou seu braço. E começou uma agitação tão grande, murmúrios e sussurros como o falatório incessante do milho, que Finn desejou nunca tê-la convidado, desejou nunca ter sido burro a ponto de pensar que o povo de Bone Gap veria a ela, veria a ele, veria aos dois, da maneira como o próprio Finn via.

— Ora, olá para você, senhorita Priscilla — cumprimentou Jonas. — Trazendo um mel para Darla?

— Hoje não — respondeu Petey. Por algum motivo, Petey não parecia ciente dos olhares que recebia, ou, se estava, não se importava. Estava ocupada demais olhando feio para Jonas Apple.

— Tudo bem aí, Priscilla? — perguntou Jonas.

Ela o ignorou.

— Que cor, Darla! O que vai ser depois, um moicano?

Darla riu.

— Seu camarada nem me reconheceu!

Para Finn, Petey disse:

— Quero um refrigerante, está bem? Vou tentar domar isto aqui. — Ela fez um gesto para os cachos embaraçados. Andou para o toalete feminino, acenando para uma pessoa ou outra, empolgada, ao que parecia, com a atenção.

Darla abriu um sorriso enquanto servia o refrigerante de Petey e repunha a limonada de Finn.

— Aquela Priscilla Willis fica muito bem de vestido — disse ela. — Não acha, Jonas?

— Eu não saberia dizer.

— Ora, não seja tão ranzinza. Você também pode admitir. Aposto que, se ela fizesse um bom corte de cabelo... — Ela afofou o próprio cabelo como se maravilhada pela mágica que um bom corte de cabelo podia fazer. — Vocês dois vão a algum lugar?

Finn franziu a testa. Ele planejara levar Petey para casa e mostrar os filhotes de Calamidade, mas não conseguia imaginar dizer isso em voz alta.

— Cinema.

Jonas enfiou outra batata frita na boca, deixando no queixo uma mancha de molho, como uma interrogação.

175

— Cuidado, Finn.

— É Finn que precisa ter cuidado? Ou seria Priscilla? — perguntou Darla.

A limonada ficou azeda na língua de Finn. Se Jonas "Santo Céu Não É Cristal" Apple falasse alguma coisa sobre o ferrão de Petey, Finn lhe daria um soco.

— Mulheres são complicadas — disse Jonas.

Garoto estranho, menina feia...

— Ou os homens que são simplórios — disse Darla.

Talvez ele esteja se aproveitando dela, talvez ela faça qualquer coisa para...

— Num minuto não aguentam o cachorro e no seguinte elas colocam o cachorro numa caminhonete e dirigem para longe. Sem telefone, sem endereço. Você nem sabe se o cachorro está bem. Quero dizer, deviam dizer se o cachorro está bem, você não acha? Uma pessoa devia ter notícias do próprio cachorro. — Jonas esfregou um dos olhos. — Essa alergia está acabando comigo.

Darla entregou um guardanapo para ele.

— Tem molho no seu queixo.

Petey voltou do toalete e pegou o braço de Finn.

— Oi — disse ela.

— Oi.

— Qual o problema?

— Nada. Vamos procurar uma mesa lá atrás.

Ela soltou o braço dele.

— Por que você quer sentar lá atrás?

— Sem motivo. Bem, eu queria te fazer uma pergunta sobre Amber.

— Amber?

Darla olhou para além do delegado de polícia, pela janela.

— Ei, quem é aquele mexendo com seu cavalo, Avoado?

— O quê? — disse Finn, girando no banco, bem a tempo de ver a égua recuar, bater as pernas da frente e trotar para além da lanchonete.

Ele voou do banco e correu porta afora. A égua já estava meio oculta por uma nuvem de poeira. Finn ficou ali em pé, congelado, encarando a estrada, até que uma voz atrás dele disse:

— Aquele cavalo idiota está correndo direto para a rodovia.

A rodovia? Com os carros em alta velocidade e os caminhões e os carros esportivos...

O ciclomotor de Petey estava encostado na lanchonete, a chave na ignição. Finn pulou para o veículo. Ele girou a chave e chutou o pedal de ignição como vira Petey fazer. Não funcionou. Ele tentou de novo, dessa vez apertando as alavancas do freio enquanto chutava o pedal. Nada ainda. Outro chute, e o ciclomotor ligou. Ele partiu enquanto Petey agarrava as costas de sua camiseta, quase puxando-o para fora da moto. Ele lutou para manter o veículo de pé, e então pisou com tudo no acelerador, livrando-se das garras da garota.

Ele acelerou o ciclomotor em perseguição à égua fugitiva, lutando para manter-se no assento quando os pneus ficaram presos na beira-da da estrada que cruzava a cidade. O cascalho que voou tatuou sua pele com pontos quentes de sangue.

A égua se movia tão rápido que as ferraduras soltavam faíscas azuis ao golpear o asfalto. Diante dela, freios guinchavam conforme os carros se lançavam aos trancos para a direita e para a esquerda. O som fazia Finn se lembrar de um momento anterior, um momento em que outro carro se movia aos trancos para a esquerda e direita, as mãos pálidas de Roza batendo nas janelas traseiras.

A égua acelerou. A rodovia ficava a apenas alguns quilômetros da estrada. Se ela chegasse lá...

Sirenes estridentes ressoaram em sua cabeça. Ele apertou o acelerador o máximo que conseguia, correndo para ultrapassar a égua a galope. Uma vez diante dela, deu uma guinada repentina na moto, passando de um lado da estrada para outro. As mãos acionaram os freios. A égua tinha que desacelerar. Tinha.

Ela não o fez.

Quando ele deu uma guinada para a esquerda, ela se inclinou para a direita, galopando para além dele antes que tivesse a oportunidade de reagir. Ele conseguia ver a espuma branca acumulada na boca do animal, o suor escuro em seus flancos, o terror bruto em seus olhos. Algo a amedrontara. Algo a apavorara tanto que ela ia correr direto para a rodovia e...

Mais uma vez, Finn voou para além da égua. Dessa vez, ele deixou o ciclomotor se inclinar, deixando metros da própria pele no asfalto conforme a moto soltava faíscas e guinchos antes de finalmente parar. Tudo o que Finn podia fazer era ficar parado na estrada, preso pela bicicleta de Petey, conforme sua égua, sua linda, magnífica, impossível égua, trovejava em sua direção. A égua recuou com um nitrido, os cascos golpeando o vazio. Quando os cascos desceram, vieram direto em cima do coração de Finn.

Seu primeiro pensamento foi: *Estou quebrado.*

O segundo: *Não, estou ferrado.*

Terceiro: *Estou quebrado e ferrado.*

Sentiu o toque frio de dedos na bochecha. Abriu os olhos para ver o rosto ansioso de Petey pairando acima do seu, as mãos dela apertando as dele. Do outro lado, Mel Willis, os longos cabelos castanhos balançando gentilmente como salgueiros à brisa. Para além de Mel e Petey, o guincho de freios, portas de carro sendo batidas. O povo de Bone Gap vindo ver com os próprios olhos. Todos o haviam seguido até ali.

— Finn — disse Petey. — Você está bem?

— Descreva a vez em que você foi atropelado pela própria égua usando apenas interjeições. — Ele tossiu, tentou se sentar.

Seu peito queimava como se tivesse sido marcado.

Então, arruinado, ferrado e marcado. *Mas não drogado!*, ele queria dizer. *Não estou cheirando cola, gente, e por falar em...*

— Você devia ficar parado — disse Mel. — A égua pisou em você. Ela cambaleou para o lado no último momento. Mesmo assustada como estava, ela sabia que era você. Você deu sorte. Ela não queria machucar. Mas você pode ter quebrado algumas costelas.

Com isso, Petey repentinamente largou sua mão, se levantou e foi embora pisando forte.

— Estou bem — disse Finn. — Aonde ela foi?

Mel apontou. A caminhonete dela estava estacionada a alguns metros de distância, bloqueando todo o tráfego. A égua estava quieta no meio da estrada, espumando e exausta. Petey pegou as rédeas e as amarrou no próprio pulso. Um pulso irritado. Sua respiração estava ofegante, o peito oscilando.

Mel seguiu o olhar de Finn.

— Priscilla me ligou quando você pegou o ciclomotor.

— Ela parece brava.

— Sempre parece.

— Não, ela parece brava de verdade. Eu quebrei a moto?

— Não acho que ela esteja preocupada com isso. As pessoas às vezes ficam bravas quando alguém com quem se importam se joga na frente de um bicho de uma tonelada com ferraduras de aço.

— Sinto muito — disse ele, apesar de não saber com certeza pelo que estava se desculpando. — Ela está bem? — E ele não tinha certeza se estava perguntando pela égua ou pela garota.

Mel se agachou.

— Eu não sei, Finn. Aquela égua simplesmente saiu correndo por quilômetros e por pouco não virou comida de cachorro. Ela pisou no seu peito e quase pisou na sua cabeça, então *você* por pouco não virou comida de cachorro. — Ela juntou o cabelo para longe do rosto. — Acho que você devia pedir a um veterinário para dar uma olhada nela. E o veterinário devia dar uma olhada em você também. E talvez te dar algum tipo de injeção para você nunca mais fazer algo assim de novo. Você tem ideia do quanto isso foi perigoso?

Finn soltou um grunhido. Ele não achava que fosse mais perigoso que brincar com milhões de insetos com ferrões e se arriscar a ter um choque anafilático. Ele esticou a perna. A **coxa** e a panturrilha estavam em carne viva, parecendo a bisteca do açougue. Então ele sentiu de verdade, sentiu muito por ter olhado.

Mel suspirou.

— Só descanse por um segundo.

Ele a ignorou e se sentou. Já tinha sido atropelado muitas vezes. Que diferença fazia uma a mais?

— Você é um grande pé no Santo — disse Mel.

— Estou bem.

— Pare de discutir comigo. Você parece ter levado uma surra de uma debulhadora.

A essa altura, parte do povo de Bone Gap se reunira atrás de Mel. Alguém assobiou:

— Uuuuiii. Isso vai doer mais tarde.

— Está doendo agora — disse Finn.

— Esperava o quê? — perguntou outra pessoa. — Fazer uma graça dessas.

— É — respondeu outra. — Está achando que é quem? Evel Knievel?

— Evil *o quê*? — retrucou Finn.

— Esses jovens de hoje em dia não sabem de nada.

— Alguns de nós sabem como evitar negativas redundantes — disse Petey.

— *Priscilla Willis* — disse Mel. O tom da voz já continha o alerta.

— Sinto muito — murmurou Petey, também sem sentir.

— Não liguem para ela — explicou Mel. — Só está preocupada com Finn.

Petey jogou para trás o cabelo selvagem.

— Quem falou que estou preocupada?

Mel colocou a palma da mão na testa.

— Alguém quer adotar dois adolescentes?

— São todos seus, Doce Melissa — disse um homem.

— Show — respondeu Mel.

Sirenes ressoaram. De verdade. Uma ambulância. Geralmente, paramédicos trabalhavam em dupla, mas Sean foi o único que pulou do assento do motorista com uma maleta preta. Ele sempre fazia as próprias regras. Foi a passos largos até Finn, uma longa golada de água, nenhuma gota escapando. Mel se levantou e o pegou pelo braço, sussurrou em seu ouvido. Sean assentiu.

Ele colocou a maleta ao lado de Finn. Não disse uma palavra, apenas levantou a camiseta dele. No meio do peito, bem no esterno, uma violenta ferradura vermelha estava recortada em sua pele. Sean agarrou o estetoscópio e o encostou à esquerda da marca.

— Inspire — disse ele. Finn obedeceu. — Expire — disse ele. Finn obedeceu.

Sean tateou cada uma das costelas de Finn com dedos experientes. Então colocou a palma no centro do peito de Finn.

— Dói quando aperto?

Finn arquejou.

— Um pouco.

— Quanto? Escala de um a dez.

— Um.

— É sério.

— Quatorze.

Sean examinou as feridas.

— Estas não estão tão ruins — disse ele —, levando em consideração... — Ele colocou o estetoscópio de volta na maleta. Ele ergueu os olhos para Mel.

— Pode ficar com ele? Tenho que ir buscar a maca.

— Claro — disse Mel.

— Não preciso da maca — disse Finn.

Mas era como tentar falar com um enxame de abelhas. Ninguém o ouviu. E, se o ouviram, não se preocuparam em escutar, porque todos tinham coisas a fazer. Sean foi até a ambulância buscar a maca. Mel e Petey disseram que iam levar a égua para casa enquanto Finn fazia os exames no hospital. Elas iam se certificar de dar comida e água para ela. Iam ligar para o veterinário.

Sean ajudou Finn a se deitar na maca e o levou até a ambulância. Um empurrão, e Finn estava do lado de dentro. Sean fechou as portas duplas, deu a volta para o lado do veículo. Ele entrou na cabine e ligou o motor. Dessa vez, não se deu o trabalho de ligar as sirenes.

O hospital ficava a vinte minutos do lugar onde a égua tinha pisado em Finn. Pela maior parte do trajeto, Finn conseguia sentir Sean se preparando para fazer uma de suas perguntas. Finn sabia que não devia apressá-lo. Revirou-se na maca, tentando ignorar a ardência dos cortes e arranhões, e a dor embotada que florescia no peito a cada batida do coração. Ele contou as caixas de remédio nas prateleiras abarrotadas. Contou as sardas em seus braços. Imaginou Petey fazendo uma visita quando ele estivesse no hospital, entrando na cama com ele, deixando que enterrasse o nariz em seu cabelo, deixando que as mãos dele vagassem sem rumo. Pensou em Roza sentada à mesa dos fundos do PRATO & PAPO, esperando com dois sundaes e muito a dizer.

Aos 19 minutos de corrida. Sean perguntou:

— Você estava tentando matar aquela égua?

Finn quase engoliu a própria língua de surpresa.

— O que quer dizer? Eu a salvei.

Uma pausa.

— Você foi atrás dela.

— Ela estava correndo na direção da rodovia — disse Finn. — Eu tinha que impedi-la antes que chegasse lá. — Ele tentou virar a cabeça para olhar para Sean, mas a maca era baixa demais para que ele conseguisse ver além do assento dianteiro.

— Então achou que o melhor jeito seria ir atrás dela em um veículo muito barulhento?

— Algo a assustou, e eu... — disse Finn.

— Cavalos são presas. Ela achou que algum monstro expelindo fumaça estava tentando comê-la no almoço, então ela fez o que presas fazem. Ela tentou fugir.

— Mas...

— Você não entende? — A voz de Sean não estava irritada, apenas cansada. Um cansaço para além do cansaço. O tipo de cansaço que abre caminho até o osso e fica ali, se alimentando da medula. — Foi você que a assustou, Finn. Ela estava fugindo de *você*. — Sean parou a ambulância e saltou da cabine. Quando ele abriu as portas traseiras, o pôr do sol era ofuscante.

Petey

REVELAÇÕES

PETEY E A MÃE CHEGARAM À CASA DE FINN CERCA DE UMA HORA depois que ele tentou se moer como carne para salsicha e o irmão tivera que carregá-lo para o hospital a fim de juntarem as peças. Guiaram a égua de volta ao inclinado celeiro vermelho. Elas lhe deram água e comida, e passaram algum tempo acariciando o bode desesperado que fazia companhia a ela, um bode que imediatamente tentou comer os ilhós do vestido de Petey.

Apesar de não terem conseguido detectar ferimentos na égua, Mel resolveu chamar o veterinário mesmo assim. Elas entraram na casa dos O'Sullivan, onde Mel fez uma xícara de chá para si mesma e sentou à mesa da cozinha, bebericando silenciosamente enquanto esperavam o veterinário chegar.

Petey não estava bebericando, não estava esperando ninguém. Ela se movimentava pela casa, observando fotos de família, abrindo e fechando livros e espiando dentro das gavetas. Se houvesse um computador, ela o teria ligado, mas os O'Sullivan, pelo que parecia, não tinham computador em lugar algum.

— Você não está mexendo nas coisas dos outros, está? — gritou a mãe da cozinha.

— Não — respondeu Petey.

Ela não estava olhando as coisas *deles*, estava mais olhando as coisas *de Finn*. E levando em conta o que ela e Finn tinham feito — quão reais as coisas tinham se tornado —, e levando em conta que Finn tinha tentado se matar logo em seguida, estava no direito de bisbilhotar. Ainda sentia os braços dele ao seu redor, os lábios em seu pescoço, ouvir o engasgo na respiração, e, ainda assim, quando ela o vira todo ensanguentado e mole no chão, ela o queria chutar até não poder mais. Tinha sido ideia dele encontrá-la na lanchonete, mas, assim que ela colocou aquele vestido idiota, soube que queria fazer todas as coisas que as outras pessoas faziam. Ela queria sair para tomar sorvete, queria ir ao cinema, queria andar de mãos dadas enquanto corria pela chuva, queria entrar em discussão estúpidas sobre assuntos estúpidos, queria dar uns pegas nele até não conseguir mais discernir sua língua da dele. Mas nenhuma dessas coisas ia acontecer se Finn fosse bom demais para ser verdade, se ele fosse algum personagem de uma história, se tivesse sido criado por ela a partir de solidão e pura vontade: *E então os jovens amantes tiveram um mês juntos antes de ele ter sido pisoteado até a morte por seu cavalo mágico.*

No entanto, no fundo não era por isso que ela estava bisbilhotando. O motivo real fora o que ele fizera na lanchonete, como ele estava agindo antes de a égua fugir. Cauteloso e estranho, como se no fim das contas não quisesse ser visto com ela.

Não quisesse ser visto com ela.

— Mãe? — chamou Petey. — Como era Finn quando ele era bem pequeno?

— Avoado. Como é agora. Por que está perguntando?

— Por nada — respondeu Petey, que não tinha motivo a não ser uma preocupação, que corroía suas entranhas, de que Finn estivesse escondendo algo dela, de todos, e ela tinha que descobrir o que era.

Petey pegou um álbum de fotografias em uma prateleira em cima do sofá. No começo, as fotos eram de uma mulher muito bonita segurando um bebezinho bonito, e depois um garotinho e outro bebê ainda mais bonito. A mãe de Finn, Didi, e seus filhos. O povo de Bone Gap falava muito sobre Didi, sobre quão adorável ela era, apesar de instável, e sobre como seu marido era dedicado a ela mesmo assim, especulando se ela era o motivo de Finn ser tão perdido e avoado, se ele não era parecido demais com ela. Diziam que era uma pena que Roza tivesse fugido, também. As mulheres, dizia o povo, estavam sempre fugindo dos O'Sullivan, e não era uma pena, especialmente no caso de Sean, que nunca poderia fazer nada de errado.

Ela colocou o álbum de volta no lugar e escolheu outro. Mais um monte de fotografias dos meninos crescendo, meninos magrelos com cabelos escuros encaracolados, Didi tão adorável como sempre, nenhuma foto de Hugh em parte alguma. Talvez fosse ele com a câmera. Ela se perguntou se Finn perdoara a mãe por partir. Ele não soara bravo quando falara dela, mas o que isso significava? Sean, ela pensou, Sean provavelmente não perdoara Didi. O povo de Bone Gap o idolatrava, mas Petey sabia o que Sean achava dela, sabia o que ele achara quando a vira na festa no ano anterior. Ele não fora mais sábio que nenhuma outra pessoa.

Sean era um homem rígido.

Além disso, um monte de gente fugia. O pai de Petey também fugira, e quando Petey ainda estava aprendendo a andar. A mãe dela dizia que era porque eram tão jovens quando Petey nasceu, e ele não conseguira lidar com a responsabilidade. Petey achava que essa era uma desculpa besta e havia muito decidira não procurá-lo, menos ainda perdoá-lo.

Então talvez Petey também fosse rígida. Não era por isso que estava vasculhando os álbuns?

Alguém bateu na porta dos fundos, e Petey ouviu a mãe falando com o veterinário.

— Priscilla? Estou indo até o celeiro com o Dr. Reed.

A porta se fechou com força.

— Não me chame de Priscilla — disse Petey à mobília, para o caso de esta ter consciência e poder retrucar.

Ela perscrutou as prateleiras de livros, encontrou diversos de biologia e fisiologia e ciência natural, alguns de agricultura, apenas um livrinho de mitologia, que ela pegou; também tinha um exemplar. Uma vez, perguntara a Finn qual era seu livro favorito; ele ficou vermelho e não respondeu à pergunta. Ela insistira: "Que foi? É um romance ou algo do tipo?" E, ainda assim, ele não respondeu. Ela não teria se importado se fosse um romance ou um daqueles livros sobre um Golden Retriever totalmente incrível que acaba morrendo no final, mas se importava que ele não quisesse contar para ela. Petey lia e relia qualquer livro por qualquer motivo, alguns complicados. Quando era pequena, alguém lhe presenteou com um livro muito estranho chamado *A loja de esposas*. Era sobre um homem muito solitário que resolvera se casar. Então ele ia até a loja de esposas, onde inúmeras mulheres preenchiam as enormes prateleiras. Escolhia uma esposa e a comprava. Ela era colocada em um saco e depois em um carrinho, e ele a levava para casa. Mais tarde, os dois iam para a loja de crianças comprar alguns filhos.

Petey lera esse livro várias vezes seguidas. Não porque gostava, mas porque ficava esperando que a história mudasse, ficava esperando pelo dia em que viraria a página e uma *mulher* poderia ir à loja de *maridos*. Ficava esperando justiça. Se Petey estivesse fazendo uma das listas de coisas que ela odiava, ia ter que acrescentar: a falta de justiça. Mas *A loja de esposas* ainda estava na sua prateleira em casa, ainda que só para lembrá-la de que havia babacas no mundo que escreviam coisas assim, acreditavam em coisas assim.

No que ela acreditava?

Acreditava que Finn tinha um segredo.

Foi até os quartos. Havia dois na casa — um na frente, outro nos fundos. Um arrumado, outro bagunçado. Petey entrou no organizado primeiro. Embora isso fosse uma transgressão, embora fosse ficar furiosa se um estranho fizesse o mesmo com ela, não conseguiu se conter. Era como abrir aquela graphic novel sobre os irmãos e espiar a vida dos meninos, vidas que sempre haviam sido tão fechadas para ela, que sempre haviam sido um mistério tão grande. O quarto pequeno e organizado tinha mobília esparsa — uma cama grande com uma coberta azul simples, uma cômoda, uma mesa de cabeceira, algumas fotos antigas de família nas paredes. Em cima da cômoda, alguma espécie de instrumento, que poderia ter sido um escaneador daqueles que a polícia usa ou um rádio, estava ao lado de uma fotografia de Hugh O'Sullivan jogando um menino sorridente para o alto, o menino em si, um borrão risonho. O ar no ambiente era fresco e revigorante, como o de pinheiros, mas havia outro cheiro subjacente, o cheiro de uma pessoa — um homem —, um cheiro que foi ficando mais forte conforme ela se aproximava da cama. Na cabeceira, uma luminária com uma cúpula esfarrapada e um livro de anatomia surrado.

Eu não devia estar fazendo isso, não devia estar fazendo isso, Petey pensava, enquanto abria a gaveta da cabeceira. Mas suas mãos mergulharam na gaveta mesmo assim e tiraram um caderno de desenhos grosso com espiral. Lápis soltos rolavam dentro da gaveta. Ela se sentou na cama — teria que se lembrar de ajeitar a colcha mais tarde — e folheou o caderno. Os desenhos no começo eram de árvores e milho e tal, alguns animais e pessoas, desenhos adoráveis, porém crus, como se tivessem sido feitos por alguém mais novo que acabava de descobrir seu talento e habilidade. Mas conforme foi avançando, os desenhos foram ficando mais sofisticados, mais detalhados, mais artísticos. Lá pela metade do livro, Petey encontrou mulheres nuas em várias poses. Não pornográficas, mas lindas, feitas com reverência, como se o artista estivesse tentando entender o corpo feminino de todos os ângulos. Ela sentiu a pele ruborizar enquanto observava esses desenhos, as linhas das coxas e a elevação dos seios — será que tinham sido imaginadas? Ela não reconhecia nenhum dos rostos, mas Sean não era mais criança, era um homem, tinha um emprego e uma vida para além de Bone Gap, e podia conhecer toda espécie de mulher, de todo tipo de lugar.

Com o rosto ainda queimando, Petey virou as páginas. Ela estava diante de uma crônica da vida artística de Sean; até as mulheres nuas ficaram mais sofisticadas e íntimas conforme ela avançava. Lá pelo último quarto do livro, encontrou um rosto conhecido. Roza, rindo. Não nua, mas um desenho que a mostrava agachada no jardim, rindo com uma borboleta que esvoaçava perto dela. Depois daquele, outro desenho de Roza, as mãos pequenas preparando uma massa, Roza cortando lenha, Roza afundada em lama até os joelhos, Roza enrolada numa poltrona lendo um livro, Roza, Roza, Roza, Roza. Petey parou em um close do rosto de Roza, desenhado com tantos detalhes carinhosos que Petey se sentiu o pior tipo de intrusa, feito um monstro que espia para dentro de janelas na calada da noite. Mas ela não conseguia parar de encará-lo. Apesar de ter sido feito a lápis preto, o sorriso de Roza era fulgurante, o cabelo parecia brilhar com uma luz escura, espectral, a depressão de sua garganta pulsava como um convite particular. A página estava marcada com protuberâncias, e Petey passou as pontas dos dedos sobre o papel, lendo o que deviam ter sido lágrimas.

Fechou o livro e o colocou de volta na gaveta. Ajeitou a colcha azul na cama para apagar os indícios. Sean não era um homem rígido. E Petey não era rígida também. Ela era apenas uma imbecil intrometida e presunçosa.

Ela decidira que deixaria o quarto de Finn em paz; já se intrometera demais para um dia e não encontrara nada, nenhum motivo para não confiar em Finn. Mas, ao passar diante do quarto bagunçado, determinada a agir como um ser humano decente, ouviu um breve rangido sufocado. Parou, apurando os ouvidos. Outro rangido a atraiu para o quarto. No chão, um tapete esfarrapado azul e vermelho. Pilhas de roupas aleatórias. Uma escrivaninha entulhada. Nas paredes e na escrivaninha, fotos de cavalos. De gatos. Dos milharais logo antes da colheita. Das pedras no leito do riacho, cada uma de um tom de cinza. Uma cama de solteiro, desfeita, a colcha amontoada, os lençóis amarrotados. Estranhamente, nenhuma foto de nenhuma pessoa, em lugar algum. Nem de Miguel Cordero, que era o melhor amigo de Finn. Nem de seu irmão ou sua mãe ou seu pai. Mas talvez não fosse tão estranho. O que Petey sabia sobre meninos?

Petey pairou como um fantasma até a cama desfeita, atraída pelo contorno do corpo de Finn no colchão antigo. Assim como no quarto de Sean, o cheiro de pele, doce e salgado, era mais forte perto da cama, mas o cheiro naquele quarto era levemente diferente, mais familiar e não sobrepujado pelo produto de limpeza com aroma de pinheiro. Ela disse a si mesma que não seria tão terrível se deitar na cama, não seria tão terrível se enrolar nos lençóis e na colcha, não seria tão terrível afundar naquele espaço na forma de Finn, não seria tão terrível colocar o travesseiro no rosto e inspirar o cheiro. Era uma cama estreita, como a dela, e ela imaginou Finn ali, sussurrando alguma coisa sobre como ela era linda, e seu corpo inteiro se ruborizou com a consciência de que ela não era apenas uma idiota intrometida, mas uma idiota intrometida *e esquisita*. E então ela estava se sacudindo toda, porque havia algo subindo por seus pés. Ela deu um gritinho, jogou o travesseiro para o lado e se sentou, descobrindo um gatinho, as orelhas parecendo tufos saindo da cabeça, se preparando para atacar. Ele devia ter usado as garras para subir na cama, porque de jeito algum ele teria conseguido pular tão alto. Ela riu quando a coisinha minúscula atacou seus dedões, mas tentou não se mexer rápido demais para não machucá-lo, essa coisinha corajosa, essa coisinha novinha. Uma gata maior, tigrada, pulou na cama. Com grande dignidade, a mamãe-gato pegou o filhote pela nuca e pulou da cama. A gata caminhou pesadamente até o armário e se sentou, olhando curiosa para Petey.

— Quer que eu abra? — perguntou Petey.

Ela se levantou da cama e abriu mais a porta do armário. No fundo, havia uma pilha de toalhas. A gata listrada se esgueirou para dentro e largou o gato minúsculo na pilha. Então a mãe se afastou do armário e se arrastou para baixo da cama. Ela saiu de novo segurando outro gatinho tigrado, que ela também largou no ninho no fundo do armário. Ela fez isso mais quatro vezes, até que houvesse seis gatinhos se retorcendo em cima das toalhas. A mãe-gato andou ao redor dos filhotes algumas vezes, arranjando-os em uma estreita bolinha agitada de pelos. A gata também se deixou cair no chão. Ela começou a limpar cada filhote metodicamente, passando a língua pelas orelhas atarracadas.

Petey foi até a cozinha e encontrou um pires em um dos armários. Ela o encheu de água, só uns poucos centímetros. Voltou ao quarto de Finn e colocou o pires no chão perto da porta do armário, onde a mãe pudesse encontrá-lo. Finn não teria se importado de ela ir até o quarto ver os gatinhos, de lhes dar água. Ela se sentou perto da porta aberta, encostada na ombreira, ouvindo o ronronar dos gatos. Parecia uma versão mais lenta do zumbido das abelhas, e ela sentia os sons na própria pele. Havia um nó preso em sua garganta, e seus olhos ardiam. A visão dos desenhos e o som dos gatinhos e o cheiro de Finn por toda parte haviam drenado sua energia, feito com que sofresse pelos irmãos de maneiras distintas, de maneiras confusas e estranhas e avassaladoras, e ela estava de novo com medo de que houvesse alguma coisa errada, que ela não via, e que isso fosse sua ruína.

Ela olhou novamente para os filhotes, todos eles do mesmo tamanho, todos eles marcados com as mesmas manchas e listras. Petey se perguntou como a mãe-gato os diferenciava, se ela ao menos precisava diferenciá-los. Eles não pareciam diferentes. Talvez tivessem cheiros diferentes? O nó e o sofrimento ficaram mais profundos, lutaram contra as tentativas de engoli-los, de sufocá-los. Olhou ao redor, para as fotos que não tinham pessoas em lugar nenhum. O que Darla disse, que Finn não a reconhecera com o cabelo pintado? Ela se lembrava de ter visto Finn assinar seu anuário, de como em vez de procurar na página pela própria foto, ele encontrara o nome primeiro, contara da esquerda para a direita para chegar na foto. Do enxame na lanchonete havia muitas e muitas semanas, de como Finn confundira Derek Rude com Frank. De como ele sempre parecia distraído. De como nunca descrevia de fato o homem que levara Roza, pelo menos não da maneira como outras pessoas descreveriam. Mas a vista dele funcionava bem. Havia pessoas que tinham dificuldades de lembrar rostos, mas...

Ela se levantou abruptamente, os dedos coçando por um teclado. Mas não havia teclado algum ali.

A não ser pelo do próprio celular.

Petey tinha um celular barato, e a internet era mais lenta que sinal de fumaça, mas ela fez a busca mesmo assim. Ficou de pé no quarto de Finn com os gatinhos ronronando e o cheiro almiscarado do garoto em seu nariz, os dedos voando, o nó subindo, lágrimas quentes ameaçando se derramar conforme ela seguia as pistas, descobria o que nunca quisera descobrir. Encarou a telinha, tentando se convencer a aceitar isso pelo que era, pelo que significava. Então voltou para a sala de estar e abriu um dos álbuns. Pegou algumas fotos e as enfiou no bolso. Colocou o álbum de volta, arrumando as lombadas para que ninguém pudesse ver que estivera ali, para que ninguém soubesse o quanto, no fundo, ela era frágil.

Finn

PERGUNTAS

No hospital, Finn foi cutucado, apalpado, radiografado, pinçado onde o cascalho se cravara em sua pele, massageado com um antisséptico ardido e envolto em ataduras. Então foi instalado em um quarto para ficar sob observação durante a noite. "Só para garantir", dissera Sean.

O que Sean não dissera: *Você me matou de susto por um momento, mas estou feliz que esteja bem.* Ou *Pode ter sido uma atitude imbecil, mas pelo menos você foi corajoso.* Ou *Você estará se sentindo melhor amanhã.* Em vez disso, antes de dar as costas e ir embora, ele disse a Finn para não perturbar as enfermeiras.

Finn tentou não perturbar as enfermeiras. Sem reclamar, jantou — uma esponja seca, que, achou ele, era para ser um bolo de carne, e um purê de batatas gelatinoso; não tocou no rolinho que parecia um disco de hóquei. Tomou os analgésicos que lhe ofereceram, engolindo-os com bastante água conforme lhe instruíram. Passou a maior parte da noite golpeando o controle remoto, tentando encontrar um programa que não fosse entediante ou confuso demais. Parou num documentário sobre uma tribo perdida que encontraram nas profundezas da Amazônia, uma tribo que nunca tivera contato com o mundo exterior. As fotos mostravam os membros da tribo, os corpos pintados de vermelho, apontando arcos e flechas para os helicópteros que se aproximavam. Quando viram os helicópteros, perceberam o que significavam? Souberam que nunca mais poderiam voltar à maneira como as coisas eram, que seu único futuro teria monstros voadores e estranhos homens brancos com pranchetas e câmeras?

Depois de um tempo, apertou o botão de desligar no controle remoto e a televisão ficou em silêncio. Sean deixara algumas revistas de cavalos, mas ele não estava com vontade de ler. Apesar dos analgésicos, o corpo inteiro parecia moído, a ferradura no meio do peito calcinando em ferozes hematomas roxos. A égua não pretendera pisá-lo, ela só estava assustada. Mas a ideia de que podia ter sido Finn quem a assustara fazia aquela marca no meio de seu peito latejar.

Ele caiu em um sono inquieto, induzido pelas drogas. As florestas vaporosas e verdejantes da Amazônia se transformaram nos áridos milharais de Bone Gap durante as últimas semanas de inverno. Em janeiro e fevereiro não tiveram neve, e março já começara brando e agradável, mas naquela noite — a noite que mudara sua vida e a de Sean — estava fria e cinzenta, uma chuva finíssima caindo feito purpurina, o céu inteiro tão baixo que panejava sobre os milharais em uma translúcida névoa cinzenta. Mas Finn e Roza e Sean estavam aquecidos no carro a caminho do festival que marcava a chegada da primavera, aquecidos ao fazer um tour pelo jardim de imensas esculturas de madeira, talhadas a partir de troncos com serras elétricas. Lincoln e Washington, além de leões e tigres e ursos. Aquecidos ao olhar para as colchas e mobílias feitas a mão no celeiro com aquecimento central. Os três deles: uma espécie de família. Roza gostou de uma das cômodas, e Sean barganhou o preço. Finn se adiantou para pegar uma ponta para levarem até a picape, mas Roza foi mais rápida e mais insistente. Ela e Sean carregaram o móvel até o estacionamento. Sean perguntou se ela era uma levantadora de peso olímpica.

— Não. Sou polonesa.

Então, o bipe no telefone de Sean. Alguém com dores no peito perto da barraca de cachorro-quente. Sean correu até lá, gritando por cima do ombro que tudo ficaria bem, que ele cuidaria de tudo, que ele os encontraria mais tarde. Roza perambulou de volta às esculturas, enquanto Finn foi buscar cookies e cidra quente para eles. Mas, quando voltou ao jardim de esculturas, Roza não estava ali. Ele deu a volta em Washington e Lincoln, leões e tigres e ursos, mas nada de Roza. Voltou à tenda das colchas e móveis. Depois disso, para o labirinto de barracas. A cidra espirrava em suas mãos, os cookies esmigalhados em seus punhos enquanto ele apressava o passo e em seguida corria até a barraca de cachorro-quente, e então — quando também não conseguiu achar Sean — de volta ao estacionamento.

E foi aí que ele a viu. E o viu. O homem. Alto, magro, cinzento. Ele segurava o braço dela. Estava sussurrando para ela, trazia alguma coisa na palma da mão. Finn nunca o vira antes. Achava que não, pelo menos.

— Roza! — exclamou Finn.

Roza se virou. Ela estava sorrindo. Disse:

— Finn. Sinto muito. Por favor. Eu vou agora. Diz pro Sean...

Ela parou de falar, piscando contra a chuva congelante.

— O que está acontecendo? Quem é esse cara? — perguntou Finn.

Ela fechou os olhos, continuou sorrindo.

O homem alto disse:

— Eu sou o marido dela.

— O quê? — Finn ficou atônito. Roza nunca lhe dissera de onde viera, nunca contara o que tinha acontecido com ela. — Você é casada? Foi esse aí que machucou você?

— Não, não — disse Roza, abrindo um sorriso ainda maior. — Ele não machuca.

O homem soltou um longo e profundo suspiro, como se tivesse passado por aquela situação muitas vezes antes e não pudesse acreditar que estivesse acontecendo mais uma vez. Colocou a mão pesada no ombro de Finn.

— Você é jovem, mas vai aprender. Mulheres belas mentem, simplesmente porque podem. É uma doença, na verdade.

— Roza?

Roza olhou para Finn, para o homem e depois de novo para Finn. Quando ia falar alguma coisa, o homem a interrompeu:

— Nada de brincar ainda mais com os sentimentos do pobre menino. Não queremos que nada aconteça com ele. — Ele então olhou para Finn, um olhar que Finn não sabia interpretar.

Roza também olhou. O homem apertou o ombro de Finn, apertou com força demais. Finn tentou afastar o braço com rispidez, mas o homem era feito de pedra.

— Pare — disse Roza.

O homem perguntou:

— Você entende agora? Você vê?

Ela assentiu. O homem soltou Finn. Roza deu um último sorriso para o menino, não protestou quando o homem abriu a porta do passageiro de um utilitário esportivo preto enviesado no estacionamento.

Finn esfregou o ombro. Ele não compreendia, ele não via. A menina risonha, a menina que cortava madeira e dançava na terra e conversava com os porcos e carregava cômodas e plantava legumes suficientes para alimentar uma cidade inteira ia partir? Sem um pio? Sem explicação? Sem se despedir? Sem Sean?

Finn pensou: *Que tipo de segredo Roza tem guardado?*

E então: *E se ela realmente quiser partir?*

Uma onda de calor, de raiva inútil, o dominou: por si mesmo, pelo irmão. O povo de Bone Gap estava certo, ele era um aluado, um avoado, um pobre menino sem mãe, de pensar que uma menina mágica poderia aparecer em um celeiro e consertar tudo, de pensar que uma menina mágica estava ali para ficar.

Finn cruzou os braços e não disse uma palavra até que a porta se fechou atrás de Roza, até que ela pressionou a palma das mãos no vidro, os olhos esbugalhados enormes, enormes, tão enormes que dava para cair dentro deles.

A raiva derreteu feito neve ao sol. Algo estava errado.

— Espere! — gritou Finn.

Um pé o atingiu com tudo na barriga, com tanta força que o ar explodiu para fora de seu corpo. Finn caiu no chão, arqueando as costas, tentando se obrigar a respirar: respire, respire, RESPIRE. A primeira aspiração pareceu ter enchido seu pulmão de navalhas. Ele arquejou, inalando o ar frio e poeirento. Rolou até ficar de joelhos, a chuva gélida ferroando sua pele. O homem estava de pé a apenas alguns passos, tão imóvel, tão inacreditavelmente, absolutamente imóvel que mal parecia estar vivo. Talvez não estivesse. Talvez fosse um espantalho. Talvez estivesse morto. Talvez *Finn* estivesse morto. Atrás do homem, Roza estapeava o vidro, arranhava a porta, tentando encontrar a trava.

O homem se moveu, uma série de espasmos deslizantes, feito um fantasma de filme, o rosto a dois centímetros de distância. Empunhava uma faca, uma faca de milho, à luz da lua, e ele encarou os olhos de Finn pelo que pareceram horas. A temperatura ao redor de Finn caiu uns dez graus, e a pele queimou com o frio. O homem se levantou, pairando sobre Finn, obscurecendo o mundo de Finn com uma sombra grande demais para um homem apenas.

— Ela é minha, e ela vai me amar — sentenciou o homem, a voz grave quase inaudível ao vento. — Quando seu irmão chorar por ela, eu me alimentarei das lágrimas dele.

Enquanto Finn lutava para conseguir respirar, lutava para conseguir *lutar*, o homem deslizava por cima da terra, resvalava de volta ao carro, e o carro se afastava, desaparecendo pela profunda e longa garganta da tempestade.

Finn não sabia quanto tempo ficou ajoelhado na chuva, congelado. Sirenes lampejaram, e Sean e Jonas Apple ajudaram Finn a se levantar, as pernas tão rígidas que ele não conseguia mais senti-las, o ar do lado de fora e o ar dentro de si nevoentos e densos. Jonas o guiou até a viatura. Finn tremia, incapaz de se aquecer, apesar de o policial ter colocado o aquecimento no máximo. Na delegacia, uma xícara de chá quente com três generosas doses de Mel da Rainha Hippie foi enfiada em suas mãos. Empilharam livros diante do garoto, livros feitos inteiramente de rostos.

— Observe cada um com cuidado — dizia Jonas Apple. — Temos tempo.

Mas eles não tinham tempo, não tinham tempo algum, e Finn sabia disso. Ele tinha que reconhecer o homem nas fotos para encontrarem Roza. Mas ele não conseguia encontrar o homem nas fotos, as fotos eram todas iguais, os rostos rodopiando e se misturando, como se cada um deles fosse feito de nada além de neve e chuva e vento. Quando Jonas Apple se cansou dos livros e da espera, e pediu uma descrição, cada detalhe que Finn conseguisse lembrar, Finn não conseguiu lembrar nada a respeito do homem. Nem a cor de seus olhos sem cor, nem o formato do nariz ou lábios, nem mesmo o tom de pele. Jonas Apple se recostou na cadeira, e as batidas de sua caneta na mesa lascada ficaram cada vez mais altas, conforme as dúvidas a respeito do que Finn vira, dúvidas a respeito do que Finn fizera, dúvidas a respeito do próprio Finn, começavam a se insinuar.

Passos suaves, o rolamento de rodinhas. As pálpebras de Finn se abriram com dificuldade. O mundo ainda estava nevoento. A medicação, talvez. Ou a lembrança de Roza. Ou ambos. Um rosto flutuava diante de Finn. Ele tentou focalizar, mas só o que viu foi uma barba tão densa que o fez pensar num carpete.

— Cansado? — perguntou uma voz grave.

— O quê? — retrucou Finn.

Era difícil manter as pálpebras abertas; elas caíam como persianas com defeito. Os músculos não obedeciam.

— Todo mundo precisa descansar — disse a voz. — Mas você também tem que comer. — Dedos frios envolveram o pulso de Finn e ergueram sua mão para a mesa à frente, para o prato em cima desta.

— Já comi — murmurou Finn.

As pálpebras não estavam funcionando, e seus lábios também não; as palavras soavam deturpadas até para ele mesmo.

Mas quem quer que fosse aquele — um médico, um enfermeiro —, não parecia ter nenhuma dificuldade em entendê-lo.

— Isso foi há horas. Você tem que recuperar as energias.

— Por quê?

— Foi o que seu irmão disse.

— Meu irmão me odeia — disse Finn.

— Ora, ora. Você sabe que isso não é verdade.

— É, sim. Odeia. Ele me odeia porque a perdi. Eu não queria. Eu não sabia. Eu achei que ela queria ir embora. — As palavras não passavam de murmúrios e resmungos e estranhos sons sibilados, mas o homem respondeu.

— Mas ela queria partir — disse o médico ou enfermeiro ou quem quer que fosse.

— Não, eu não acho isso. Acho que ela amava meu irmão. Pelo menos, acho que gostava muito dele.

— Hm. Por quê?

— O quê?

— Por que acha que ela gostava de seu irmão?

— Eu não sei.

— Você deve fazer alguma ideia.

— Eu... — O cérebro de Finn estava embotado como sua visão.

Por que Roza gostava de Sean? Por que uma pessoa gostava de outra? Se ele pudesse responder a essa pergunta, poderia participar de talk shows e ganhar um milhão de dólares.

— Pense — disse o homem.

— Tudo está embaçado. Por que o quarto está tão frio?

— Por que Roza gosta de seu irmão?

— Ele é grande e forte.

— O que mais?

— Ele salva pessoas.

— O que mais?

— Ele não faz as perguntas erradas.

— O que mais?

Finn vasculhou o cérebro enevoado.

— Ele escuta.

— Ele... escuta? — disse o homem. — Escuta o quê?

— Às respostas para as perguntas. Mesmo quando ele não entende as respostas. Principalmente quando ele não entende. Ele continua ouvindo com atenção. Pelo menos, costumava fazer isso. E ele repara nas coisas. Coisas em que os outros não reparam. Coisas em que eu não reparo.

O estômago de Finn se contorcia, e suas pálpebras o incomodavam, e a ferradura queimava em cima de seu coração. Ele abriu um dos olhos o máximo que conseguiu, o que definitivamente não era muita coisa. As paredes do quarto de hospital pareciam feitas de pedra, a barba no rosto do enfermeiro ou médico, ou quem quer que fosse, densa e espessa feito musgo. A pálpebra de Finn caiu.

— Ainda estamos no hospital?

— Não.

— Não estou gostando deste sonho. Estou com frio, e essa barba é falsa. Quem usa barba falsa num sonho? Por que parece que você está falando debaixo d'água? O que você me fez tomar?

O enfermeiro ou médico ou pessoa-que-usava-barba-falsa disse:

— Então, seu irmão faz as perguntas certas e você faz as erradas.

— O quê?

— Isso fui muito esclarecedor.

— *O quê?* — Finn usou seus dedos frios e trêmulos para afastar uma das pálpebras, forçando os olhos relutantes a focalizar.

Mas, quando ele o fez, não havia ninguém no quarto.

Roza

O CORDEIRO

O SOL TOCOU SEU ROSTO COMO A MAIS SUAVE DAS CARÍCIAS. Roza se sentou na cama, tateando em busca do calor familiar de Rus. Ele estava ali, tão grande e desgrenhado e feio como sempre, mas o castelo desaparecera. Em vez da câmara cavernosa com sua lareira desproporcionalmente grande e cortinas de veludo vermelho, o quarto em que Roza acordou era pequeno, simples, organizado e tão familiar.

Roza jogou as cobertas de lado, voou até a janela. O que viu não foi um fosso apinhado de monstros ou guardas que marchavam de um lado para outro, mas ruas indiferentemente pavimentadas de paralelepípedos. Cavalos de rostos compridos e vacas com olhos de chocolate vagueavam por entre as casas e se amontoavam bem na beira da estrada. Para além das casas e da estrada, montes verdejantes e ondulantes decorados com aglomerados de árvores e flores roçavam um brilhante céu azul.

— Aqui — disse Roza, com um suspiro. — Rus, estamos aqui.

Mesmo enquanto falava, sabia que não era verdade. Os montes eram verdejantes demais, o céu azulado demais, os paralelepípedos indiferentes demais. E Rus, o querido Rus, estava com ela, e como poderia estar se a coisa toda não passara de um sonho?

Ainda assim, a visão era próxima o bastante da realidade para fazer com que ela levasse as mãos ao peito, juntas como se em oração. Ela se afastou da janela, foi até o armário no canto do quarto e escancarou as portas. Puxou um vestido de verão de um cabide. Não precisava verificar os pontos para saber que tinha sido feito a mão, exatamente do jeito que sua babcia fazia. Roza tirou a camisola e colocou o vestido, sem nem se importar por ainda não ter sapatos que pudesse usar, porque aquele não era um lugar para sapatos. Seus pés pareciam ligeiros e leves, e ela deslizou para fora do quarto e sentiu o rico aroma de café e de bacon chiando em uma frigideira. Com Rus ao seu lado, entrou na cozinha. Sua respiração ficou presa na garganta quando vislumbrou a velha de cabelos prateados de pé diante do fogão. *Não podia ser, não podia ser... podia?*

A mulher se virou.

Não era.

A mulher fez um gesto na direção da mesa, disse que se sentasse. Roza lentamente se sentou na cadeira. *Onde está ele?*, teve vontade de perguntar. *Eu o matei? E se o matei...?* A cozinha era tão parecida com a de sua babcia, porém, a xícara de café com o galo vermelho não era uma xícara que sua babcia teria, e o prato em que a mulher depositou as tiras de bacon e um ovo fritado à perfeição era bege em vez de branco. Roza pediu torrada, e a velha sorriu e cortou duas fatias de um pão fresco na bancada. Enquanto a mulher revirava os armários em busca de uma bandeja, Roza passou o bacon e o ovo para o cachorro. Mas a torrada, quando tirada do forno, ficava deliciosa, e ela estava com tanta fome.

Roza se levantou da mesa, incerta sobre o que fazer a seguir. Ela se habituara ao ritmo do enorme castelo — a agitação dos cozinheiros na cozinha, a marcha dos guardas, os falcoeiros com os rasantes de suas aves de rapina, os gatos perseguindo os camundongos pelos assoalhos de pedra, até o chapinhar inquieto do fosso. Os sons eram tão diferentes ali. Mugidos baixos e relinchos do lado de fora, o murmúrio das fofocas, o estrondo de saltos nos paralelepípedos. Os cheiros eram diferentes também; terra e grama, flores e leite. Ela foi até a porta da frente, colocou a mão na maçaneta. Esperou que estivesse trancada, mas a porta se abriu com seu puxão. Roza ficou ali parada, surpresa demais para se mover, até que Rus a empurrou com o focinho e foi até a varanda. A madeira era confortável e familiar sob seus pés. Mas os pés queriam mais que apenas a sensação de madeira, seus pés queriam *partir*. Seus pés a levaram até os degraus da varanda e para as pedras já aquecidas pelo sol. Ela andou pela rua para além das vacas com olhos cor de chocolate e os cavalos com longos focinhos, incapaz de conter o sorriso que contorcia seus lábios. Ela não sabia se estava morrendo em algum leito de hospital em algum lugar ou se tinha entrado em algum abismo sombrio de onde não era possível retornar, mas, se ruas pavimentadas e vacas e montes ondulantes fossem a última coisa que veria, talvez ela pudesse suportar.

Ela acelerou para um trote na direção dos montes verdejantes repletos de flores silvestres tão altas e densas que ondulavam como milho novo. Atravessou um riacho e Rus a acompanhou, dançando ao seu redor, a grande boca úmida se curvando para cima na versão de um sorriso. As vacas e os cavalos e as ovelhas a observaram enquanto ela corria até não aguentar mais e quando caiu de qualquer jeito no topo de um monte. Mas as flores e a grama faziam *shhh*, *shhh* ao suave vento, e seus mundos se combinaram — ela poderia estar ali, onde quer que fosse, e podia estar se jogando de um veículo preto para um amplo e infindável milharal, um milharal que a pegou e a susteve.

A terra era dura, e ela se machucara — bochechas, pulso, costelas, pés —, mas não tão gravemente quanto esperara. O próprio milho parecia ocultá-la conforme ela corria, ficando impossivelmente maior, mais denso, se esticando para cima e para fora, vivo *mesmo*, sussurrando para ela correr, correr, não parar, nunca parar. O professor — aquele louco — devia estar em seu encalço, mas o milharal estava tão escuro e parecia tão determinado a salvá-la. Era como se ela tivesse passado de uma dimensão à outra onde homem nenhum a encontraria; a não ser que ela desejasse ser encontrada.

Quando não conseguia correr mais rápido, não conseguia correr por mais tempo, caiu da espessa selva da plantação de milho para um campo vazio e gramado, com árvores por todo lado. Luzes estranhas permeavam as árvores, e ela continuou grudada no chão, tentando definir o que eram. Ouviu vozes, e o pânico subiu pela garganta, e ela correu até chegar aos carros. Uma fileira deles — caminhonetes, vans, sedãs —, estacionados na grama batida. Ela se agachou atrás de um arbusto conforme as vozes ficaram mais altas.

— Isso foi uma droga, mãe.

— Shhh! Essas pessoas dão duro para montar os percursos de orientação.

— Mas eu tive que faltar aula. E isso nem era uma floresta de verdade. Nem tinha nada para encontrar. Olhe só para o mapa! Tínhamos que achar uma pedra. E uma árvore espigada idiota. Nada de cascatas, nada de maneiro.

— Bem, você foi o primeiro a chegar lá?

Silêncio.

— Então acho que o percurso não era tão fácil assim, era?

Um resmungo baixo:

— Ainda assim foi uma porcaria.

— Shhh!

As pessoas entraram no campo de visão, mãe e dois filhos, um menino mais ou menos da idade de Roza e outro alguns anos mais novo. Os três seguravam lanternas, os fachos apontados para o chão. O menino mais novo deu uma risadinha.

— Você só está bravo porque a garota já tinha namorado.

— Que garota? — perguntou a mãe.

— Não importa — disse o maior.

— Nenhuma menina normal vai querer um cara com os braços do Hulk — disse o mais novo.

— Melhor que ter uma *cara* de Hulk.

— Parem com isso — ordenou a mãe. — Seus braços e rosto são um rosto e braços perfeitamente normais, e eu não quero ouvir os dois se estranhando por todo o caminho até em casa.

— Talvez a gente possa colocar ele no porta-malas — disse o mais velho.

— Isso foi uma piada, Miguel?

— Não — respondeu Miguel.

A mulher tirou a chave do carro do bolso, e as luzes vermelhas da minivan piscaram.

— Antes de entrarem no carro, quero que limpem os sapatos. Se eu encontrar terra no meu carro, vocês é que vão ter que aspirar.

Os meninos grunhiram mais um pouco, mas se sentaram na grama para tirar os sapatos, bater um contra o outro para tirar a terra. A mãe foi até outro carro, começou a conversar com outra família. Roza olhou dela para os garotos, para a minivan. Uma brisa forte atingiu o milharal atrás dela, os sussurros a incitando a seguir adiante.

— Não parece que o milho está falando? — perguntou Miguel.

— Só se você estiver *loquito* — respondeu o irmão.

Roza abriu a porta traseira e engatinhou para dentro, se enterrando nas lonas e calços e bolsas de supermercado vazias. Ela fechou a porta, fazendo uma careta diante do barulho, torcendo para que ninguém tivesse ouvido, que ninguém fosse verificar. Ninguém o fez. Os meninos e a mãe entraram na minivan, e os garotos se estranharam ao longo das três horas de estrada. Quando a mãe parou, mandou que calassem a boca e dessem o fora, e todo mundo obedeceu; então deixou a van no escuro, com o motor ainda funcionando. Roza teve medo de ficar dobrada como um pretzel na minivan pela eternidade. Mas, depois de muito, muito tempo, o máximo que conseguiu suportar, tanto tempo que a noite virou madrugada, ela se ergueu da pilha de lonas e sacolas de supermercado vazias, empurrou a porta e saiu para o revigorante ar noturno. Onde quer que estivesse, era límpido e cheio de estrelas. Seu pulso e costelas e bochecha e pé doíam, mas era o estômago que fazia mais barulho:

estava faminta. Mancou pelo perímetro da casa, em busca de uma horta, algumas cenouras que pudesse tirar da terra, um tomateiro de onde pudesse colher um tomate, mas essas pessoas não tinham horta. Espiou pela janela dos fundos, uma cozinha escura, onde uma pilha de maçãs repousava em uma tigela na mesa. A boca se encheu d'água, e ela tentou a porta dos fundos. Destrancada. Ela se esgueirou para a cozinha, pegou uma maçã e a comeu em apenas algumas mordidas. A geladeira a convidava. Ela a vasculhou, devorando uma coxa de galinha, um pedaço de queijo, um punhado de uvas. Fechou a porta e quase desmaiou quando viu o menino mais velho de pé ali na cozinha, oscilando levemente. Usava uma calça de pijama listrada que o fazia parecer muito mais jovem, assim como sua expressão atordoada. Seus braços eram mesmo grandes e poderosos, o que poderia tê-la assustado se não fosse por um pensamento muito peculiar: esses braços permitiriam que ele desse excelentes abraços numa menina de muita sorte que os quisesse.

— Desculpe — disse ela. — Eu pago? — Apesar de ela não ter mais dinheiro, nada com que pagar.

— Ouvi o milho falando com você — disse ele.

— O quê?

Ele não pareceu ouvi-la. Ele se lançou para a frente, e Roza deu um passo para trás antes de perceber que ele não estava tentando pegá-la, mas abrir a geladeira. Ele tirou um recipiente com espaguete da prateleira e enfiou o ninho emaranhado na boca com os dedos. Seus olhos vidrados estavam focalizados na janela atrás dela. Como se estivesse dormindo.

— Quem é você? — perguntou ele.

— Ninguém. Eu sou fantasma.

— Ok. — O menino franziu a testa para o recipiente vazio em suas mãos. Um filete de espaguete brotava do canto de sua boca. — Aquilo era um sanduíche? Eu queria um sanduíche. La Reina Pepiada.

— Era sanduíche — disse Roza. — Sanduíche bom.

A expressão do menino era pesarosa.

— Era um sanduíche ruim. Sem frango nem abacate nem nada.

— Não, bom. Muito bom. O melhor.

O menino colocou o recipiente vazio de volta na geladeira.

— Ok. Eu preciso ir para a cama agora. Boa noite, fantasma.

— Boa noite.

Ele se virou, parou.

— O milho me disse que se você seguir o riacho que vai para o leste, vai encontrar um celeiro vermelho com o teto inclinado. O milho disse isso para você?

— Não — disse ela.

— Você sempre deve dar ouvidos ao milho. Não vai querer irritá--lo. — Os olhos dele ainda estavam vidrados na janela atrás de Roza mas ele se inclinou para a frente e sussurrou: — Eu acho que ele anda à noite. O milho. Não gosta do Espantalho. — E então os olhos dele se reviraram, seu corpo girou, e as pernas levaram seu cérebro adormecido embora da cozinha.

Com ou sem milho, ela não tinha a intenção de seguir nenhum riacho, mas quando colocou os pés para fora da casa de pedra, inspirou o ar limpo e revigorante e espiou as estrelas que piscavam no céu, ela se sentiu livre como havia muito tempo não se sentia. O professor estava longe, a cidade estava longe, e ali estava ela sob as belas estrelas — sozinha, viva. Sorriu quando encontrou o riacho e o seguiu. A lua cheia a observava calorosa e aprobativa, e ela capengou adiante, lenta devido ao pé machucado, dolorida, mas não perturbada. Não sabia por quanto tempo tinha andado, ou o quanto, mas isso não parecia importar. Havia a água fresca, o aroma de flores e mel, as estrelas piscantes e cintilantes que contavam histórias de ursas menores e maiores, Orion e Andrômeda e Hércules, apesar de ela não saber qual estrela era qual. E finalmente Roza viu, como se a lua o estivesse iluminando só para ela: um celeiro inclinado para a esquerda. Ela se afastou do riacho e foi até o celeiro, que ficava bem ao lado de uma casa branca descascando, escura e adormecida. Ela abriu a porta do celeiro e olhou lá dentro. Nada de mais, mas havia uma velha pilha de feno em um canto que não tinha um cheiro muito horrível. Era tão bom como qualquer outro lugar para dormir.

— Um celeiro precisa de um cavalo — disse Roza, baixinho. Uma mancha de movimento chamou sua atenção. — Ou de um gato.

A gata, uma coisa pequenina tigrada de marrom e cinza, se enroscou nas pernas de Roza, foi para junto dela na pilha de feno, se enrolando ao lado de seu rosto, respirando o mesmo ar. Apesar de o pé latejar e de as costelas e pulso estarem doloridos, ela adormeceu no feno.

Quando acordou, o celeiro estava radiante com a luz do sol, a gata se fora e um belo menino de cabelos escuros estava parado ali, encarando-a boquiaberto. Estranhamente, não estava encarando seu rosto, mas os olhos dardejavam dos cabelos de Roza para o moletom sujo e de volta ao cabelo.

— Você está bem? — perguntou o menino. — Você está machucada?

Ela se levantou com muito esforço, se endireitou o máximo que conseguia, e passou mancando pelo menino, em direção à porta aberta. Ele esticou a mão, para ajudá-la, ela imaginou, mas, quando tocou a pele de seu cotovelo, ela se assustou tanto que tropeçou. Em vez de tentar levantá-la, ou de pegá-la como se fosse um saco de repolhos, ele se virou e correu.

Ela se esgueirou para fora do celeiro e deu a volta pela estrutura, procurando o riacho que a levara até ali. Talvez pudesse voltar para a casa de pedra, de volta para Miguel dos braços fortes e rosto gentil. Talvez pudesse pedir carona para algum lugar que tivesse um aeroporto e entrar clandestina em algum avião. Talvez pudesse perguntar onde haveria uma delegacia de polícia para poder ser deportada.

Ouviu passos e caiu contra a madeira, e então para dentro de um arbusto. Os passos deram a volta no celeiro — o primeiro garoto com outro, um jovem, grande e musculoso feito um boneco de ação. Não belo como o primeiro, mas áspero e cativante, com mãos enormes e poderosas.

O homem se agachou ao seu lado.

— Olá.

Ela não respondeu.

— Você pode me dizer o que aconteceu? Está ferida? — Ele não olhou para seu rosto ou os seios ou as pernas, como outros homens faziam.

Olhava no fundo dos olhos, parecendo ver dentro de Roza, como se ele soubesse algo a seu respeito e não estivesse surpreso. Ou impressionado. O efeito era tão desconcertante que, quando ele estendeu uma das enormes mãos, ela a afastou com um tapa.

Os dois garotos falaram sobre hospital, mas ela não queria ir a um hospital. Não queria ir, e ponto. Estava sentada em um arbusto, sim, e tinha andado quilômetros com um pé machucado, escapara por pouco de um psicopata, já não queria mais saber dos Estados Unidos, já não queria mais saber de homens, já não queria mais saber de aventuras, precisava voltar para casa, para sua babcia, tinha feno em lugares em que não deveria, mas de repente, de repente, não queria mais ir a lugar nenhum. Estava machucada demais, cansada demais. E apesar de esses serem dois homens, e jovens, ela se sentia vista e não vista ao mesmo tempo, e era um alívio tão grande. Quando ofereceram as chaves do apartamento nos fundos da casa, ela quase chorou com a gentileza.

Então ficou, dizendo a si mesma que era apenas por um ou dois dias. Eles lhe mostraram os "aposentos", lhe deram alguns lençóis velhos. Ela trancou a porta, encostou uma cadeira sob a maçaneta. Caiu na cama e dormiu feito uma princesa enfeitiçada.

Quando voltou do coma, estava tão rígida que achou que houvesse o risco de seus braços e pernas se quebrarem quando ela se movesse, tão faminta que seu estômago estava disposto a arriscar. Ela saiu do apartamento e cambaleou até a porta dos fundos da casa, ergueu a mão para bater, hesitou. A luz da cozinha estava acesa, mas o aposento estava vazio. E então um dos irmãos, o mais velho, passou pela soleira e entrou na cozinha. Ele segurava metade de um bagel entre os dentes enquanto abotoava a camisa, o mesmo tipo de uniforme. Terminou de abotoar e deu uma mordida no bagel, colocou-o na bancada enquanto se servia uma xícara de café. A minúscula gata tigrada do celeiro entrou trotando na cozinha, rodeou os tornozelos do rapaz. Distraidamente, ele esticou a mão para baixo, pegou-a e a colocou em cima dos ombros. Ele se inclinou contra a bancada, comendo o bagel e bebericando o café, a gata esfregando a cabecinha freneticamente em seu cabelo. Apesar do corpo rígido, e do constrangimento com a própria situação, Roza riu.

Ele se virou, a viu pela janela na porta. As bochechas ficaram levemente rosadas enquanto ele tirava a gata dos ombros e a colocava no chão. Quando abriu a porta, o cheiro forte de café flutuou para fora junto com ele. O rubor já sumira, e ela se perguntou se o tinha imaginado.

— Desculpe — disse ele. — Você estava aqui há muito tempo?

Ela sacudiu a cabeça.

Mais uma vez, ele olhou no fundo de seus olhos, o olhar estranhamente sem peso, sem exigências.

— Você dormiu por muito tempo. Como está se sentindo?

Ela deu de ombros.

Ele se apoiou em um dos joelhos diante dela, e Roza cambaleou para trás, agarrando a parte de cima do moletom.

Ele colocou as palmas da mão para cima.

— Só quero ver esses pés, está bem?

A gata listrada se esfregou na coxa dele, cobrindo de pelos as calças do uniforme.

— Está bem — disse ela.

Ele inspecionou os dedões — de um pé, do outro — e, então, se levantou.

— Não estão mais inchados do que ontem, o que já é alguma coisa. Como estão suas costelas? Seu pulso?

Ela deu de ombros mais uma vez. O estômago roncava. Ela abraçou o próprio corpo.

Mais uma vez, o olhar estranhamente sem peso.

— Se estiver com fome, temos bastante comida — disse ele. Ele apontou para a geladeira, para vários armários e gavetas. — Leite e ovos aqui. Pão logo ali. Mais coisa na despensa. E o café ainda está quente, se você quiser beber mesmo já sendo tarde. Estou indo para o trabalho, então pode pegar o que quiser. Mas eu não ficaria de pé por muito tempo.

Ela assentiu. Ele assentiu também — breve, profissional, como se estivesse falando com um paciente.

Antes de sair, ele disse:

— Ponha um pouco de gelo nesses dedões.

Ela assentiu de novo, e então ele partiu. A gata miou e deu uma cabeçadinha nela. Roza se lembrou do rubor nas bochechas do homem. Tentou colocar a gata nos próprios ombros, mas eram magros demais. Ela se contentou em carregar a gata feito um bebê enquanto explorava os armários. Havia muita comida em caixas e vidros, mas ela encontrou um pouco de pão escuro de boa qualidade, e manteiga e geleia. Ela se serviu uma xícara do café forte e comeu sua porção com a gata no colo. Então colocou gelo nas sacolas plásticas e cambaleou de volta ao apartamento. Ela se arrastou até a cama e colocou as sacolas nos pés. Teve um último pensamento antes de voltar a cair no sono: esquecera de trancar a porta.

Ela dormiu, acordou, comeu, voltou a dormir. Carregava a gata feito um bebê. O mais velho checou seus dedos e perguntou sobre suas costelas e pulso, e então saiu correndo para o trabalho. O mais novo era tímido e esquisito, e parecia muito mais confortável em simplesmente trazer-lhe coisas: bolsas de gelo, copos d'água, chá com mel. Ela pedira um telefone para ligar para sua babcia, então ele trouxe também, descartando com um gesto a oferta de Roza de pagar pela ligação. Depois de um tempo, os dedões não lhe doíam mais tanto, suas costelas começaram a sarar.

Ela ainda não queria ir embora.

Eles eram gentis com ela, mas não era só isso. Ela se sentia tão leve perto deles, como se o olhar dos outros tivesse um peso e pressão que ela não conseguira compreender até que a pressão não estivesse mais lá. Ela ignorou as caixas e vidros, e cozinhou suas comidas favoritas, ela assava uma bandeja de cookies atrás da outra. Trabalhava a terra na horta — uma terra rica com minhocas se retorcendo —, dando vida a um triste canteiro de legumes.

— Parecem bons — disse o mais velho, Sean.

Ela olhou para cima, desviando a atenção dos tomates. Eles tinham sido plantados perto demais um do outro, e ela decidira replantar alguns na esperança de que florescessem apesar de a estação estar quase no fim. O dia estava quente, e ela tirara o moletom e o amarrara na cintura, desnudando os ombros ao sol. Ela estivera desfrutando a sensação até que ouviu seus passos.

Mas ele não olhava para ela. Estava olhando para o torrão de raízes de que ela cuidava, para a horta ao redor.

— Nunca pareceram tão bons — disse ele. — As plantas, o jardim inteiro. Está tudo tão verde. Verde como... — Ele não terminou a frase.

— Verde como...? — perguntou ela.

— Bem verde.

Os olhos dela eram verdes, mas não podia ser isso que ele pretendia falar.

— Onde aprendeu a fazer isto? — perguntou ele.

— Minha babcia.

Ele franziu a testa diante da palavra desconhecida.

— Bó-ptcha?

— *Babcia*. É avó. Ela tem horta. Ela ensina.

— Uma horta na Polônia?

— Sim.

Teve certeza de que ele ia perguntar como ela acabara nos EUA, e em seguida como viera parar naquele celeiro, como podia confiar nele tão rápido, e ela estava tentando definir como queria responder quando ele perguntou:

— Você sente saudade?

— O quê?

— Da Polônia?

— Sim — disse ela.

— Vai voltar?

— Vou voltar. Mas...

— Mas?

— Fico aqui — disse ela, constrangida pela necessidade, pela inabilidade de colocar em palavras que ele pudesse entender, que *ela* pudesse entender. — Um tempo. Pode?

Mais uma vez, tinha certeza de que ele ia perguntar sobre os pés e as costelas dela e o pulso, e sobre como ela os machucara, ou talvez sobre quem a machucara, mas ela tampouco achava que conseguiria explicar isso. Havia pequenos machucados e machucados grandes, e ela mal conseguia diferenciá-los, e tudo parecia loucura mesmo. O sol estava quente ali, ela sabia disso. A horta estava verde. A terra era boa. Ela podia se enterrar e ser feliz.

— Quer ajuda? — perguntou ele.

O calor queimou a pele dela — raiva ou constrangimento ou alguma mistura de ambos. Quando chegara, ela entreouvira a conversa dele com o mais novo, Finn, sobre assistentes sociais e abrigos para garotas como ela.

Garotas como ela.

— Dedões melhores — disse ela. — Eu melhor.

— Não, quero dizer, você quer ajuda com esses tomateiros?

Os olhos dele eram castanho-escuros, assim como a terra sob os pés de Roza.

Ela se esparramou na grama, Rus ao seu lado, se perguntando o que Sean estaria fazendo naquele momento. Será que procurava por ela? Será que encontrara outra pessoa para cuidar da horta?

Uma sombra a cobriu. Rus rosnou. Ela fechou os olhos com bastante força.

É claro que era o homem.

É claro que ela não o matara.

É claro que ele não poderia ser ferido.

Mas ela podia. Ele poderia matá-la naquele momento, ela imaginou, apesar de que ela mal conseguia reunir energia o suficiente para se importar.

Ela sentou, abriu os olhos. Ele era um vulto escuro obscurecendo o sol.

— Está chorando — disse ele.

O fato de ele dizer esse tipo de coisa não fazia sentido para ela.

— E daí? — rebateu ela.

— Talvez isto a anime.

Porque o sol estava atrás dele, ela precisou de um momento para perceber que nos braços ele carregava um cordeiro de focinho negro, que se contorcia.

— Ah! — disse ela, o som escapando antes que conseguisse retê-lo.

Ele deu aquele sorriso, e ela sabia que ele faria a mesma pergunta de sempre, e apesar do sol e das vacas e dos morros e do cordeiro de focinho negro que se retorcia, ela afundou o rosto no pelo de Rus, se preparando para dar a resposta.

O homem acariciou o cordeiro entre as orelhas e não fez a mesma pergunta de sempre.

— Você gostaria de segurá-lo?

A mão de Roza caiu em seu colo, as lágrimas ainda úmidas contra sua pele.

— Sim. — Ela se ouviu dizer. — Gostaria.

Finn

INESPERADO

FINN PASSOU A NOITE ABSORTO EM SONHOS FEBRIS DE QUE ELE mal conseguia se lembrar quando acordou, então passou a manhã seguinte e o restante do dia recusando os analgésicos e insistindo para qualquer um que quisesse ouvir que estava bem, que estava perfeitamente bem, que não precisava de pele nas pernas, que estava pronto para partir. Ele foi liberado no começo da noite, e pareceu tarde. Sean o buscou, o levou de carro até sua casa em um silêncio tão absoluto que Finn sentiu-se usando um capacete forrado com lã de cordeiro. Ele ficou aliviado quando Sean o deixou, quando Sean não se incomodou em entrar para comer.

Finn foi primeiro até a geladeira para pegar umas maçãs e, em seguida, até o celeiro para ver a égua. Se ela ficou com medo dele no dia anterior, naquele não estava. Encostou o focinho na testa do garoto e resfolegou contra seu cabelo e bateu o casco pedindo a guloseima. Ele lhe deu a maçã e acariciou sua crina, dizendo que agora era oficial, seu nome era Noturna. Ela assentiu com sua cabeça régia e então a sacudiu, como se dissesse *Eu te disse meu nome há muito*

215

tempo, e você só está percebendo agora? Eu gosto das maçãs, mas você não é muito esperto.

— Quanto a você — disse Finn para o bode, que comera sua maçã em uma dentada —, você é o que você faz. Você é o Mascão.

— Bé! — disse Mascão, o que Finn julgou que fosse consentimento.

Depois de alimentar e dar água aos animais, ele capengou até a horta. E era uma horta muito, muito lamentável. Folhas murchas amarelando, buracos de coelhos por toda parte. Ele trabalhara o máximo possível na horta, e, ainda assim, tudo estava morrendo. Só mais uma forma de desapontar o irmão. Mas ele arrancou as ervas daninhas e preencheu os buracos feitos pelos coelhos, regou a plantação também, só para o caso de haver algo que salvar, algo sob a superfície, impossível de ver.

Pelo menos a égua não estava brava com ele.

Voltou para dentro de casa para ver como estavam Calamidade e os gatinhos, gatinhos que encontrou dormindo em uma pilha confusa e molenga no fundo do armário. Eles também precisariam de nomes, mas no momento eram apenas os Gatinhos. Ele pegou o pires com água que Petey devia ter deixado no chão, e o encheu de novo. Ele passou o conteúdo de uma lata de ração de felinos para um prato e o colocou perto da porta do armário. Então tirou as roupas sujas e envolveu os curativos em plástico. Tomou um banho da melhor forma que pôde, com uma perna para fora da banheira, se secou, se vestiu e tentou se ocupar com o jantar e com livros e Gatinhos até poder ver Petey de novo. Petey estava brava com ele, mas talvez não ficasse por muito tempo. Ele devia levar algo para ela, um presente, mas o quê? Alguns dos Gatinhos precisariam de lares, mas ainda eram pequenos demais para se separar da mãe. E ele não tinha mais nada.

Mas espere. Ele tinha uma coisa. Foi até o banheiro e tirou a caixa encrustada da prateleira. Tirou todos os curativos e cotonetes e os colocou em uma velha xícara da cozinha. Sean mantinha o banheiro tão limpo que a caixa não tinha um grão de poeira, mas Finn a limpou de qualquer maneira. Abriu a tampa. Não podia dar uma caixa vazia para ela, mesmo que fosse uma bela caixa vazia.

Levou a caixa até a mesa da cozinha, sentou-se com caneta e papel e todos aqueles livros idiotas de vestibular. Ele escrevia, e então riscava, amassava o papel, jogava numa lixeira. Escreveu mais um pouco. Escreveu de novo até conseguir algo que poderia funcionar, algo que falasse um pouco sobre o que ele sentia, apesar de ser apenas um relance superficial da verdade.

Quando o relógio deu 10h35 e ele já não conseguia mais esperar, Finn dobrou a folha de papel e a colocou na caixa. Andou até o celeiro e guiou Noturna até o jardim. Apesar de seus ferimentos, e da dor nos ossos, ele montou a égua e cavalgou até a casa de Petey, feliz ao ver o brilho da fogueira no apiário, acalmado pelo zumbido das abelhas. Petey estava sentada de pernas cruzadas sobre um cobertor, cutucando o fogo com uma vareta.

— Oi — cumprimentou ele, sentando-se ao lado dela.

— Oi — ecoou ela. — Achei que talvez você não viesse.

— Por que não?

Ela deu de ombros e deu uma estocada na fogueira.

— Por causa da perna.

— Minha perna está ótima. — Ele afastou o cabelo do rosto dela. Ele estava ali há exatamente nove segundos, e já não conseguia manter as mãos longe da garota.

Mas os olhos de Petey cintilaram à luz do fogo, a expressão ilegível.

— Ainda está brava? — perguntou ele.

— Brava com o quê?

— Você estava brava ontem.

Ela sacudiu a cabeça. Deu outra estocada no fogo.

— Tem alguma outra coisa?

De novo, ela sacudiu a cabeça. Estocada. Estocada.

— Tem certeza?

Estocada. Estocada. Estocada.

— Trouxe uma coisa para você. — Ele estendeu a caixa.

Ela largou a vareta e a pegou, encarou a caixa encrustada que piscava em azul e vermelho e roxo à luz da fogueira.

— Era de minha mãe. Ela chamava de caixa da beleza. Ela guardava maquiagem e essas coisas dentro.

— Não posso ficar com a caixa da sua mãe.

— Claro que pode. Não estávamos usando de qualquer maneira. Quero dizer, estávamos, para curativos e tal, mas achei que ia ficar melhor no seu quarto. Achei que ia ficar melhor com você. Olhe dentro.

Ela o fez. Ela pegou o pedaço de papel. Abriu. Leu. Tocou a boca com as pontas dos dedos. A voz estava mais suave quando ela disse:

— Obrigada.

Ele colocou o papel de volta na caixa e colocou-a de lado. Virou uma das mãos dela com a palma para cima e, com o polegar, desenhou pequenos círculos onde as linhas formavam uma estrela.

— Eu que te agradeço por ter cuidado de Noturna para mim.

— Noturna?

— A égua. Finalmente dei um nome a ela.

— Noturna — disse ela, testando o nome. Petey observou a égua, a alguns metros de distância, perto de uma árvore. — Aposto que era isso que ela queria esse tempo todo.

— Provavelmente — disse ele. — Desculpe por ela. Por eu ter ido atrás. Quero dizer, acho que a assustei. Eu talvez tenha assustado você. Não era o que eu queria.

Petey não falou nada, mas também não tirou o braço.

— E espero não ter arruinado seu ciclomotor.

— Não arruinou. Aquela coisa é um tanque.

Ele colocou os lábios contra o pulso de Petey, e então contra o antebraço e a parte de dentro do cotovelo.

— Senti a sua falta. Eu sei que foram só vinte e quatro horas, mas... Uma pausa. E então:

— Senti sua falta também. Você tem... Você tem certeza de que sua perna está bem?

— Você tem certeza de que *você* está bem?

Ela piscou, e por um segundo ele achou que era para evitar lágrimas, mas então ela se inclinou para a frente, segurou o rosto de Finn nas mãos e o beijou, então ele devia ter se enganado, devia estar vendo coisas.

— Você trouxe um cobertor desta vez — disse ele.

Ela assentiu, abraçando o próprio corpo.

— Eu sei que ficamos do lado de dentro da última vez, mas como nos encontramos aqui fora...

— Nos encontramos no jardim de infância.

— Eu quis dizer — respondeu Petey — que foi aqui que a gente... Ele a interrompeu com outro beijo.

— Estamos comemorando alguma coisa?

— Só... — Ela parecia estar com dificuldade para pronunciar as palavras. — Só que você está aqui.

A perna ferida queimava, mas não tanto quanto o restante do corpo, e ele apertou as costas da garota contra o cobertor. Eles se beijaram até o cérebro dele girar, até os braços e pernas dela parecerem lânguidos e moles e abertos, até que a lua escondeu a face atrás de um véu de nuvens. Ela tirou a camisa dele, e ele tirou a dela, e o sutiã junto, demorando-se nos seios, sentindo o gosto salgado e doce. Ela estava tão bonita sob a luz do fogo, ardendo como âmbar, e ele pensou que tinha dito em voz alta *linda, linda*, mas não tinha certeza. Ele queria ouvi-la dizer seu nome, queria fazê-la sentir-se tão bem que nunca o deixaria, queria dizer tantas coisas que perdeu as palavras para todas elas. Ele desabotoou a calça jeans de Petey e a tirou, e o filete de algodão branco que ela usava por baixo, os lábios traçando uma linha pela barriga da garota, as meias-luas dos ossos de seus quadris, seguindo coxa abaixo, e pela outra coxa acima, e de volta para o meio, onde ele beijou, e beijou, e esqueceu onde estava e quem ele era e quem ele machucara e a quem deixara de salvar. Ela apertou o cobertor nos punhos, e suspirou, e sussurrou seu nome, e se ela não tivesse falado em voz alta, ele não saberia como se chamava, porque tudo era ela.

Quando acabou, ele continuou beijando o corpo dela no caminho de volta até seu rosto. Sentiu as lágrimas nas pontas dos dedos.

— Petey?

Ela colocou as mãos sobre os olhos de Finn e começou a chorar, e continuou chorando, e ele não entendia, não estava entendendo. Ele achou que tinha feito o certo, ou pelo menos ido bem, mas talvez ele tivesse feito errado, talvez não fosse o que ela queria, talvez ele devesse ter perguntado em voz alta, ele nunca pensara em perguntar a ela. Não sabia como teria feito esse tipo de pergunta — como se faz esse tipo de pergunta quando se perdeu completamente a habilidade de falar? —, mas talvez ela não quisesse coisa alguma, talvez ele a tivesse... *obrigado*, e o pensamento lhe trouxe uma onda de náusea tão forte que ele desejou que a égua o tivesse pisoteado até a morte.

— Petey, sinto muito. Nunca... Se você não queria... Sinto muito, sinto muito.

Finalmente, sem palavras, ela agarrou as roupas e as enfiou de volta. Ele não sabia que outra coisa fazer, então fez o mesmo, desejando que ela simplesmente dissesse alguma coisa. Mas Petey passou as mãos nas bochechas, esticou a mão para as sombras além do cobertor, e puxou uma bolsa de tela surrada para o colo. Ela remexeu lá dentro e encontrou uma pilha de fotografias, que ela entregou a Finn.

— O que são? — perguntou ele.

— Só dê uma olhada.

— Ok — disse ele, passando de uma para outra.

Não fazia ideia do que estava olhando, ou de para quem estava olhando, ou de por que estava vendo fotografias quando o gosto dela ainda estava em seus lábios, quando ela acabara de chorar, como se alguém tivesse morrido.

Ela indicou uma foto em particular:

— O que acha desta?

Era uma criança de cabelos escuros em capelo e bata de formatura do ensino médio. Não significava nada para ele.

— Acho ok.

— Eu acho que Sean está uma graça. — Ela parecia estar observando-o atentamente, o corpo dela, toda a suavidade de alguns momentos antes, hirto e tenso.

— Ok — disse ele, de novo.

Onde ela conseguira uma fotografia antiga de Sean? Desde quando Sean era *uma graça*?

— Você não acha?

— Acho o quê?

— Que Sean está bem nas fotos?

— Não sei. Acho que sim.

Ela se atirou para a frente e arrancou a pilha de fotografias das mãos dele, a expressão dela tão triunfante que nem Finn poderia confundir.

— Este não é Sean.

Ele a encarou.

— Bem, quem é, então?

— O quê?

— Se não é Sean, então quem é?

A respiração lhe explodiu no peito, e ela bufou, como se alguém a tivesse envolvido com os braços e feito uma manobra de Heimlich.

— Quem...? — começou ela. — É James Pullman. Da escola.

Finn estendeu a mão, e ela colocou a fotografia de volta.

— É difícil distinguir. Está escuro aqui. E é uma foto velha. E por causa do capelo e da beca. Não dá para ver as orelhas. As de Sean são meio de abano.

— Mas eu sabia que era James — disse ela.

— Petey, por que você trouxe estas fotos para cá? Por que as está mostrando para mim?

— Você tem um problema nos olhos? Talvez consiga ver melhor as coisas de longe.

— Hã?

— Está me vendo agora?

— Do que é que você está falando? Por que eu não conseguiria ver você?

— Certo — disse ela, mais para si mesma. — Certo. Você conseguiu diferenciar a abelha-rainha. Então sua visão está boa. Mas... — Ela sacudiu a cabeça e passou algumas fotos.

— Chega de fotografias — disse ele. — Me fale qual o problema.

Ela tacou a foto nele.

— Quem é?

Ele suspirou e olhou para a foto.

— Miguel.

— Como sabe que é Miguel?

— O quê?

— Me acompanhe por um segundo. Como você sabe que é Miguel?

— Bem, ele é moreno. E os bíceps.

— É isso?

— Hã?

— Você procura os braços, e sabe que é Miguel?

— Bem, é. Quero dizer, o cabelo também ajuda. É bem escuro. Mas em geral, eu olho os braços. Você não faz isso?

— E se você conhecesse outra pessoa com a mesma pele morena, que também tivesse braços grandes? Você saberia que *não é* o Miguel?

— Eu... — A mente de Finn estava a mil. E então ele perguntou: — Você saberia?

— Sim. Eu saberia diferenciar.

— Você é melhor com rostos, então. Um monte de gente é. — Ele pensou em Roza, no sequestrador, e a amargura fez sua língua parecer áspera. — Acredite, eu sei que não sou muito bom em lembrar rostos.

— Eu não acho que seja só isso — disse Petey. Ela passou as fotos de novo. — E quanto a esta?

— É familiar — começou Finn.

Petey assentiu.

Ele passou um dedo pela imagem, como se isso pudesse fornecer mais informações.

— Também está de capelo.

Petey assentiu de novo.

— Mas você acha que eu deveria conseguir reconhecer mesmo assim?

— Sim — disse Petey.

— Por quê? Por que você acha isso? — Ele tentou pegar sua mão, mas ela a tirou. — Petey?

Ela respirou fundo.

— Finn. Esse na foto é *você*.

Ela a observou cuidadosamente. Ela parecia achar que isso era uma coisa muito importante a se dizer, mas ele não a entendia, ele não estava entendendo nada.

— E você acha que eu devia reconhecer isso de primeira. Ainda que ele... Eu... esteja usando esse capelo, eu devia conseguir reconhecer?

Ela se inclinou para trás, como se tivesse sido atingida por um vento estranho.

— Sim.

— Só pelo rosto?

— Sim — disse ela.

— E isso é... — Ele parou por um segundo, a mente agitada, tropeçando na resposta, tateando pela resposta, a coisa que o fazia esquisito, a coisa que o tornava diferente. — É assim que todo mundo faz? Eles veem o rosto de alguém e simplesmente *sabem* quem é? Sem ter que ver o cabelo ou as roupas ou o jeito como se movem e tudo o mais?

— Sim! — disse ela, quase gritando. Então amaciou a voz: — Finn, acho que você tem cegueira para feições.

— Cegueira... o quê?

— É um distúrbio. — Ela remexeu na bolsa, tirou alguns papéis, impressos do computador, artigos, um livro de biblioteca com o nome Sacks na capa. — Você enxerga tão bem quanto qualquer outra pessoa, mas não consegue reconhecer rostos.

Ele ficou sentado, imóvel, sobre o cobertor, a perna ferida de repente rígida e pinicando.

— Não sei do que está falando.

— Você consegue processar a imagem de um rosto, mas não consegue armazenar a imagem para lembrar depois. Algumas pessoas com cegueira para feições conseguem se reconhecer e aos parentes próximos, mas alguns não conseguem nem distinguir os próprios filhos em uma multidão. E alguns jamais conseguem reconhecer rosto algum, nem os próprios.

Antes, ele desejara que ela simplesmente dissesse alguma coisa, e no momento desejava que ela parasse de falar. Mas ela não parou.

— É por isso que tanta gente parece igual para você. É por isso que você não olha as pessoas nos olhos. Por isso não conseguiu descrever o homem que sequestrou Roza.

Ele sentiu como se estivesse desfiando, como um novelo de lã.

— Eu *descrevi* o homem que levou Roza.

— Não como outra pessoa teria feito. Você não conseguia ver as feições. Não conseguia rememorar. Você falou sobre como ele se movia, que é o jeito como algumas das pessoas que têm cegueira facial reconhecem as outras. Eles também usam outros sinais, como pelos no rosto ou constituição física. Aqui. Encontrei um monte de coisa a respeito. — Ela tacou os artigos em Finn.

Ele não queria os papéis. Ele não queria nada disso. Nunca lhe ocorrera perguntar a qualquer um como a pessoa reconhecia outra pessoa. E por que teria ocorrido? Teria sido como perguntar para as pessoas como sabiam que o cheiro de café era cheiro de café. Uma pergunta idiota. Todo mundo sabia como era cheiro de café. Todo mundo.

— Mas... — disse ele. — Eu consigo ver você. Sempre sei que é você.

O canto da boca da menina se ergueu num sorriso, que não era nada parecido com um sorriso.

— Sim. Porque eu sou feia.

— Pare com isso — disse ele.

— É verdade. As pessoas que têm cegueira facial às vezes conseguem reconhecer gente bastante incomum, e são atraídas por elas. — Ela manuseou os malditos papeis. — Este artigo é sobre uma menina adolescente com prosopagnosia, que é o nome técnico para a cegueira de feições, que fugiu de casa com um palhaço de circo de meia-idade. Mas ela sentia atração por ele porque podia vê-lo, reconhecê-lo numa multidão.

De novo, ela tacou o artigo em Finn. Ele o afastou. Não queria aquele artigo idiota.

— Você não é um palhaço de circo.

— Não, não um palhaço. Mas sou horrenda. Todo mundo acha.

— Eu não acho — retrucou Finn, com raiva.

Ele tinha algum tipo de doença maluca, e Petey garantia que era feia depois que ele viera vê-la toda noite porque não conseguia aguentar ficar longe dela, e ela estava lhe tacando papéis e livros, como se provasse algo a respeito *dela*, e não a respeito dele.

— É verdade — disse ela. — Eu pareço uma abelha gigante. E é por isso que você sabe que sou eu. E é por isso que está aqui. — Ela deu de ombros, mas as lágrimas vieram de novo, riscos úmidos descendo por suas bochechas.

— Não é por isso.

Ela não falou nada.

— Eu amo você — disse ele.

Ela sacudiu a cabeça.

— Você consegue me ver, só isso.

Mas amor não era isso? Ver o que ninguém mais conseguia? E ainda assim... se não era o suficiente para ela ser bonita para ele, se ela não conseguia acreditar nele...

E quem acreditaria? Se o que ela dissera era verdade, e se ele tinha essa coisa, quem jamais acreditaria em qualquer coisa que dissesse sobre qualquer um?

Ele apertou a marca de ferradura sobre o coração, como se pudesse afastar a terrível dor que ameaçava esmagá-lo, a descoberta terrível que lhe dizia que o povo de Bone Gap sempre estivera certo. *Eles* o reconheceram pelo que realmente era. Avoado. Aéreo. Aluado. Não era como as outras pessoas. Não era como eles.

— Petey — disse ele, mas ela estendeu a caixa de volta para ele.
— Petey.

Ela deixou a cabeça cair, e as lágrimas se derramaram sobre seus joelhos, gotas embebendo o jeans da calça, e ela não olhava para ele, não falava. Ele pegou o livro e os papéis e a caixa da mãe e ficou de pé. Ele cambaleou até a égua. Não fazia ideia de como tinha tido forças para subir nas costas do animal, de como chegara em casa, de quanto tempo examinara os artigos, de como chegara à cama, de como Calamidade percebera a calamidade. Gata e Gatinhos o cercaram, o enterraram, e o ronronar denso e ruidoso lembrava o zumbido das abelhas e o gosto do mel. Ele se envolveu no som e afundou na sensação calorosa. Ele desabou no sono, o único lugar em que podia fingir que não era cego, o único lugar em que podia fingir que ainda tinha tudo o que perdera.

Roza

OS MORTOS

Sem planejar, Roza se acomodou em uma rotina, acordando toda manhã em seu quarto simples, cumprimentando a senhora de cabelos de ferro na cozinha, comendo a torrada com nozes que saía quentinha do forno, caminhando pela cidade até os morros, passando pelos riachos, decorando Rus com flores até ele ficar ridículo. Pela tarde, o homem fazia uma visita e trazia um cordeiro, que ela segurava e cuja cabeça macia e coberta de lã beijava, ficando com o cheiro da lã nas mãos pelo restante do dia, o cheiro como uma promessa. Ele não a tocava, não se aproximava dela. E a pergunta que ele fizera enquanto ela segurava o cordeiro não era a mesma pergunta. Agora ele perguntava outras coisas: sua comida favorita (cookies recheados com geleia), sua cor favorita (marrom), a brincadeira de criança favorita (pique-esconde). Ele até perguntara se ela queria brincar, e não conseguiu evitar a risada debochada, imaginando aquele estranho homem alto com olhos de lascas de gelo agachado em meio aos arbustos.

Então *ela* fez uma pergunta: Podia ter uma horta? Na manhã seguinte, acordou, comeu sua torrada, saiu para o campo e descobriu uma plantação dos legumes mais verdes e saudáveis que ela já vira, canteiros de flores tão cuidadosamente arranjadas que poderiam fazer parte do jardim de alguma mansão britânica. A visão dessas coisas a deixou tão decepcionada que nem mesmo o cordeiro a alegrou, então o homem lhe perguntou o que estava errado.

— Queria plantar tudo eu mesma — disse ela.

— Sim, sim, é claro — disse ele, e assentiu, e no dia seguinte, os legumes e as flores tinham desaparecido, e no lugar havia uma extensão nua de uma rica terra escura, sacos de sementes e pequenos vasos com mudas, uma pá curva e uma quadrada, um regador.

Roza tinha sua horta. E se a terra cheirava a um pouco fértil demais, e as plantas cresciam com excessiva facilidade, e pareciam um pouco vibrante demais, as minhocas no solo gordas e felizes demais, os louva-a-deus devotos e abundantes demais, ela se disse que sem dúvida estava morrendo em um hospital em algum lugar, e que a horta era um presente da própria mente em definhamento, uma última visão da felicidade, e não havia mais nada a temer, aquela era sua última aventura.

Mas ela não conseguia evitar — enquanto cavava a terra e cantava para as minhocas e rezava com os louva-a-deus — a comparação dessa horta, desse campo, a suas outras hortas, à horta de Sean. Para um menino criado na fazenda, ele não era bom com plantas. Mas fazia tudo o que ela mandava e parecia tão feliz quanto ela quando os tomates finalmente ficaram gordos e vermelhos. Sean a ajudou a fazer os montinhos para plantar as batatas de maneira que não fossem queimadas pelo sol, e a desenterrar os tubérculos quando as plantas morreram. Quando chegou o outono, e a horta já não precisava mais tanto deles, ela lhe ensinou a fazer pierogi, a encher as bolsas de massa com batata e cebola e apertar as pontas para fechar.

— Tem que ser firme senão vaza na panela — disse ela, demonstrando. — Você agora.

— Assim? — disse ele.

Mas não estava olhando para a trouxinha de massa em nas próprias mãos, estava encarando as mãos *dela*. De todas as coisas para se encarar. As mãos de Roza eram ásperas, de unhas quebradas, pequenas, mas fortes. As mãos haviam batido massa, e cortado batatas, e ordenhado vacas, e preparado lâminas, e plantado coisas. Ela até costurara pontos no dedo de Sean quando ele se cortou com uma faca de cozinha.

Ela gostava de que ele as encarasse. Ela gostava dele por encará-las.

Enfiou um cacho desgarrado atrás da orelha, e os olhos de Sean seguiram o movimento.

Em pouco tempo, ela também estava roubando olhares. Olhando a cicatriz rosada no dedo dele. Os cabelos enrolados em sua nuca. As rugas entre suas sobrancelhas. As veias em seus antebraços. E quanto mais olhava, mais queria ver. Em um dia quente no fim do outono, eles estavam adubando a horta a fim de prepará-la para a próxima primavera, e ele parou para descansar. Usou a parte de baixo da camiseta para enxugar o suor da testa. A exposição da carne pálida da barriga a fez congelar. Ele largou a camiseta, e ali estava ela — boquiaberta, humilhada —, mas incapaz de arrancar os olhos dali, para o caso de ele resolver fazer de novo.

Na vez seguinte, ele entrou correndo na cozinha, atrasado para o trabalho, se atrapalhando com os botões na camisa do uniforme, e a encontrou apoiada na pia, a xícara de café pairando a centímetros dos lábios, e parou de abotoar, ficou totalmente imóvel, deixou que ela olhasse.

Quando ela estendeu a mão áspera e tocou os pelos escuros que polvilhavam seu peito, ele deixou que tocasse.

E quando ela subiu em uma cadeira e se inclinou para baixo a fim de beijá-lo, ele deixou que fizesse isso, também.

E quando ela desceu, e subiu de novo, mastigando com força o interior da bochecha, apavorada e transtornada por todos aqueles olhares e toques e beijos, ele abotoou a camisa e colocou a cadeira sob a mesa. Como se compreendesse. Como se, talvez, talvez, ele estivesse tão apavorado e transtornado quanto ela.

Ela estava perambulando pelo festival da primavera, pensando sobre a estranha combinação de segurança e terror que sentia perto de Sean, quando o homem com os olhos de lascas de gelo — o professor que não era um professor, o homem que não era homem — aparecera do nada. Um puxão no cotovelo, e ele estava diante dela, sorrindo aquele sorriso brando.

— Aqui está você — disse ele. — Estive procurando por toda parte.

— Como... — gaguejou ela —, como...

— Posso levar um tempo. Semanas. Anos. Eras. Mas eu sempre vou encontrá-la.

Atrás do homem, ela viu Finn em sua direção. Ela teria gritado, teria gritado até não aguentar mais e nunca pararia, mas o homem abriu o punho e mostrou a ela um punhado de Ervas-de-São-Cristóvão, bagos brancos com pontos pretos.

— Lembra disto? Olhos de boneca? Quem as come tem parada cardíaca. Há tantas formas de morrer. Um pedaço de pão preso na traqueia. Ser atingido por um raio. Na queda de uma árvore. Uma torcida rápida do pescoço. Se não vier comigo, e em silêncio, os dois meninos que a abrigaram vão morrer de ataques cardíacos, ou acidentes, ou por algum parasita esfomeado ou doença que devore a carne e faça com que o corpo se consuma de dentro para fora. Sou criativo quando se trata de mortes. É uma ciência e uma arte. Acredita em mim?

Ele disse tudo isso em polonês perfeito.

Ela acreditava.

Então sorrira e mentira, partira com o homem para salvar os meninos. Mas queria que Sean viesse e *a* salvasse.

Sean não viera. Talvez não pudesse. Talvez fosse demais para se pedir de outra pessoa — *estou cansada demais para salvar a mim mesma, venha você!* Mas... quanto mais pensava a respeito, mais errado parecia. Ela partira com o homem para salvar os meninos, ou será que partira com o homem porque ele era como todos os outros resumidos em um só — Otto e Ludo e Bob e e e e, os homens que queriam usá-la, possuí-la, gastá-la — e eles estavam por toda parte, e era impossível escapar, não importava o quanto fugisse? Quando pensava nisso dessa forma, Sean parecia um sonho que ela nunca poderia reter. Estava acostumada demais a fugir.

Talvez Sean estivesse sentado ao lado de seu leito no hospital, desejando que ela acordasse naquele exato momento, e ali estava ela, de pé na cozinha, assando seus cookies favoritos, com recheio de geleia, do jeito que sua babcia fazia; a mesa já estava cheia, com quatro fornadas de cookies. Mais tarde, ela ensacaria os cookies em sacos de aniagem, e iria cavar seu jardim imaginário com minhocas e louva-a-deus e o cachorro. O cachorro comeria os cookies. O cachorro adorava cookies.

O homem chegou na parte da tarde, segurando outro cordeiro. Ele colocou o cordeiro em seus braços, e ela beijou o topo de sua cabeça coberta de lã. Antes que ele pudesse fazer uma pergunta, ela fez:

— Que lugar é este?

— Faz diferença?

— Para mim, faz.

— Estes são os Campos. Estão em todo lugar e em parte alguma. Eu posso fazer com que tenham a aparência que você desejar.

— Alguém já conseguiu sair daqui?

Ele não respondeu de imediato. Então perguntou:

— *Ele* sempre respondia suas perguntas?

— Quem?

Ele suspirou, juntou as pontas dos dedos.

— Uma vez, um jovem perdeu a esposa e foi para a Terra dos Mortos para encontrá-la. Ele disse que a vida não valia a pena sem ela, e tocou a música mais bela para provar. A música era tão comovente que o Senhor dos Mortos concedeu seu pedido, apesar de nunca tê-lo feito antes. Ele disse que o jovem podia partir, e sua esposa o seguiria, estaria bem atrás dele. Mas ele não podia olhar para trás, tinha que confiar que ela estava ali. Mas ele não o fez. Ele não confiou, ele olhou para trás, e então a mulher teve que ficar. Obviamente, ele não a amava tanto quanto dizia. Mas aí eu descobri: as pessoas nunca amam tanto quanto dizem. Não conseguem. São apenas pessoas.

Cheias de mentiras e sentimentalismo e medo. Não há motivo para você sair daqui, e não tem maneira de você sair. Ninguém nunca virá buscá-la, e ainda que viessem, não sou do tipo sentimental.

Um calafrio a percorreu enquanto ele contava a história. Ela já a ouvira antes. Mas era um mito. Um mito muito, muito antigo.

Ela não estava em um leito de hospital. E não estava numa horta.

— Então — disse ela, estreitando mais o cordeiro em seu abraço —, estou morta, então, é isso que está dizendo?

— É claro que não está morta — disse o homem, afagando o pescoço do cordeiro. — É apenas uma história entre tantas outras. Se esse mundo chegou a existir, não existe mais. Mas a ideia é a mesma. Você não está morta. Mas todas as outras pessoas aqui estão.

— O que... o que você quer dizer?

— Este cordeiro, é claro. Essas pessoas. Este mundo. Todos mortos, tudo morto.

O cordeiro se contorceu em seus braços, e Roza o apertou mais. O calor da criatura, o cheiro da lã, a tensão em seu corpo, tudo dizia que o homem estava mentindo. Como aquele cordeiro poderia estar morto? Mas, também, como aquele homem poderia ter construído uma casa, em seguida um castelo, e então a trazido até *ali*? Como qualquer uma dessas coisas era possível?

— Mas de onde todos eles vieram? — disse Roza.

— Vivi muito tempo, conheço muitas pessoas. Você poderia dizer que os coleciono. Mas suas esperanças, seus sonhos, até seus pesadelos, se tornaram tão enfadonhos. Você nem imagina. Faz muito tempo desde a última vez que vim aos Campos. Visitei tantos lugares que tinha esquecido pelo que procurava. Por quem eu procurava. Você me fez querer voltar. Você me inspirou a construir algo novo.

— Por que você me quer?

— Porque você é a mais bela.

— Pare de dizer isso!

— É verdade.

— Esse não pode ser o único motivo.

— Povos foram à guerra por mulheres belas. Por que não mover céus e terra por uma?

— Porque eu não quero! — O carneiro escapou de suas mãos e bambeou pela grama, balindo em busca de... quê? Uma mãe que fora abatida para fazer linguiças?

Roza tapou a boca com a mão, como se pudesse impedir as palavras de saírem dos lábios do homem.

— Você tem sido feliz aqui. Tem sua horta. E eu fiz todas as perguntas certas. — Ele deu um passo mais para perto, e o coração da jovem congelou. — Eu sei que tipo de comidas você prefere, sei qual é sua cor favorita, sei que gosta de coisas simples. A casa foi um erro, o castelo foi um erro.

— Um... *erro*?

Rus começou a rosnar, e o homem o olhou, achando graça.

— Você conquistou minha fera mais temida.

— Você precisa me deixar ir.

— Eu queria que você escolhesse isso. Que me escolhesse. Mas nem sempre é possível que duas pessoas queiram a mesma coisa. Eu quero você, e isso vai ter que bastar para nós dois.

— Não basta!

— Se não pode me amar, terá que me aceitar. Não resta outra opção.

— Eu vou me matar — disse Roza. — *Eu vou me matar*.

Mas então o homem apenas riu.

— Achei que você tivesse entendido. Para mim dá no mesmo.

JULHO

Lua do trovão

Finn

ATINGIDO

Ele não queria ler os artigos, ele não conseguia parar de ler os artigos. Eles sussurravam e murmuravam para ele, falando de si próprio, falando dele próprio:

Imagine olhar no rosto de sua amada esposa e não ser capaz de reconhecê-la. Isso é o que acontece a Jack Donovan, 37 anos, toda vez que ele vê Michelle, sua companheira há dez...

E:

Durante anos, Wesley achou que tinha "dificuldade com fisionomias". Quando criança, não conseguia identificar a mãe em fotografias. Tinha dificuldade em diferenciar um colega de classe do outro. Quando um professor favorito tirou a barba, Wesley não conseguiu mais reconhecê-lo. Mais tarde, quando adolescente, Wesley se lembra de colegas indo até ele nos corredores da escola, exigindo saber por que ele não os cumprimentara na hora do almoço ou...

As coisas chegaram a um ponto crítico para Yolanda Hughes há cerca de quatro anos, quando o filho, Max, estava com 3 anos. Ela levara Max à loja para comprar sapatos. Ela se abaixou para experimentar um par de tênis, mas, quando ergueu os olhos, Max tinha se afastado. Uma hora mais tarde, uma Hughes frenética foi abordada por um segurança de mãos dadas com um garotinho.

"Ele me perguntou se era o Max. E eu não sabia. Eu estava tão transtornada que não me lembrava como Max estava vestido naquele dia. E Max estava chorando tanto que não conseguia falar. Eu simplesmente não conseguia reconhecer seu rosto. Simplesmente não conseguia. O segurança achou que era uma lunática e disse..."

Edwards teve que pensar bem antes de concordar em fazer esta entrevista. "Poderia ser um convite feito por criminosos em potencial para tirar vantagem de mim se conseguirem me encontrar", disse ela. "Como sei se a pessoa que me diz que é meu amigo não é um estranho tentando me machucar?"

Para além dos constrangimentos sociais, há os problemas cotidianos, que não são tão evidentes. Tramas de certos programas de TV ficam tão confusas que não dá para acompanhar: "Se assisto a um filme com três atores de cabelos escuros, geralmente penso que são todos a mesma pessoa. E quando o filme acaba e todo mundo conversa sobre o vilão, eu pergunto: 'Que vilão?'"

Que vilão?

Então ele não era só um desligado, aéreo, embasbacado idiota que testemunhara um crime e não conseguia identificar o homem que o cometera. Isso devia ter sido um conforto para ele. É claro que não conseguia identificar o homem, e ali estava a prova. Devia levar esses artigos para Jonas Apple e dizer *Olhe! Aqui! Leia isso!* Ele devia trazer os artigos para o irmão e dizer *Pare de colocar a culpa em mim! Pare de me odiar! Não é minha culpa!*

Mas essa nova ideia a respeito de si mesmo — cegueira para feições — não lhe confortava em nada. Não era uma fase. Ele não ia crescer e deixar para trás essa estranha distração. Tinha alguma coisa errada com ele, profunda e arraigadamente errada.

Conte-nos sobre o dia em que descobriu que não era como todas as outras pessoas. Em uma língua que não seja sua língua-mãe.

De qualquer maneira, Roza continuava desaparecida.

A chuva tamborilou no teto, um trovão ressoou. Finn espalhou na mesa as fotos que Petey lhe dera, tentando adivinhar quem era quem. Ele conseguia distinguir mulheres de homens, jovens de velhos, brancos de negros, mas nada mais específico.

"Eu me lembro de olhar no espelho quando era pequeno e de pensar: E esse aí, quem deve ser?"

Foi para o banheiro e se olhou. Viu uma despenteada cabeleira preta. Olhos escuros. Bochechas, nariz, boca. Ele nunca tentara ver o todo antes, guardar uma imagem na cabeça. Talvez fosse uma questão de esforço? De prática? Ele encarou o próprio reflexo, memorizando cada detalhe. Se ele tentasse, se tentasse de verdade, conseguiria se lembrar do próprio rosto?

Depois de passar cinco minutos com essa imagem, voltou para a mesa. Embaralhou as fotos feito uma criança faria com cartas de um jogo, espalhando todas com a palma das mãos. Então encarou as fotos, tentando se reconhecer. Uma cabeleira preta despenteada, ele disse a si mesmo, olhos castanhos. Manuseou as fotos em busca de meninos com olhos escuros, encontrou um. Por costume, analisou as roupas. Capelo e beca. Nenhuma pista aí. A atenção se desviou de volta para o rosto na foto. Os olhos eram escuros. Seus próprios olhos eram escuros. Então era uma foto dele? Ou era simplesmente outro cara?

Ele se debruçou sobre as fotos, tentando agarrar-se a alguma coisa familiar, qualquer coisa que parecesse com o rosto que vira no espelho. Mas ele não conseguia. Não conseguia.

Jogou as fotografias no chão e desabou numa cadeira, mas sua perna estava rígida e desajeitada, e ele deu um pulo e contornou a mesa feito um cavalo inquieto. Ainda estava andando de um lado para outro quando o turno de Sean terminou e ele voltou para casa, sacudindo a chuva do cabelo. Sean ergueu uma sobrancelha diante da pilha de papéis e fotografias e perguntou:

— Projeto artístico?

— É. É isso mesmo — disse Finn.

— Não se esqueça de limpar tudo quando tiver terminado.

Como um robô, Finn se baixou e começou a coletar as fotos e artigos. Essa era sua chance. Ele podia mostrar todas essas coisas a Sean naquele momento. Podia explicar. Mas que bem faria? O que iria provar? Que ele era esquisito? Que ele era diferente? Sean já sabia disso, sabia melhor que qualquer pessoa, apesar de nunca falar a respeito com Finn, de nunca fazer as perguntas certas.

Sean passou pela mesa e já tinha quase saído da sala quando Finn disse:

— É só com isso que você se importa?

Sean parou, mas não se virou.

— O quê?

— Eu disse, é só com isso que você se importa? Que eu limpe tudo?

A cabeça de Sean girou feito a de uma coruja.

— Que diabos você está matracando aí?

— Não consegue nem olhar para mim, não é mesmo?

Sean se virou, os ombros largos uma parede no uniforme azul, a plaquinha dourada com seu nome reluzindo.

— Tudo bem. Estou fazendo o que você quer — respondeu ele, olhando para Finn.

— Não está.

— Como *não*?

— Você nem foi procurá-la. Todo mundo acha que foi. Talvez tenha dito para si mesmo que sim. Ficou com as coisas dela por dois meses, fingiu. Mas desistiu. E eu... — Finn hesitou.

Era agora. A pior parte.

Sua afecção, como quer que se chamasse, não impedira Finn de ajudar Roza quando ela precisou. Ele só não confiara nela. Não confiara que ela queria ficar. Por causa da mãe ou do pai, ou por causa do jeito como ela aparecera no celeiro, Finn não acreditara em Roza. Ou talvez ele não tivesse acreditado em Sean, ou em si mesmo.

— Eu também achei que ela quisesse ir embora — disse Finn.

— Pare — disse Sean, a voz baixa.

— Foi por isso que a deixei entrar no carro. Por isso que não tentei fazer nada e não fiz nada até que fosse tarde demais. Quero dizer, quem ia querer ficar com a gente? Mamãe não quis. Deixou você tomando conta de mim. Coitado, coitado de Sean, preso aqui com o irmão esquisito, a vida inteira arruinada.

O rosto de Sean ficou vermelho, e o peito subia e descia. Finn não teria dificuldade em reconhecer Sean no meio da multidão. Nem ele conseguiria deixar de ver uma pessoa tão grande e tão vermelha e com tanta raiva, alguém cujos punhos se cerravam, abriam e se cerravam novamente.

— Você quer me bater — disse Finn.

— Não vou bater em você.

— Mas quer.

— O que eu quero não interessa.

— Vale para nós dois.

Sean riu, uma risada feia.

— Para nós dois? O que você sabe a respeito, aluado? O que poderia saber? Do que *você* já precisou desistir em prol de outra pessoa?

— É, você desistiu. E continua desistindo. Diz para si mesmo que é pelos outros, mas não é.

— Como se você fosse conseguir sobreviver por conta própria.

— Isso foi há anos. E agora? E quanto a Roza?

Sean cruzou os braços.

— O que tem ela?

— Céus, você é mesmo tão idiota?

Sean não falou nada. Finn esfregou a palma das mãos na testa, tentando afastar a dor incômoda. Falar sobre Roza fazia com que pensasse em Petey. Ele a via. Mas ela não o via. Era quase engraçado, só que lhe dava vontade de vomitar.

Finn pegou as fotografias no chão e os artigos em cima da mesa e os enfiou na lata de lixo. Ele abriu a porta dos fundos.

A voz de Sean estava afiada feito uma lâmina quando ele perguntou:

— Está indo ver sua namorada?

Finn agarrou a maçaneta com tanta força que conseguia se imaginar esmagando-a.

— Não tenho namorada.

— Não é o que todo mundo diz.

— Todo mundo é idiota.

— Quer saber o que mais estão dizendo?

— Não — disse Finn.

— Que você a está usando. Ela é desesperada, é irritada, é simplória, é...

Finn atravessou a cozinha voando, socou o irmão na cara. Sean não caiu — era grande demais, robusto demais, preparado demais para qualquer coisa —, mas cambaleou. Quando recuperou o equilíbrio, uma pequena mancha de sangue desabrochou no canto de sua boca. Ele já não parecia tão grande. Ele não parecia tão forte.

— Você sabe por que ela não está aqui, seu merdinha — disse Finn. — Você *sabe*.

Sean limpou o sangue nos lábios.

— Porque ela não quer estar.

— Se é isso que você pensa, é mais cego que eu — disse Finn.

E então ele pegou sua mão recentemente mutilada e sua perna recentemente mutilada e saiu mancando, rígido, da cozinha, esperando ser seguido, agarrado, jogado na terra, espancado até ficar por um fio, querendo tudo isso. Mas nem ele nem Sean conseguiriam o que queriam. Sean não acreditava em Finn, também; deixou ele ir embora.

E Finn foi. Não para o estábulo nem para a delegacia de polícia e nem para o apiário procurar Petey. Ele foi para o último lugar onde vira o homem que balançava como um colmo de milho ao vento. Porque, ao socar o irmão, conseguira colocar um pouco de juízo na própria cabeça.

Tinha mais algumas perguntas para Charlie Valentim.

Charlie

A BALADA DE CHARLIE VALENTIM

CHARLIE ESTAVA SENTADO EM SUA CADEIRA FAVORITA — SUA única cadeira —, com uma galinha no colo, esperando a batida na porta. Sabia quem vinha, mas não sabia ao certo o que ele, Charlie, poderia dizer a não ser "Sinto muito" e "Volte para casa".

O próprio Charlie tivera muitas casas, remontando havia tanto tempo que ele só tinha as memórias mais indistintas e vagas delas. Um homem, mesmo um feito Charlie Valentim, tinha espaço limitado para memórias, e as novas não paravam de expulsar as antigas, do jeito que as gírias substituem os nomes corretos disso ou daquilo, vulgarizando os substantivos e verbos até que mal se dê para reconhecê-los. Por exemplo, ele sabia que seu nome não era Charlie Valentim, mas seu nome real? Quem se recordaria de uma coisa dessas? Houvera uma esposa havia muito, muito tempo, linda e infeliz. Charlie não fazia ideia do que acontecera a ela, também. Nada de bom. Ou talvez tudo de bom. Não era ele quem estava no comando.

A galinha fez um clique no fundo da garganta. Ela não gostava de tempestades. Charlie Valentim adorava galinhas. Sabia que todo mundo em Bone Gap fazia chacota dele por isso. Nenhum fazendeiro de respeito se apegava aos animais, os tratava feito bichos de estimação, deixava que vivessem dentro de casa. Como poderiam lidar com eles como era necessário? Como poderiam abatê-los quando chegasse a hora, salgar e amolecer a carne, fritá-los para o jantar de domingo?

Charlie não poderia.

Charlie era molenga.

O povo de Bone Gap achava que o nome que ele adotara era engraçado, porque tinham certeza de que ele odiava a tudo e a todos, a não ser por todas as mulheres com quem alegava sair. Mas estavam errados, como estavam errados a respeito de muitas coisas. Ele imaginou que houvera um tempo em que ele não fosse molenga, um tempo em que fora firme e forte e impiedoso — o que explicaria a linda e infeliz esposa —, brigando por mulheres e pelo mundo contra outros homens impiedosos. As memórias mais desanuviadas que tinha eram as do tempo que passara na fazenda de cavalos. Ele contava a todo mundo que parasse para ouvir que seu avô tinha belgas, enormes cavalos de tração, e abrigava cavalos para outras pessoas. Mas aquele velho não era seu avô. E Charlie não ficava lá por causa dele mesmo. Charlie amava os cavalos, cada um deles. Não conseguia se lembrar do próprio nome, mas lembrava o deles: Melro. Babe. Uma égua de patrulha da polícia de Chicago, Gladiola. Um potro com braquignatismo que chamavam de Queridinho. Um cavalo castrado chamado Pippin. Cavalos eram como cães, às vezes quietos, às vezes brincalhões, às vezes cruéis como cobras. Às vezes os cavalos tentavam lançar a cabeça para trás para esmagar quem os cavalgava com a parte de cima de seus crânios maciços. Quando os cavalos faziam isso, Charlie deveria pegar uma garrafa cheia de água e quebrá-la entre as orelhas dele com toda a força que conseguisse. A água escorria. Os cavalos achariam que estavam sangrando, e nunca mais fariam aquilo. Mas não importava quão cruéis fossem, ou o quanto jogassem a cabeça para trás, Charlie se recusava a bater nos cavalos.

Se recusava até a encher as garrafas. E o velho que não era seu avô sacudia a cabeça, desgostoso.

— Tchórz. Królik — resmungava ele.

Covarde. Coelho.

Por mais molenga que fosse, o trabalho de Charlie era exercitar os animais. Uma longa trilha serpenteava pela propriedade, com marcações de diferentes cores para indicar os quilômetros. Uma em azul. Outra em branco. Verde, amarelo, laranja, vermelho. Todos os dias, o velho lhe dizia: "Pegue Gladiola e corra com ela até a marcação azul." Ou: "Pegue Pippin e corra com ele até a marcação branca." O velho queria que o cavalo favorito de Charlie, um puro--sangue chamado Trovão, fosse levado até a marcação verde. Então Charlie o fez. Todo dia, ele pegava Trovão, o levava até a marcação verde, e o trazia de volta. Mas, em vez de continuar rápido e forte, o cavalo foi ficando cada vez mais magro. Não importava quanta água e comida Charlie lhe desse, não importava o quanto sussurrasse em seu ouvido, as costelas de Trovão estavam deploravelmente à mostra. Os médicos achavam que Trovão tinha alguma espécie de doença terrível. Em uma bela manhã, vieram levá-lo embora. Charlie nunca soube para onde. Ele passaria noites nos estábulos, chorando por Trovão. Anos mais tarde, os médicos lhe disseram que ele era daltônico. Daltônico para verde e vermelho, especificamente. Ele levara Trovão até a marcação errada por meses, fazendo com que corresse tanto e por tanto tempo que Trovão simplesmente definhara até sumir.

Foi assim que Charlie aprendeu que não era capaz de proteger as coisas que amava. Nem mesmo dele próprio.

Desesperado, deixou a fazenda e chegou a Bone Gap quando não passava de uma enorme expansão de campos vazios, atraído pela grama e pelas abelhas e a estranha sensação de que se tratava de um lugar mágico, de que os ossos do mundo eram um pouco mais soltos ali, com juntas duplas, se torcendo sobre si mesmos, abrindo brechas para dentro das quais alguém podia passar e se esconder. Ele teve o lugar só para si por anos, mas não era tolo ao ponto de criar cavalos. Criava bodes. E, quando amou demais os bodes, deixou-os de lado e trocou-os por ovelhas. E, quando amou demais os cordeiros, trocou-os por galinhas.

E aí chegaram as pessoas. Uma mulher chamada Sally. Ela não era nem bela, nem infeliz. Ela ria bastante. Ela ria tanto que o rachou, trocando o interior pelo exterior, como se ele estivesse usando os próprios nervos como casaco. Ele não conseguia deixá-la de lado. Casou com ela. Tiveram um filho, tiveram trinta e seis anos juntos. Para a maioria, teria sido um bom tempo. Para ele, eram apenas alguns minutos.

Ele não podia proteger as coisas que amava.

Ele ainda tinha a filha, todo mundo o lembrava disso. E quatro netos. E bisnetos. Eles o apavoravam, especialmente os mais novinhos. Cada um tão jovem e tão facilmente arrancado dele. Não fazia ideia de como protegê-los, de como mantê-los a salvo. Isso o deixava furioso. Ele gritava com eles o tempo todo, sacudindo a vassoura, batendo os pés, tentando fazê-los compreender. A expressão sofrida nos olhos das crianças partiu o que restara do coração de Charlie. Era melhor nem vê-los. Melhor se entrincheirar nessa casa com as galinhas e esquecer.

E foi assim que ele ficou, até Roza. Ela era polonesa, Charlie conseguia ouvir na inflexão de sua voz, mas ela também era tão familiar, como uma pintura pendurada numa parede, de um artista cujo nome ele tivesse esquecido. Charlie estava enferrujado, mas ainda conseguia falar a língua dela. Da primeira vez que dissera *dzién dobry*, olá, ela parecera assustada e aliviada ao mesmo tempo. Ele a visitava, trazendo algumas histórias de sua casa na fazenda de cavalos, sobre Gladiola e Queridinho e, mais tarde, sobre Trovão. Ele perguntou sobre a casa dela na Polônia. Ela falou sobre os morros ondulantes e verdejantes, o balido dos cordeiros na primavera, o cheiro da sopa caseira de sua babcia. Às vezes conversavam por uma hora sem que Roza percebesse o tempo passar, e ela corria de volta para a casa dos

O'Sullivan, para dar conta da tarefa que exigia sua atenção. Seu perfume, o perfume de sol radiante se demorava no ar muito depois que ela saía, fazendo com que ele se sentisse, de alguma maneira, mais limpo, renovado e audaz, um broto verde rompendo a terra, pronto para saudar a manhã e o que quer que viesse em seguida. Ela parecia ter aquele efeito sobre muitos em Bone Gap, o povo se abrindo como sementes após uma chuva. Mas Charlie nunca lhe perguntou o que acontecera para ela vir parar ali. Ele achou que era o mais seguro, levando tudo em consideração.

Ela *parecera* segura com Sean e Finn O'Sullivan. Charlie Valentim às vezes os observava do quintal. Roza cuidando da horta, Finn cavando ao lado, Sean O'Sullivan se esforçando tanto para impedir que seu coração saltasse como uma truta para fora. Parecia que certas pessoas apareciam bem quando se precisava delas, e Charlie não fazia ideia de quem precisava mais de quem — se Roza, daqueles meninos, ou os meninos, de Roza. Tudo parecia predestinado, de alguma maneira. Mas Charlie nunca se sentira confortável com a ideia de destino. Ele não gostava de saber que alguma outra coisa, alguma outra pessoa, controlava todas as cartas.

E então Roza desapareceu. Sean O'Sullivan se fechara mais que uma noz. Finn ficava à deriva, sem raízes ou objetivos, como fiapos de dente-de-leão ao vento. E a égua, aquela égua magnífica! Simplesmente aparecendo ali, como se quisesse lembrá-lo de cada erro estúpido que já cometera, de todas as maneiras como fora desleal e cego. Destino novamente, deduziu Charlie. E ali estava *ele*, sozinho com suas galinhas, esperando por uma batida na porta, achando que, se você não pode proteger àqueles que ama, tem que esperar que sejam espertos o suficiente para se salvar. E a esperança, bem... Quem é que teria um pouco sobrando?

A porta se abriu de supetão. Finn O'Sullivan atravessou a sala mancando, direto até a cozinha e depois de volta, deixando um rastro de água e lama por toda parte.

Bem, isso era uma surpresa. Charlie tinha certeza de que seria...

— Onde está ele? — perguntou Finn.

— Quem?

— Você sabe quem. O homem que se move como um colmo de milho ao vento.

Charlie jogou as dentaduras para fora, as sugou de volta.

— Eu não sei onde ele está.

A respiração de Finn ficou mais pesada e profunda, como se a própria *respiração* estivesse com raiva e tentando coordenar um ataque a partir das profundezas de seus pulmões.

— Você conhece esse cara, sabe que ele raptou Roza, sabia que eu não estava mentindo sobre o que vi, e não fez nada? Você não disse nada? Deixou as pessoas pensarem que eu estava maluco! E Roza! E quanto a Roza?

— É complicado.

— O que tem de complicado? — gritou Finn. — Quem é aquele homem? Por que ele a levou?

— A nenhum lugar aonde você ou qualquer outro possa ir. E mesmo que pudesse chegar lá, quem sabe o que encontraria no caminho de volta?

— Do que você está falando?

— Sinto muito. Achei que talvez a égua fosse animá-lo.

— A *égua*? Achou que podia trocar uma garota por uma égua e que simplesmente esqueceríamos dela?

Charlie teria ficado com a égua. Ele a queria tanto. Mas não podia fazer isso. Tinha a sensação de que já tentara ficar com coisas que não eram dele antes, ou ajudado outros homens a fazê-lo, e talvez por isso estivesse entrincheirado em uma antiga casa arruinada, sem nada além de galinhas para lhe fazer companhia.

— Você não pode trocar o que não é seu. A égua tem vontade própria — disse Charlie. — Ela faz o que quer.

— Do que está falando? — berrou Finn. — O que diabos está acontecendo?

A galinha nos braços de Charlie agitou as asas.

— Tudo bem, tudo bem, apenas se acalme e vou contar o que puder.

— Você vai me contar tudo.

— Vou contar o que posso.

— Você vai me contar o que preciso saber para encontrar Roza.

— Valentim não é meu nome verdadeiro.

Finn começou a andar de um lado para outro; uma passada, um pé se arrastando, uma passada, um pé se arrastando.

— Quem se importa com seu nome?

— Vai me deixar falar ou não?

Finn fechou bem a boca e balançou a cabeça, indicando que Charlie deveria prosseguir. E Charlie o fez. Falou sobre os cavalos, sobre Gladiola e Pippin e Trovão, ignorando a maneira como Finn revirava os olhos e suspirava e resmungava baixinho. Charlie falou sobre Bone Gap antes de as pessoas chegarem. Ele falou sobre Sally. De quando ela ria. De como isso o rachou.

— E ela era esperta também — disse Charlie a Finn. — Sally dizia que era besteira chamar o lugar de Gap, que significa brechas, quando não havia brechas em lugar algum. Nenhuma ravina ou penhasco nem nada assim.

Finn parou de caminhar.

— Eu vi um penhasco.

— Viu? — perguntou Charlie. — Tem certeza disso?

— Eu...

— Porque não temos as brechas comuns por aqui. Não brechas de pedras ou montanhas. Temos brechas no mundo. No espaço das coisas. Tantos lugares nos quais é possível se perder, se acreditar que estão ali. Dá para escorregar para dentro de uma brecha e nunca mais encontrar o caminho de volta. Ou talvez você não queira encontrar o caminho de volta.

— Roza não deslizou para lugar algum. Ela foi raptada.

— Mas talvez ela queira ficar agora. Talvez ele a tenha convencido. Conheço histórias assim.

— Quem é ele?

Charlie tentou se lembrar, tentou, mas tudo o que tinha era neblina e bruma e um desfile de perdas entorpecentes e vergonhosas.

— Eu o conheço, mas não sei seu nome. Penso nele como o Espantalho. Parece um nome tão bom quanto qualquer outro.

— Está bem, só me diga *onde* ele está.

Por um momento, não havia nada além do som dos dois respirando, as galinhas agitando as penas, fazendo cliques nervosos com a língua.

— Não era você que eu esperava.

— É, mas eu que estou aqui.

— Por quê?

— Eu... — começou Finn.

Seus lábios se moveram, suas mãos se moveram, lutando por respostas. Charlie fizera a pergunta, mas as respostas eram evidentes. Finn estava ali porque fora ele quem vira a terra engolir Roza. Ele estava aqui porque não fizera nada para impedir. Porque ele se apaixonara, e isso o tornara corajoso e estúpido e desesperado. Ele estava ali porque Roza era sua amiga. Porque seu nome era Finn e ele não queria ser chamado de outro jeito.

Mas — outra surpresa — o garoto, o jovem rapaz, não disse nenhuma dessas coisas. O que disse foi:

— Quando perdi Roza, perdi Sean também. Estou aqui porque ele não pode estar.

Charlie Valentim, cujo nome não era Charlie Valentim, que não era chamado de nenhum outro jeito havia tanto tempo quanto conseguia se lembrar, que perdera mais do que conseguia lembrar, disse:

— As galinhas têm arrancado as próprias penas. Não têm colocado ovos, mas quando colocam, eles são pequenos e cinzentos como pedras. Falam entre si. Dizem *raposa, raposa, raposa*. É a palavra que usam para se referir a pesadelos. Entende o que estão dizendo?

— Sei que é perigoso. Como chego lá?

— Você sabe como. É você que está aqui.

— Não sei o que isso significa!

— Significa que você poderá encontrá-la quando achar a brecha.

— O quê? — perguntou Finn. Ele retomou a caminhada de um lado para o outro. — Talvez a égua consiga...

— A égua não pode levá-lo até lá — disse Charlie. — Você tem que ir sozinho. — A égua, não. Ele não estava disposto a sacrificar a égua.

Finn se empertigou, a toda a sua altura. Ele estava ficando tão alto e largo, a cada dia mais parecido com o irmão. Grave. Determinado.

— Então não vai me ajudar?

— Acabo de fazer isso.

Finn soltou uma meia risada, metade palavrão.

— Tá. — Ele mancou até a porta de entrada e a abriu, cortando a sala com um raio de luar que explodiu a neblina da memória de Charlie, de seus muitos passados.

— Espere! — disse Charlie. — Posso dizer mais uma coisa!

— É? E o que é?

— O Espantalho é um apostador inveterado.

Finn

OS CAMPOS

A CHUVA PAROU, DEIXANDO O AR MAIS DENSO, AO MESMO TEM-
po pastoso e carregado. A luz se retraíra diante da insistência da escuridão — um retalho de nuvem tapando o olho inexpressivo da lua
—, e Bone Gap estava quieta. Nenhum carro viajava pelas estradas,
nenhuma criatura uivava ou farejava ou resfolegava, e o vento, uma
constante nos milharais de Illinois, se enrolou sobre si mesmo e co-
chilou feito um gato. A perna de Finn pinicava sob as ataduras, e sua
mão latejava; ele devia ter imaginado que o queixo do irmão era feito
de ferro.

Não fazia ideia de aonde ir.

Nunca Bone Gap parecera tão grande, tão cheia de espaços es-
condidos. Se o que Charlie Valentim dissera era verdade, Roza estava
cá ou lá, por toda parte e em lugar algum. E se Finn não tivesse ca-
valgado Noturna, não tivesse vislumbrado as brechas por si mesmo,
teria achado que Charlie estava louco.

Mas não estava com a égua no momento e não tinha mais ninguém
em quem confiar. Quase gritou diante da arbitrariedade, da injustiça —

o cego encarregado de encontrar o oculto, claro, isso fazia todo o sentido.
Ainda assim, andou da casa de Charlie Valentim até a estrada principal,
vasculhando o cérebro por alguma entrada para outro mundo. A égua
o levara para além da casa dos Cordero e para dentro do cemitério, e
ele vira a névoa subindo e se aglomerando, se consolidando em formas
vagamente humanas. Fantasmas? Talvez aquilo fosse a membrana do
mundo ficando mais fina, e ele pudesse deslizar para o outro lado.

Então Finn pegou o caminho até a casa de Petey, esperando ver
o Cachorro que Dorme no Asfalto, mas parece que o Cachorro também tinha outros assuntos, porque a estrada estava vazia. Quando
ele chegou à casa de Petey, forçou-se a não parar na janela dela, a não
bater, não sussurrar seu nome enquanto se arrastava pelo quintal,
para além das colmeias com as abelhas zumbindo tão baixo que Finn
mal conseguiu ouvi-las.

Passou pela casa dos Cordero e, depois de algum tempo, entrou
no cemitério. Os fantasmas que ele e Petey viram ou imaginaram em
suas cavalgadas deviam estar dormindo, e Finn tinha o cemitério só
para si. Deu voltas ao redor das fileiras de túmulos, as mãos roçando
as pedras frias e ásperas. Estranhamente, ele não estava com medo,
mas também não se sentia esperançoso, o que era uma sensação muito pior. Havia um salgueiro, os galhos acariciando o topo dos mausoléus, ancorado em um canto do terreno, e Finn se sentou sob ele
por apenas alguns minutos, só para observar, só para não ficar de pé.
Achou ter ouvido um suave suspiro coletivo quando desmoronou na
grama, mas, quando olhou para cima, espiou por sobre as lápides,
ainda estava sozinho. Cinco minutos, dez minutos, vinte minutos
mais tarde, a perna estava rígida, a parte de trás da calça jeans, úmida
por conta da grama, e o cemitério não se revelara nada além de um
cemitério. De repente, ele se sentiu idiota. Roza não era um fantasma.
Se fosse — ele cerrou os punhos diante da possibilidade —, ajudá-la
estaria além de sua capacidade.

Ele se ergueu do chão e andou de volta à estrada principal. Uma
extenuante meia hora depois, pôde ver a própria casa, o teto do ce-

leiro caído, como se apoiasse um cotovelo dobrado em uma nuvem escura. Talvez Petey estivesse certa e houvesse algo mágico a respeito dele. Roza aparecera ali, a égua aparecera ali. Sean podia aparecer ali também, mas Finn não precisava se preocupar: a casa estava escura. Mais estranho ainda: o celeiro estava vazio — nada de égua, nada de bode também.

— Noturna? — sussurrou Finn. — Mascão?

O cheiro dos dois era forte, almíscar com feno e esterco, mas era como se alguém simplesmente os tivesse rebocado dali, deixando a bagunça para outra pessoa limpar. Finn tateou em busca da lanterna que Sean deixava do lado da porta, mas a luz estava fraca e amarela, deixando o celeiro em um tom de sépia. Como no cemitério, Finn não tinha certeza do que deveria fazer. Passou a mão pelas bordas do celeiro, franzindo a testa com as farpas, procurando por... pelo quê? Um fragmento de madeira que não fosse madeira de verdade? Um alçapão? Uma cortina atrás da qual estaria o Mágico de Oz? Que diabos estava fazendo? As brechas não eram na cidade, as brechas estavam dentro *dele*, estavam em seus olhos e no cérebro e na alma — ele não tinha sido constituído do jeito certo. Não merecia confiança.

Algo se enrolou em seus tornozelos, e ele deu um pulo, caiu em uma pilha de ração bem perfumada. Um suave *mrraau* o acalmou.

— Calamidade?

A gata subiu em seu peito, e, apesar da dor dos machucados, ele não a afastou.

— Eu mantive você viva, acho que é alguma coisa. Como vão os filhotes?

Ele a acariciou, e ela ronronou, e passou a bochecha na dele, e apertou as patinhas contra a pele do garoto. Então parou, em posição de sentido, as orelhas inclinadas.

— O que está ouvindo? — perguntou ele. — Parece Miguel quando fala sobre o milho andando por aí. Ele diz que os espantalhos...

... não foram feitos para espantar os corvos, mas para espantar o milho.

O milho.

Ele abraçou a gata, que proferiu um miado assustado, e a soltou com um apressado "Tchau, gatinha". Levantou-se e correu, meio se arrastando, para fora do celeiro. Nem sequer pensou em qual direção seguir, deixou que os pés o levassem para o milharal mais próximo, qualquer milharal. Já mergulhara para as plantas amareladas e secas, moribundas, já tropeçara por várias dezenas de quilômetros quando começou a se sentir idiota mais uma vez, errado mais uma vez, preocupado mais uma vez. Mas o milho sussurrava *aqui*, *aqui*, *aqui*, então continuou correndo, batendo nas plantas, incerto quanto ao destino ou ao que estava fazendo, mas confiando — não em si mesmo, mas nas plantas que sempre haviam cantado para ele, as plantas que sempre fizeram com que se sentisse seguro.

Precisou de um segundo para registrar o frio e a umidade se infiltrando em seus tênis. Continuou andando, escorregando em pedras por todos os cantos, se endireitando, escorregando de novo, caminhando, caminhando, caminhando. Começara a questionar seriamente a própria sanidade quando reparou no riacho embutido nas plantas. Hidrovias costumavam canalizar a água que escoava dos campos. Ele seguiu o canal conforme foi ficando cada vez mais largo e mais fundo, o nível da água subindo, primeiro batendo em seus tornozelos, e então seus joelhos. Em pouco tempo, bambeava dentro d'água, a corrente repuxando suas pernas, impelindo-o para a frente. A água estava na altura da cintura, e em seguida do peito; ele não conseguia ver por cima das margens do córrego, do rio. Seus pés já não mais encostavam nas pedras ao fundo, e a corrente o levantou, o carregou. A água se agitava e corria e o puxava e jogava, e estranhos olhos amarelos o observavam do céu e das altas margens, e formas negras se contorciam sob a superfície do rio e roçavam e colidiam contra seu corpo — cristas de ossos, pele áspera, uma pressão breve de dentes experimentando, testando. Ele teria gritado se pudesse, mas estava preocupado demais tentando respirar. Sabia que tinha visto um barco e um homem com rosto de caveira olhando-o furioso da proa, mas então ele já o ultrapassara. A água se movia em ímpetos, poderosa como corredeiras. Os pés chutaram uma pedra, seu joelho atingiu outra, e ele estava correndo pelo fundo, como se tentando acompanhar o passo da água furiosa, e corria, e tropeçava, e corria mais um pouco, e então não era mais o repuxo da água, mas o chicote do vento, e o ar frio congelando-o, e as folhas tentando agarrá-lo, e as plantas sussurrando *aqui, aqui, aqui,* e ele abriu os olhos, que devia ter fechado com força, e viu que não estava mais em um rio, estava no meio de um campo, as plantas se esticando para o céu, vivo *mesmo.* Parou de correr e diminuiu o passo. Moveu-se pelo campo, as plantas se transformando de milho em trigo em gramas espessas e de volta ao milho. O céu acima clareou e passou do negro a azul, como um machucado sarando. Ele abriu caminho em meio às plantas até colocar os pés numa estrada. Uma estrada seccionada e empoeirada que parecia, simplesmente, terminar, como se tivesse sido cortada por uma foice.

— Espere — disse para si mesmo. — Aqui é Bone...

Um corvo aterrissou na frente de Finn, bateu as asas brilhosas.

— ... Gap — concluiu o garoto.

— Covarde! — disse o corvo.

— Hoje não — respondeu Finn.

Ficou parado no meio da estrada, olhou para um lado e então para outro. Um motor roncava, e um caminhão apareceu a meia distância. Finn recuou um passo no milharal para vê-lo passar. Havia outro caminhão, e outro, e outro. Uma frota de caminhões com rodas gigantescas, seguidos por outros tipos de caminhões — food trucks, vans, atrações de parques de diversão sobre caminhões de dezoito rodas. O festival não acontecia em agosto, mas aquela não era a cidade que ele conhecia, não podia ser. As plantas eram verdes demais, o céu azul demais, a estrada negra demais, como uma cicatriz marcada à faca na paisagem.

— Onde estou? — perguntou Finn ao corvo. — Onde estou *de verdade*?

O corvo crocitou e levantou voo atrás do ruidoso desfile de caminhões, fazendo círculos no ar, como se desafiasse Finn a segui-lo. Finn aceitou o desafio, correndo o mais rápido que conseguia com a perna lesionada. Quando chegou ao terreno do festival, o estacionamento estava abarrotado, e a feira já estava a todo vapor, como se o tempo tivesse se condensado, desmoronado, e em segundos fosse possível erguer montanhas-russas e jogos.

— Com licença, desculpe, com licença — disse Finn, enquanto se enfiava na multidão, milhares de pessoas, mais gente do que ele jamais vira na feira, ou em qualquer lugar na vida. As ruas de Chicago não poderiam conter mais rostos, os rostos de estranhos, balançando como flores à brisa, cada um indistinguível do seguinte. Será que Roza estava escondida em algum lugar do festival? E se estava, como ele conseguiria encontrá-la, quando o festival parecia se estender por quilômetros e quilômetros e quilômetros, maior e mais extenso e mais denso que qualquer cidade, quando havia tantas pessoas, quando os pulmões estavam apertados e não o deixavam respirar? Ele procurou pelo familiar, pelos longos braços de Miguel, pelo rosto raivoso de abelha de Petey, pelo gigante Sean, por uma fileira de fúrculas, mas, se os Rude estavam aqui, ele não conseguia vê-los.

— Eu consigo encontrar você — disse Finn consigo mesmo, para Roza, para todos ali, quem quer que fossem. — Eu consigo.

Uma mulher olhou de relance para onde ele estava.

— Eu sou Roza — disse ela, com um sotaque polonês.

Finn olhou para ela, para os olhos verdes e o cabelo preto e o sorriso radiante.

— Não, não é — disse Finn.

Ele empurrou a mulher com os ombros e continuou atravessando as torrentes de pessoas.

— Eu sou Roza — disse outra mulher.

— Eu sou Roza.

— Eu sou Roza.

— Eu sou Roza.

— Não — disse Finn. — Não e não e não.

Ele fez um gesto para afastar um palhaço vendendo algodão-doce, e um mímico avançando contra um vento imaginário e um adolescente espinhento zurrando:

— Três tentativas para jogar o aro para ganhar um brinde para sua namorada. Você tem uma? Cadê sua garota? Cadê sua garota?

— Ela não é minha. Não é de ninguém — disse Finn.

— *Roza é minha* — zumbiu uma voz.

Finn se virou num movimento brusco, esquadrinhando os infinitos corpos que oscilavam e serpenteavam, um amplo mar de rostos, buscando o bolsão de imobilidade. Ali, ali, *bem ali*, ao lado de um homem em um monociclo fazendo malabarismo com espadas. Finn se lançou para a frente, mas a multidão avançou no mesmo ímpeto, empurrando-o e arrastando-o ao mesmo tempo. Ele deferiu socos e chutes até chegar ao malabarista, mas, quando conseguiu ir até lá, o bolsão de imobilidade já fora engolido pela multidão ondulante.

O malabarista soltou seus pinos de boliche e deu um sorriso de dentes cinzentos.

— Nunca vai encontrá-la.

Finn empurrou o malabarista para fora do monociclo e apoderou-se de uma das espadas. Ele apontou a espada para o malabarista.

— Diga onde ela está.

O sorriso do malabarista simplesmente cresceu.

— Você devia tomar mais cuidado ao manusear cobras.

A espada nas mãos de Finn se contorceu, e ele a largou no chão, onde ela se crispou, como um colmo de milho ao vento, e deslizou para uma tenda próxima. Finn mergulhou na tenda atrás dela, aterrissando nos cotovelos, a dor viajando até os ombros. Dentro da tenda estava escuro e silencioso. Ele se colocou de joelhos e se viu cara a cara com um jovem de cabelos negros.

— Quem é você? — perguntou Finn.

— Você não sabe? — retrucou o jovem.

Finn cambaleou até ficar de pé. Não importava quem o jovem era. Finn passou por ele e foi de novo interceptado por outro jovem, também de cabelos negros.

— Sai da minha frente! — disse Finn.

— Sai você mesmo da sua frente — retrucou o jovem.

Finn o empurrou para o lado com o ombro, mas escorregou quando seu ombro atingiu, em vez de carne, uma superfície polida, e ele tombou na terra. Esticou a mão novamente e tocou o vidro. O jovem diante dele também ergueu uma das mãos.

Um espelho.

— Salão de espelhos — disse Finn. — Que graça.

O reflexo riu dele.

— E você, era pra ser quem?

— Cale a boca — disse Finn, se erguendo novamente.

Manteve os olhos no chão, procurando pela cobra, e não nas dezenas de jovens que apareciam em espelho após espelho, após espelho, os jovens que não calavam a boca, cujas vozes chegaram a ele como as vozes do povo de Bone Gap, só que todos tinham a mesma voz, sua voz, a voz dentro da cabeça que tagarelava com ele e nunca o deixava dormir.

— *Você é uma piada.*

— *Você é uma aberração.*

— *Sua mãe abandonou você.*

— *Seu irmão odeia você.*

— *Petey não confia em você.*

— *Ninguém acredita em você.*

— *Você não conseguiu salvar Roza.*

— *Não vai conseguir salvá-la agora.*

— *Você não conseguiria reconhecê-la...*

— *... nem que a vida dela dependesse disso.*

— *... e depende,*

       depende,

              depende...

Finn abaixou a cabeça e colidiu contra o espelho seguinte, derrubando-o, mandando-o para cima do espelho atrás, e do próximo, como uma fileira de dominó, o último espelho abrindo um rasgo em um dos lados da tenda. Pegou um estilhaço de espelho e o empunhou como uma faca. Passou pelo rasgo da tenda, mais uma vez carregado por uma torrente de pessoas.

— Você nunca vai encontrá-la — disse uma garotinha com a mão toda melecada de sorvete.

— Você nunca vai encontrá-la — disse um garotinho com um urso de pelúcia gigante.

— Você nunca vai encontrá-la — disse uma mulher com um moicano rosa-shocking.

— Aposto que consigo — disse Finn. — Está me ouvindo, onde quer que esteja? Aposto que consigo vê-la melhor que você.

A multidão parou de se movimentar, virou-se para ele em uníssono. Sua mão apertou com mais força a faca improvisada, até ele sentir as pontas afundando em sua pele. Sangue quente pingou.

Uma voz zumbiu em seu ouvido.

— Guarde isso antes que as pessoas fiquem com fome.

— O quê?

O homem, o Espantalho, alto e imóvel, estava de pé ao seu lado. Sem pensar, Finn investiu com o estilhaço para cima dele, mas o Espantalho não se moveu; uma prova de quão imóvel, destemido e invencível era.

— Só está machucando a si mesmo. Além disso, os cidadãos gostam de sangue, não é? Sentem o cheiro.

A raiva familiar chacoalhou os ossos de Finn, mas a raiva não o ajudaria naquele momento. Ele deslizou o vidro para o bolso de trás da calça, limpou a palma da mão nos jeans.

— Aposto que consigo encontrá-la.

— Interessante — disse o homem. — Eu nunca entendi por que as pessoas escolhem fazer as coisas que são mais difíceis para elas. Você já ouviu falar das Xícaras Malucas?

Finn nem sequer teve tempo de dizer que sim quando o mundo ao seu redor começou a girar, rostos se misturando um no outro em borrões, as tendas e caminhões e pessoas se inclinavam num eixo até o chão e o céu trocarem de lugar: a terra acima dele, nuvens brancas abaixo. Pior que os giros, que a troca nauseante do céu com a terra, era o que acontecia às pessoas. No momento estavam todas ao seu redor, incapazes de ver, inconscientes, como se os pés estivessem grudados à terra acima da cabeça de Finn, os braços e cabelos pendurados, os corpos balançando feito animais pendurados em ganchos num abatedouro antes que as gargantas fossem cortadas.

O estômago de Finn deu uma guinada, e ele se esforçou ao máximo para não vomitar. O mundo parou de girar, mas o céu e a terra continuaram invertidos, os corpos ainda pendurados.

— Coloque-os de volta!

— Eles não se importam.

— Se eu a encontrar, você tem que deixá-la partir.

— Tenho?

— Sim.

— Huumm, talvez você esteja certo. Aceito sua aposta. Mas diga-me: o que você quer com ela? Não consegue nem ver a si mesmo. Nunca será capaz de apreciar uma beleza como a dela.

— O que você sabe sobre beleza?

— Esta história não vai acabar do jeito que você espera.

— Talvez também não acabe como você espera.

— É melhor você começar. Tem um monte de gente aqui. Isso pode levar um tempo. Talvez a eternidade. — O Espantalho se afastou de Finn, desaparecendo no emaranhado de corpos, como uma enguia recuando para o meio das ervas aquáticas.

Finn descreveu um círculo lentamente, absorvendo a imensidão de sua tarefa. Como poderia fazer isso? Não conseguia nem reconhecer a si mesmo em condições normais. Como reconheceria qualquer outra pessoa de ponta-cabeça?

Cravou as unhas na mão ferida. Não. Ele ia conseguir. Tinha que conseguir. Mas pareciam todos iguais. Ou será que não? As abelhas pareciam todas iguais, e ele identificara a rainha não por causa de suas listras especiais, nem por causa do tamanho, mas porque ela se movia com um objetivo. Ela podia ser a única que estava lutando. Mas talvez Roza também não conseguisse se mover, talvez estivesse tão dócil e inconsciente quanto os outros. Ele fechou os olhos e tentou visualizá-la, mas as feições se misturavam em sua cabeça, como as de todo mundo e de ninguém. Ele abriu os olhos e deixou a vista frouxa e embaçada, como tinha feito na casa de Petey. Andou vagarosa, cuidadosamente pelos corpos pendentes, tocando um depois do outro, observando a oscilação e o meneio dos braços e cabeça e mãos, dizendo *Sinto muito, sinto muito* enquanto o fazia, porque era sua culpa, porque ele *sentia* muito, e porque isso podia levar a eternidade, e a eternidade era tempo demais.

Petey

CORVOS

NO SEU LIVRO FAVORITO, O GAROTO COM O CORAÇÃO PARTIDO queima tudo o que a ex-namorada lhe dera de presente até virar cinzas, incluindo uma foto dela criança. Mas Petey não tinha fotos da infância para queimar até virar cinzas. Tudo o que tinha eram as imagens gravadas a fogo em seu cérebro e as sensações gravadas a fogo em sua pele, e como se apagava essas coisas? Enfiando-se no freezer? Mudando-se para o Ártico? Virando-se do avesso e esfregando tudo debaixo da ducha até sair?

Ela tirou um pedaço de papel que usava como marcador de livros, desdobrou-o, tentou alisá-lo em cima da cama. Era um poema intitulado "Redação".

Descreva os shorts que mudaram sua vida.

Luar na pele, quente sob os dedos.

A cor vermelha: por que ou por que não?

Não. Os olhos negros como ferrões.

A mãe espiou pela porta do quarto de Petey.

— Você está terrivelmente cabisbaixa hoje. O que houve?

Petey amassou o papel, fechou o livro.

— Nada.

— Finn não veio noite passada? Eu achava que ele vinha toda noite.

Imagens queimaram em seu cérebro, um rubor queimou suas bochechas.

— Como você ficou sabendo?

A mãe sorriu.

— Pareço idiota?

— Não — respondeu Petey.

— Espero que vocês estejam se protegendo.

O rubor tomou proporções nucleares, chamuscando a pele de Petey.

— Não é possível se proteger.

A mãe franziu o cenho, deu um passo para dentro do quarto.

— Petey, tem alguma coisa que você queira me dizer?

Escreva uma história que inclua um par de mocassins novo, o Monumento a Washington e um garfo de salada.

Eu preferiria contar sobre uma égua nova, uma floresta de vidro e uma noite longa e boa.

Petey dedilhou o velho cobertor ao pé da cama, o que levara para o lado de fora e estendeu diante da fogueira, em cima do qual ela e Finn ficaram juntos. Ela amava aquele cobertor. Odiava aquele cobertor.

— Não estou grávida, nem com doença nem nada parecido, se é o que você está perguntando.

— Não era isso — disse a mãe. — O que estou perguntando é: está tudo bem com você?

Estava? Ela tivera tanta certeza. Certeza de que Finn tinha cegueira para feições, e de que isso explicava tudo, incluindo o que ele sentia por ela. Certa de que significava que os sentimentos dele estavam, de alguma maneira, com defeito, assim como a capacidade dele de reconhecer rostos. Ela lera que era incurável, mas e se, um dia, aprendessem a curar? E se Finn a enxergasse e percebesse quão horrorosa era? Ele já sabia o que os outros pensavam. Ele ouvira o que diziam. E mudara de ideia sobre aparecer em público com ela, ele quisera levá-la para os fundos do café, como se fosse um segredo sujo. Então, e se ele começasse a olhar para ela da maneira como tantos outros olhavam, com uma mistura de fascinação e dúvida e aversão? Ela não conseguiria suportar.

Mas ela também não conseguia suportar aquilo. Talvez devesse queimar o cobertor. Talvez devesse fazer um vestido com ele e usá-lo pelo resto da vida.

— Petey? — disse a mãe.

— Vou ficar bem.

A mãe inspirou fundo, soltou o ar, como se estivesse se firmando em uma pose de ioga particularmente desafiadora.

— Se não quiser falar a respeito...

— Não quero.

A mãe colocou o cabelo de Petey atrás da orelha e assentiu, preocupação franzindo a pele ao redor dos olhos.

— Eu te amo, você sabe.

Uma dor se concentrou na parte de trás da garganta de Petey, e ela ficou com medo de desabar em lágrimas.

— Precisa que eu faça alguma coisa?

— Ah, bem. Se você se recusa a confiar seus mais profundos e obscuros segredos a sua mãe super maneira e receptiva, e se não estiver fazendo outra coisa, pode levar mais mel e cookies para Darla no café.

— Posso fazer isso — disse Petey, bastante grata por ter algum tipo de tarefa, algo para tirá-la de casa, levá-la para longe do apiário e do zumbido das abelhas e do tamborilar suave do córrego e do cheiro da grama e de todas as coisas que diziam a ela que talvez tivesse cometido um erro.

Ela e a mãe engancharam o carrinho na traseira do veículo surrado e o carregaram com o mel e os biscoitos. Petey subiu no ciclomotor e deu a partida, passando pelo Cachorro que Dorme no Asfalto, que não se deu o trabalho de erguer a cabeça. Ela parou na interseção da pista com a estrada principal, esperando um caminhão passar antes de fazer a curva. Seus sentimentos foram da gratidão à surpresa diante do fato de que ainda era preciso entregar mel e de que cachorros continuariam dormindo no meio do asfalto, e de que as pessoas seguiriam com suas vidas depois de uma garota ter arrancado o próprio coração e esmagado sob suas botas. Parecia que deveria haver uma cerimônia para assinalar tal ocasião, um dia de luto, talvez até uma semana ou duas durante as quais ninguém comeria ou descansaria ou trabalharia, e em vez disso ficariam todos de preto, sentados entristecidos, refletindo sobre as várias maneiras através das quais as pessoas anulam a si mesmas.

Descreva a pessoa que teve o maior impacto em sua vida, usando apenas advérbios.

Furiosamente, suavemente, ferozmente, surpreendentemente, deliciosamente, rapidamente, lentamente.

Mas, em vez de encontrar pessoas de luto e entristecidas refletindo sobre as maneiras como os outros são capazes de anular a si mesmos, Petey encontrou os Rude espreitando pela entrada do café. Então Petey se viu refletindo sobre de que maneiras poderia anular os outros e se safar.

Frank Rude caiu matando assim que a viu:

— Cadê o namorado, Petey?

— Cadê o seu? — retrucou Petey.

Frank ficou ruborizado e fez uma espécie de movimento espasmódico para a frente, e então recuou, feito um cachorro que repentinamente se lembrasse do enforcador na garganta.

O irmão, Derek, empurrou Frank para o lado.

— Não ligue para ele. Ele é um babaca ignorante. Avise pra gente se precisar de alguma coisa, tá bem?

— Hã?

— Não é legal, é só o que eu acho. Tá bem? Nada legal.

Todos os irmãos, a não ser Frank, concordaram. E Frank também, quando Derek deu uma cotovelada em suas costelas.

— O que não é legal?

— O idiota do Aluado. Fazendo, você sabe. O que ele fez.

O estômago de Petey se revirou, como se fosse possível ela se sentir pior.

— Está falando de Finn O'Sullivan? O que ele fez?

Derek enfiou as mãos nos bolsos com tanta força que pareceu que elas iam passar pelo tecido.

— Só não é legal, só isso. E eu... — Ele parecia querer dizer alguma coisa que o estava fazendo engasgar. — Me sinto mal.

— Você se sente mal — disse Petey.

— Quer ajuda com essa caixa?

Petey olhou para a caixa que estava segurando; não se lembrava de tê-la tirado do vagão.

— Não, tudo bem.

— Só estou dizendo, só isso — disse Derek, sem falar muita coisa que Petey pudesse compreender.

— Ok — disse Petey.

— Ok — disse Derek.

Ele e seus irmãos saíram andando, mas não antes de Frank olhar mais uma vez para trás.

Petey os observou, cada um deles com as pernas tão arqueadas e tão estranhamente cativante quanto uma criança no jardim de infância. O que é que tinha sido isso? E no que ela estava se transformando, achando os Rude cativantes?

Explique um momento que mudou sua visão de mundo, em forma de receita culinária.

Dois biscoitos, um quadrado de chocolate, um marshmallow, um pote de mel. Asse os marshmallows numa fogueira, aperte-os entre os biscoitos, mergulhe no mel, dê uma mordida.

Ela andou de costas até a entrada do café e carregou a caixa de mel e cookies até a bancada. Darla parou de conversar com Jonas Apple e correu até ela.

— Priscilla! Oh, isso é pesado demais! Você devia ter pedido ajuda!

— Mas sempre trago a caixa sozinha.

— É pesada demais — insistiu Darla.

— Para quem?

— E é mel! E flocos de mel! — exclamou Darla, como se Petey não viesse entregando esses itens no café havia anos. — Que agradável, não é, Jonas?

— É sim — respondeu Jonas Apple.

— Aqui, deixe que eu pego a caixa — ofereceu Darla. — Quer alguma coisa para beber? Ou alguma coisa para comer, talvez?

— As batatas fritas estão bem crocantes hoje — disse Jonas.

— Não, estou bem — respondeu Petey.

Claramente, todo mundo tinha resolvido achar algo de cativante em *Petey*, um pensamento que era um pouco desconcertante. Petey não queria que ninguém a achasse cativante. Pelo menos ninguém que estava ali.

Darla colocou a mão sobre a de Petey.

— Tem certeza de que não precisa de algo para comer ou beber?

Petey franziu o cenho diante da mão de Darla.

— Acho que eu gostaria de um chá gelado. Para viagem.

— É pra já! — exclamou Darla. Ela agarrou um copo de papel encerado e o encheu com chá gelado e um limão, colocou a tampa, e o levou de volta a Petey. — É por conta da casa. E deixe eu te pagar pelo mel e os cookies. — Ela abriu a caixa registradora e contou algumas notas. Quando entregou as notas a Petey, disse: — E aíííííííí. — Esticando a vogal com uma informalidade tão forçada que um aluno do primeiro ano teria desconfiado. — Vai encontrar o Avoado aqui hoje?

— Não — disse Petey.

— Bem, talvez seja melhor assim — comentou Darla.

— O que talvez seja melhor?

Darla fez um beicinho.

— Não encontrar o Avoado.

Petey enfiou as notas no bolso de trás da calça.

— E por que isso seria o melhor?

Darla desfez o beicinho, refez. Lançou um olhar para Jonas.

— O menino só tem *alguns* parafusos presos, entende o que eu digo? — comentou ele.

— Não — disse Petey. — Realmente não entendo.

— Ele não bate bem da cabeça. Nunca bateu. Você não precisa de um menino daqueles brincando com você.

— *Brincando comigo*? — perguntou Petey, muito mais alto do que planejara.

Qualquer um no café que não estivesse prestando atenção, passara a prestar.

Escreva sobre o momento em que suas intenções foram mais indecorosas na forma de biscoito da sorte.

Cair nas ervas daninhas apenas uma vez nunca será o suficiente.

Petey repetiu:

— Quem disse que ele estava brincando comigo?

— Hã, ninguém, na verdade — gaguejou Darla. — Quero dizer...

— É sobre isso que vocês todos andam falando? É por isso que os Rude foram tão gentis comigo ainda há pouco? Os *Rude*?

— Bem — começou Darla. — Você sabe que não somos de fazer fofoca. Só estamos preocupados, é só isso.

Petey cerrou os dentes.

— Não tem ninguém brincando comigo.

— Ufa! Que coisa boa de ouvir! — disse Darla. — Não é bom ouvir isso, Jonas?

Petey falou, mais para si mesma que para qualquer outra pessoa:

— Ele disse que me amava.

Darla entendeu.

— Ah, querida, foi isso que ele falou para você? Isso é o que todos dizem.

— É? — falou Petey.

Mas ela não estava perguntando de verdade. Deixou o chá gelado na bancada e saiu correndo do café. Subiu no ciclomotor. Um quilômetro depois, viu o papel enfeitando as árvores e arbustos diante da casa de Finn. Quantos rolos de papel higiênico tinham usado? Dezenas? Centenas?

Sean estava do lado de fora, as mãos nos quadris, inspecionando a desordem. Petey largou o ciclomotor no meio da pista e foi batendo os pés até onde ele estava.

— Finn está?

— Não — respondeu Sean. — Saiu no meio da madrugada.

— Sabe aonde ele foi?

Sean sacudiu a cabeça.

— Presumi que estivesse com você.

— Não. — Ela fez um gesto com a cabeça, indicando as árvores. — Os Rude?

Sean deu de ombros.

— Seu palpite vale tanto quanto o meu.

Um bando de corvos se reunira em uma das árvores, crocitando e batendo as asas.

— Os corvos gostaram — disse Petey.

— Acho que isso significa que não vão me ajudar a limpar — disse Sean.

Ele chutou uma pedra. Se aquele não fosse Sean O'Sullivan, Petey imaginaria que estava chateado. Mas Sean O'Sullivan não se chateava. Não visivelmente.

Sean chutou outra pedra.

Mas talvez fosse o caso no momento.

Sean começou a puxar o papel dos galhos, amassando-o e largando no chão. Depois de um minuto, Petey se juntou a ele, tirando o papel dos arbustos e canteiros de flores. As flores pareciam tristes, murchas e desanimadas. Petey simpatizava com elas.

Você preferiria ser um robô, um alienígena ou um lobo?
lobo. Fica melhor para...

— Essas flores não parecem muito bem — disse ela.

— Tem sido assim desde que... — Ele não completou a frase

— Desde o que aconteceu com Roza? — perguntou Petey.

— Desde o que aconteceu com Roza — respondeu Sean.

Petey se perguntou qual fora a última vez em que ele dissera aquele nome em voz alta. Todos os desenhos no caderno de Sean passaram pela cabeça de Petey, e suas bochechas arderam. Ela se abaixou para reunir o papel em uma bola mais compacta.

— Não precisa fazer isso — disse Sean.

— Eu devia ajudar. Quem quer que tenha feito isto, acho que foi por minha causa.

— Ah, é?

Ela arrancou um pouco de papel de um azevinho cheio de espinhos que não parecia querer ceder, jogou a pilha de papel na grama.

— As pessoas acham que Finn está brincando comigo.

Sean parou de arrancar e amassar.

— Que pessoas?

Foi a vez de Petey dar de ombros.

— As pessoas. De repente, Bone Gap está repleta de espécimes preocupados e cavalheirescos com um monte de papel higiênico sobrando. Quem imaginaria?

Sean fez um sonzinho baixo. Uma risada? E então ele levou a mão à boca.

— Espere — disse Petey, dando alguns passos para mais perto dele. — Isso aí é um lábio inchado?

— Não.

Ela chegou mais perto. Ele era grande, claro, e não tinha nem a metade da beleza de Finn, mas era bonito de um jeito diferente, mais bonito com o lábio avolumado. Fazia com que parecesse humano.

— Alguém bateu em você? — perguntou ela.

— Não.

— Alguém bateu em você. Quem seria tão burro?

Outro sonzinho.

— *Finn* bateu em você?

Sean olhou para Petey, a mais minúscula, mais ínfima sugestão de um sorriso brincando nos lábios feridos.

— Ele estava meio chateado.

— Com o quê?

Sean hesitou. E então:

— Parece que ele é um desses espécimes cavalheirescos.

Petey deu um passo para trás.

— Ah.

— Sinto muito — disse Sean. — Ele estava... Quero dizer, eu sei como ele se sente. E eu estava errado. Sobre muitas coisas.

Escreva um haicai em homenagem a uma pessoa que você admira.
Você é primavera espinhosa,
verão zumbindo, asas batendo
para afastar os fantasmas do inverno.

Eles desenrolaram mais papel higiênico em silêncio. Então Petey disse:

— Então ele comentou com você da doença.

Sean franziu a testa.

— Que doença?

Petey parou de mexer no papel.

— Ah. Nada.

— Os médicos encontraram alguma coisa no hospital?

— Não. Esquece.

— Você tem que me contar.

— Pode perguntar a Finn quando ele voltar. Vocês dois deviam conversar, de qualquer jeito.

Sean colocou as mãos nos ombros dela e a virou para encará-la. Petey não era baixa, mas mal chegava ao queixo dele.

— Priscilla. *Petey*. Do que é que você está falando? Que doença?

— Não sei se ele tem mesmo. Não sei se estou certa a respeito. E é ele que devia contar para você.

Ele a soltou.

— A lata de lixo. Ele estava lendo um monte de coisa e jogou tudo no lixo. Eu nem...

Sean se afastou correndo e entrou rapidamente na casa, a porta de tela batendo atrás de si.

Proponha uma teoria para explicar um destes mistérios eternos: o sorriso da Mona Lisa, os desenhos geométricos nas plantações ou o queijo Velveeta.

> Eis uma teoria do amor:
> você acha uma irmã, é um ganho
> um irmão, é uma perda
> uma irmã, é uma perda
> um irmão, você perde um gato
> encontra uma garota, beija
> uma garota, encontra um gato,
> torce
> que não haja mais nada a perder, e
> que tudo o que houver, seja para se encontrar

Petey arrancou mais papel dos troncos das árvores, dos arbustos, das flores, tudo o que não estivesse alto demais. Olhou para cima, para a copa de folhas que começavam a amarelar, e até a cair. Como conseguiram jogar o papel higiênico até lá em cima daquele jeito? Sean ia precisar de uma escada.

Bem nessa hora, um corvo voou de cima de um dos galhos, uma faixa de papel higiênico na boca. Pouco tempo depois, outro corvo fez a mesma coisa, e outro, e outro. Os corvos voavam e mergulhavam e crocitavam, as faixas de papel chovendo nos ombros de Petey, e a grama e os canteiros de flores ao redor dela, os pássaros a ajudando com aquela pequena tarefa, e lhe dizendo com suas asas brilhosas e risadas inteligentes que as verdadeiramente impossíveis estavam ainda por vir.

Roza

ABATE

NO COMEÇO, ELA LUTOU, ESTREBUCHOU E SE CONTORCEU E GRI-
tou. Mas não fazia sentido. Os pés estavam bem grudados, do jeito
que as luminárias na casa de subúrbio estavam grudadas no chão
para que ela não pudesse usá-las como armas. Seus pés nunca seriam armas. Corriam quando não deviam e ficavam presos quando
deviam correr.

E então ela viu os outros. Não fazia ideia de onde tinham vindo,
todas essas pessoas penduradas de cabeça para baixo. Também não
estavam presas por cordas, mas não se davam o trabalho de estrebu-
char e se contorcer. Sequer pareciam conscientes.

Mas é claro que não estavam conscientes.

Estavam mortos.

Ou quase.

Ela poderia ter achado que estava morta também, mas sabia que
não estava. O sangue correu para a cabeça, deixando-a zonza, mas
não tão zonza a ponto de não estar ciente de que o vestido estava
caído a partir da cintura, expondo suas pernas, suas roupas de bai-

xo, seu *corpo*. Ela brigou contra o vestido também, não conseguiu evitar, lutou para mantê-lo no lugar, mas seus braços se cansaram, e em pouco tempo ela permitiu que as mãos ficassem penduradas, os dedos esticados para as nuvens abaixo. Como era possível que houvesse nuvens embaixo dela? Por que ela continuava se perguntando *como*, quando o homem podia fazer qualquer coisa com esse lugar, incluindo virá-lo de cabeça para baixo quando lhe convinha? Quanto mais o tempo passava, mais poderoso ele ficava.

Seria melhor ou pior estar morta? Mesmo que fosse melhor estar morta, ela não tinha com o que se matar. Talvez ficar pendurada ali a matasse.

Os dedos brincaram com as nuvens, e ela imaginou Sean andando a passos largos até ela, libertando-a daquela terrível prisão. Ela não se permitira pensar muito nele, porque pensar nele fazia com que suspirasse, e o homem perguntava a respeito, e a tocava, e ela se lembrava da maneira como ela tocara Sean, e a tristeza agarrava sua garganta do mesmo jeito que o homem de olhos gélidos, e o toque se misturaria em sua cabeça até que o pensamento de qualquer pessoa tocando-a novamente lhe desse vontade de arrancar a própria pele.

Sean nunca dissera que a amava. Ele lhe dera os desenhos, comera sua comida como se estivesse comungando, tremera quando ela o beijara, mas nunca falara em voz alta. E ela também não, os dois se escondendo atrás de suas línguas maternas, como se não houvesse maneira de preencher essa lacuna.

Ela lamentava não ter sido mais corajosa quando teve oportunidade.

Perto, um corpo balançou, e suas vísceras se retesaram, a pulsação martelando em seus ouvidos e sua têmpora. Ele estava vindo, e não se daria o trabalho de fazer mais nenhuma pergunta, porque o que e a quem ela amava não importavam. Mas ela já decidira. Ainda diria não, ainda que não pudesse escapar, ainda que o mundo tivesse girado no próprio eixo, ainda que seus pés estivessem descalços e desagradáveis e inúteis, ainda que ela estivesse praticamente seminua e tão humilhada que não havia palavra que pudesse captar a ideia, ainda que ela não pudesse ter certeza de que Sean jamais a amara, ainda que esse fosse seu fim, ou apenas um de vários fins terríveis, ela diria não, não, não, não, não.

— Não — disse ela.

Um sibilo baixo veio de um dos corpos pendurados. Seu pé pareceu solto, e ela o destacou da grama acima.

— Roza!

Ela abriu os olhos. Alguém estava abrindo caminho pelo mar de corpos, vindo em sua direção, alguém alto e moreno e...

— Finn?

— Roza! — Finn se atrapalhou com a barra do vestido, puxando-a para cima para cobri-la. — Eu sabia que era você. Sabia. Vi seu cabelo, e pensei... Será? Mas foram suas mãos. Me lembrei do desenho que Sean fez. Do desenho de suas mãos. Não é uma loucura?

Era o máximo de palavras que Finn já falara para ela de uma só vez, todas se derramando de sua boca em uma explosão acalorada, e ela não entendeu quase nenhuma.

— Como?

— Não importa. — Ele puxou a perna dela. — Como diabos você pode estar presa assim? — Ele parou de lhe puxar as pernas e gritou: — Eu a encontrei! Está me ouvindo, seu canalha bizarro? Eu a encontrei! Agora deixe-a ir!

Qualquer que fosse a força que estivera segurando a sola do pé de Roza na terra acima de repente cedeu, e Roza teria caído de cabeça nas nuvens se Finn não a tivesse segurado, firmando-a sobre os pés dormentes. Então houve outra troca enjoativa de grama com céu, e o mundo estava de cabeça para cima de novo. As pessoas, os milhares de pessoas que estavam tão pacifica e silenciosamente penduradas, cercavam Roza e Finn, agachados feito animais, os dentes de agulhas arreganhados.

O homem de olhos gélidos apareceu, parado em um palco próximo, como se estivesse prestes a começar um discurso. Parecia mais alto, seus olhos mais gélidos que nunca.

Finn pegou o braço de Roza e começou a puxá-la quando o homem disse:

— Estou impressionado. Mas isso não muda nada.

— O quê? — perguntou Finn.

— Você apostou que conseguia encontrá-la, e, se conseguisse, eu tinha que deixá-la partir. Mas não falou nada sobre si mesmo. Então, se ela partir, você tem que ficar. — Ele direcionou o olhar para Roza, os olhos que arranhavam, que sabiam, terríveis. — Mas Roza nunca vai permitir uma coisa dessas.

Finn olhou para Roza e largou seu braço. A mandíbula tensionada. Ele já decidira havia muito tempo.

— Diga a Sean que eu...

— Não! — disse Roza.

— Roza, você pode mandar ajuda ou algo assim.

— Mandar para onde? — perguntou Roza.

Quando deixasse aquele lugar, se conseguisse encontrar o caminho para sair dali, sabia que nunca mais conseguiria voltar para lá.

E se o homem de olhos gélidos era poderoso o bastante para construir castelos da noite para o dia e deixar o mundo de cabeça para baixo, não poderia voltar para buscá-la quando bem entendesse? Quão segura ela estaria? Quão segura jamais poderia estar?

E se fugisse àquela altura, se deixasse Finn ali, nunca se perdoaria.

O homem de olhos gélidos parecia compreender isso, tão serena que era sua expressão. Ele achava que sabia como aquela história terminava. Ele achava que a tinha escrito.

— Mas, se Roza concordar em ficar no seu lugar, bem, então... — disse ele.

Finn balançou a cabeça, xingando baixinho. Roza percebeu um brilho prateado sob o sol que brilhava demais. Um estilhaço de vidro piscando no bolso de trás da calça de Finn.

Quando vai fazer alguma coisa com essa faca?

Em polonês, Roza perguntou:

— Por que você quer a mim?

— Você sabe — disse o homem.

— Quero ouvir de novo.

Mais uma vez, o sorriso sereno. A história dele, escrita de seu jeito, com o final que ele sempre esperara.

— Mulheres adoráveis são tão vaidosas. Você finge que não, mas não pode fingir por muito tempo.

— Fale para mim — disse Roza.

— Porque você é bela.

— A mais bela?

O homem assentiu, saboreando o momento, o momento em que conseguiria ficar com seu prêmio, o que ele roubara, o que ele achava que merecia.

— A mulher mais bela de todas.

— Se eu não fosse, você me deixaria partir?

— Se não fosse, sequer estaria aqui para começo de conversa.

— E você deixaria que ele partisse?

— Ele também nem estaria aqui — disse o homem de olhos gélidos.

— Roza — sussurrou Finn. — Do que vocês dois estão falando? Por que você não vai embora daqui? Eu vou pensar em alguma coisa, está bem? Diga a Sean que eu sinto muito.

— Diga você a ele — retrucou Roza, em inglês.

Ela puxou o estilhaço de espelho do bolso de trás de Finn e o ergueu para a luz.

O homem de olhos gélidos disse:

— Mulheres lindas são tão...

Roza cortou o próprio rosto de uma orelha até o canto da boca.

— Roza! — gritou Finn.

— Não! — uivou o homem. — Não, não, não, não, não! — Ele repetiu várias vezes, como se fosse a única palavra que era capaz de dizer.

— Sim — sussurrou Roza.

Segundos se passaram antes que a dor começasse, uma dor abrasadora, uma linha de fogo, sangue que queimava ao escorrer pelo rosto e pescoço. Apesar da dor e do sangue, Roza captou a expressão de horror congelado e imóvel do homem de olhos gélidos e se deleitou com isso, enlevada. Era delicioso, o terror. Ela queria ver mais de perto.

Queria *comer* o terror.

Andou até o palco e se colocou bem diante do homem, deixando que visse o ferimento, seu interior vermelho e fervilhante, o lugar onde sua fúria pulsava, onde seu fogo vivia.

— *Você já me ama, agora?* — perguntou ela.

Ele recuou diante dela, da visão dela.

— Você não me ama porque não consegue me ver — disse ela. — Olhe! Olhe! Eu sou linda agora. *Eu sou linda.*

O homem de olhos gélidos disse:

— Você é minha. — Ele gesticulou com uma das mãos para o rosto de Roza. Mas o ferimento não se fechou, não sarou, e o sangue continuou se derramando pelo rosto e pescoço, quente e grosso. O homem gesticulou outra vez e outra, mais freneticamente a cada vez.

— O que você pensa que fez? — perguntou o homem. — Você se arruinou. Ninguém vai querê-la agora.

— Então eu não os quero — disse Roza. — Meninos tolos que largam você nas poças. Vocês são a poça.

Finn se aproximou.

— Não sei o que vocês estão falando, mas acho que temos outros problemas aqui.

Roza se virou. Os campos — onde quer que estivessem, o que quer que fossem — haviam escurecido, a grama amarelando sob seus pés, as atrações do parque ficando enferrujadas, as maçãs do amor mofando, o cheiro de podridão e umidade e água parada agredindo suas narinas. As pessoas, milhares, se arrastaram para a frente, seus braços e pernas se estirando, se alongando enquanto mancavam e rastejavam e deslizavam para a frente feito insetos.

— Parem! — disse o homem de olhos gélidos conforme as criaturas avançavam. — Eu peguei vocês. São meus. Farão o que eu mandar.

— Acho que eles não acreditam em você — disse Finn.

— Parem! — urrou o homem, conforme um zumbido se ergueu da multidão. Asas irromperam das costas, mandíbulas das bocas. O zumbido ficou cada vez mais alto, e mais alto conforme o homem era atacado pelo enxame.

Roza agarrou a mão de Finn.

— Vamos!

Eles se viraram e correram. As criaturas deram uma guinada para cima de Roza — atacando-a ou tentando ajudá-la, ela não sabia qual. Finn os afastou como pôde, mas elas laceraram os braços e vestido de Roza, suas línguas negras se agitando e tremulando. Uma avançou para ela — talvez tivesse sido um homem outrora, mas no momento parecia uma espécie de vespa —, e Finn e essa criatura a seguraram, cada um de um lado, como se ela fosse um pedaço de corda. Ela gritou, e um gigantesco borrão avermelhado colidiu contra o homem--vespa, os dentes amarelos arrancando seu longo rosto quitinoso.

— O que foi aquilo? — gritou Finn.

— Meu amigo — disse Roza.

Ela e Finn e Rus correram do terreno do festival. Roza quase gritou de alívio.

— O milho! — disse Roza, ao mesmo tempo que Finn.

Ao som do próprio nome, o milho pareceu ficar mais alto, mais verde, mais abundante, se esticando para o céu, vivo *mesmo*. Eles se jogaram em seus exuberantes braços verdes, e ele os puxou para dentro, escondendo-os e protegendo-os, levando-os de um mundo para outro. Eles correram até não conseguirem mais correr, até que um rio verde se transformou em um rio azul, água azul que corria e os levava em uma torrente selvagem. Roza manteve uma das mãos firme no pelo de Rus, e a outra na de Finn enquanto a água os carregava, até que seus pés roçaram nas pedras no fundo, até estarem correndo de novo, e então andando, as águas se retraindo até virar um riacho, um córrego, um emaranhado selvagem de plantas. Eles desaceleraram, tropeçando, segurando-se um no outro ao irromper da parede de plantas e se derramar numa estrada familiar.

Ficaram de pé, arquejando à luz mortiça, pulando de susto quando alguma outra coisa fazia barulho contra o milho. Rus, dançando ao lado de Roza feito um pônei monstruoso e desgrenhado. Ela caiu de joelhos na estrada, sem se importar com a aspereza do asfalto em sua pele nua, e envolveu com os braços o pescoço felpudo.

— Isso é um lobo? — perguntou Finn.

— Cachorro — disse Roza.

— Eu não acho que seja. — Finn observou o milharal como se esperasse que um exército de monstros irrompesse dali.

— Não vêm — disse Roza. Ela não poderia explicar como sabia, mas sabia. O homem não ia segui-los. Ele não podia.

Uma brisa súbita fez o cabelo de Finn dançar.

— Quer dizer que é isso? É o fim?

— Não o fim — disse Roza. — A liberdade.

Finn

ALVORECER

FICARAM NA ESTRADA POR UM TEMPO — FINN COM O OLHAR atento a monstros ameaçadores e Espantalhos, Roza abraçando a estranha fera que os seguira para fora da brecha. Incrivelmente, Finn se esquecera do que Roza fizera para libertá-los, até que viu a mancha escura no pelo avermelhado da fera.

— Roza. Seu rosto. Precisamos de alguma coisa para... — Ele apalpou os bolsos, mas não tinha nada para conter o sangramento.

Ela se abaixou, rasgou um pedaço de tecido da parte de baixo do vestido. Pressionou o tecido na bochecha.

— Eu viva — disse ela, levantando-se. Ela sorriu para ele, apesar do quanto isso devia doer. — Eu viva.

Começaram a andar.

— Ele chegou a... ele... — Finn não conseguia dizer: *Ele chegou a tocar em você? Ele chegou a machucá-la de um jeito mais profundo do que esse corte no seu rosto?* Finn examinou os próprios sapatos, a água pingando dos cadarços para o asfalto. Em qualquer outro momento, ele poderia ter comentado algo sobre a impossibilidade do que acon-

tecera, como fora algum tipo de pesadelo terrível que eles precisavam, que *ela* precisava esquecer. Em vez disso, ele disse: — Sean teria
vindo se pudesse.

Ela acariciou a cabeça do cachorro:

— Não importa.

Não era hora para isso, ela estava machucada, era idiota, mas ele
continuou falando:

— Importa — disse Finn. — É só que... ele não pôde vir. Por minha causa. E quando contei o que vi, que um homem levou você,
ele não acreditou em mim. Não é culpa dele. Ninguém acreditou em
mim. Eu não descrevi o homem muito bem. Não tenho facilidade em
lembrar rostos.

Roza assentiu.

— Eu sei.

— Você sabe? Sabe que acho difícil lembrar rostos?

Ela pegou a mão do garoto e a apertou.

— Quem não sabe isso? — perguntou ela, como se fosse a coisa
mais evidente do mundo.

— Certo — disse ele. — Quem não sabe?

Ela lhe soltou a mão e lhe deu o braço, os cotovelos unidos como
elos em uma corrente. Eles continuaram descendo a estrada escura
em direção à cidade. Ele sentia cada passo — o roçar de suas meias
molhadas nos sapatos, a ardência de sua perna ferida, a dor em sua
mão —, mas também se sentia mais ele próprio do que jamais sentira
antes. Então tentou mais uma vez.

— Quanto ao que vi, quanto ao que aconteceu com você — disse
ele. — Não é só porque tenho dificuldade de reconhecer rostos. Eu
não tinha entendido que você tinha ido com o homem para me salvar. Foi o que você fez, certo? Porque isso significaria que você não
queria nos deixar para trás. Significaria que não queria deixar *Sean*
para trás. E todo mundo vai embora e deixa Sean. Entende?

— Burrice — disse ela.

— Burrice é se cortar desse jeito.

— Salvei você, você me salvou, eu salvei você. A gente salva, vai salvar de novo. Ciclos.

— Se você quisesse ficar em Bone Gap, isso quereria dizer que Sean é uma pessoa por quem vale a pena ficar. E ele não sabe disso. Mas talvez você possa perdoá-lo por não saber?

— Não — disse Roza.

— É justo, eu acho. Não culpo você. Se serve de consolação, eu dei um soco nele antes de ir buscar você.

— Bom — disse Roza. — Eu também dou soco.

— Já deu — disse Finn. — Ele nunca mais vai ser o mesmo.

Andaram em silêncio por algum tempo, os braços ainda unidos, refletindo sobre quem mais não era como antes, e de que maneiras. Quase haviam chegado à casa de Finn quando ouviram os zumbidos. Não o apavorante zumbido dos pesadelos, não o zumbido baixo das abelhas sonolentas, mas o zumbido do povo de Bone Gap, todos reunidos no pátio diante da casa de Finn. Jonas Apple. Charlie Valentim. Amber Hass. Miguel Cordero. Mel Willis.

Petey.

E então todos começaram a falar ao mesmo tempo, as vozes se erguendo em um crescendo de alívio e aflição:

— Ali estão eles!

— Ai, graças a Deus!

— Aquilo é um coiote?

— É um lobisomem?

— Ela está sangrando!

— O rosto dela! Ai, não! O rosto dela!

— Alguém pegue um cobertor!

— Alguém os leve para um hospital!

Finn e Roza passaram por cada uma das pessoas, alguns deles estendendo as mãos e puxando-as de volta, como se tivessem medo de que ela não fosse real, de que aquilo não estivesse acontecendo. Roza parou para tocar um dos braços de Miguel, para assentir para Petey.

— Você estava certa a respeito das abelhas — disse Roza.

Os olhos de Petey nunca tinham parecido tão grandes.

— O quê?

Sean abriu caminho com os ombros pela aglomeração, correndo na direção de Finn e Roza. Ele parou bruscamente ao vê-la, o pano ensanguentado que ela segurava sobre a bochecha.

— Ai — disse ele. — Ai, não!

— Sim — disse ela.

Soltou o braço de Finn e deu um passo adiante. Por um segundo, Finn temeu que ela fosse dar um soco no irmão, ou dizer a ele que não o perdoaria, ou gritar com todos eles por não terem procurando o bastante ou por mais tempo.

Mas ela largou o pano ensanguentado no chão, pegou a mãozorra de Sean em sua mãozinha e a pousou sobre o terrível ferimento.

— Cuida.

— Vamos levá-la para o hospital agora mesmo. Conheço um médico que...

— Não, *você* cuida.

Sean sacudiu a cabeça como um cachorro sacudindo água do corpo.

— Eu dirijo uma ambulância, Roza, não sou cirurgião, nunca vou ser um cirurgião, eu não posso...

— Você me ama.

— O quê? Eu...

— Não é pergunta. Você me ama.

Sean engoliu em seco.

— Sim.

— Eu amo você. Mesmo você tão idiota.

O queixo dele caiu. E aí:

— Ok.

— Você cuida.

— Roza, por favor. Eu não...

— O quê?

287

Sean sacudiu a cabeça, não, não, não, exatamente como Roza fizera quando a encontraram no celeiro.

— Eu não pude ir buscar você. Não fui atrás de você.

— Não, você me esperou. Eu voltei por você. Você me vê. Você vê.

Sean piscou. Petrificado, apavorado, até que Finn disse:

— Venha, irmão. Vamos pegar sua maleta.

A alvorada espraiava seus róseos dedos pelo céu quando Sean terminou vinte dos menores e mais bem-feitos pontos que seus grandes dedos conseguiram costurar, e que jamais conseguiriam. Foi só depois que ele repousou a agulha recurvada na mesa da cozinha que as mãos começaram a tremer, e então seus ombros. Finn nunca vira o irmão chorar antes, e não pretendia ver naquele momento. Ele deixou Sean com Roza, e eles cuidaram um do outro como cuidariam de qualquer jardim, trocando carícias, como se pretendessem fazer algo dentro de si irromper e florescer, quer estivessem prontos para isso ou não.

Finn fechou as cortinas da sala de estar para evitar os olhares boquiabertos do povo que entupia o pátio. Então desabou no sofá ao lado de Petey. Rus, o lobo-cachorro-coiote, estava esparramado no tapete enquanto Jane Calamidade o olhava de cara feia do corredor.

— Vai me contar o que aconteceu? — perguntou Petey.

— Talvez — disse ele. — Em algum momento.

— Você devia ter deixado Sean dar uma olhada em você também. Está meio moído.

Ele estava moído de várias maneiras.

— Sean está lá dentro *chorando*, o que, foi mal, é esquisito demais.

— É como ver um super-herói chorar.

— Exato! Além disso, sou mais forte que pareço.

— Eu sei — disse Petey. Ela mordeu o lábio. — Então, se você não vai me contar o que aconteceu com você, que tal se eu contar o que aconteceu comigo?

Finn estava fazendo o possível para não olhar para ela. Olhar para ela doía, e várias partes do corpo dele já estavam doloridas.

— Claro. Tanto faz.

— Foram os Rude.

— Foram os Rude que o quê?

— Eu fui entregar mel no PAPO & PRATO? E estava pensando que era tão esquisito que o mundo pudesse continuar girando. Quero dizer, que ainda era preciso entregar mel e seria necessário colher legumes e a roupa teria que ser lavada enquanto eu estava tão infeliz.

— Você estava infeliz — disse Finn.

— Mas o mundo continua de fato girando, mesmo quando você está infeliz, caso você não saiba disso, e então fui ao Papo & Prato com o mel como sempre faço. E Frank Rude começou a me encher do jeito que *sempre* faz, e sabe o que aconteceu?

— Você o atropelou com o ciclomotor?

— Não. Os *irmãos* dele me defenderam. Os próprios irmãos! Me disseram que era errado, o que você tinha feito comigo, e que eles sentiam muito.

Finn olhou para ela.

— Espere! O que eu fiz com você? O que foi que *eu* fiz com *você*?

— Só me escute por um instante. Aí eu entrei na lanchonete, e todo mundo lá dentro estava tentando me consolar: os Rude, Darla, Jonas, todo mundo. Achavam que você tinha me usado e me largado, e que era por isso que eu parecia triste. Como se estivéssemos todos dentro de um romance do século XIX ou alguma coisa assim, e só os homens saíssem por aí partindo corações.

— Um monte de corações partidos nos romances do século XIX.

— Eles simplesmente presumiram que a culpa fosse sua. Porque, você sabe...

— Eu sou o Avoado.

— Porque eu sou... por causa de minha aparência. Você não queria me ver na lanchonete. Quis ir sentar nos fundos.

— Não foi isso... — começou ele, mas conseguia ver então, ver como ela havia encarado.

Ele ouvira as porcarias que disseram sobre ela, mas sempre presumira que ela era bravia demais para se importar. Mas quem era bravio a ponto de não se importar?

— Eu não queria que ficassem falando da gente. Eu achei que queria, mas na verdade, não — disse ele.

— Por que se importava com o que iam dizer?

Ele fechou os olhos porque claramente eles não serviam de nada.

— Eles iam entender errado.

Petey suspirou.

— Sempre entendem errado. E assim que os Rude começaram a falar, e os Rude, de todas as pessoas, achei que eu tivesse entendido errado também. Eu vim aqui procurar você, e em vez disso achei Sean. Ele estava limpando o quintal, que tinha sido mumificado.

— O quê?

— Papel higiênico em todo canto. Nos arbustos, nas árvores, e por toda a grama. Eu acho que foram os Rude. Lutando pela minha honra, coisa e tal.

— O que diabos os Rude sabem sobre honra?

— Talvez também tenham lido um monte de romances do século XIX, quem sabe? — Petey contou a ele sobre a conversa com Sean, sobre ter reparado no lábio inchado, e o fato de que ela talvez tivesse mencionado o que descobrira sobre Finn.

— Talvez?

— Ele pirou, e lembramos que você falou que tinha visto o homem que sequestrou Roza na casa de Charlie Valentim, então fomos até lá. Encontramos Charlie. Ele disse algumas coisas loucas.

— Ele é velho. Gente velha conta muitas histórias.

— Você também é um super-herói agora, sabia?

Finn passou a palma da mão pelo rosto.

— Para.

— Estou tentando pedir desculpas.

— Você está se demorando.

Petey apertou o lóbulo da orelha. Os lóbulos da orelha dela eram incríveis.

— Você acha que foi magia? Quero dizer, quando cavalgamos Noturna e vimos todas aquelas coisas estranhas?

— Eu não me importo se era magia. Eu só me importava que estava com você.

— Você está bravo.

— Estou moído demais para ficar bravo.

— Está bravo. Eu entendo, também estaria.

Finn mexeu na calça jeans, que ficara rígida quando a água do rio secou. Ele precisava de uma ducha. Precisava da cama.

— Você não confiou em mim.

— Eu sinto muito.

— Não acreditou em mim.

— Eu sinto muito mesmo.

— E foi muita coisa para despejar em mim, toda aquela coisa de cegueira para feições. Ainda mais depois de... bem, depois...

— Eu sei. Eu sinto muito. Sinto mesmo! Sou estúpida. Muito estúpida.

— Você *é* estúpida. Linda, mas estúpida.

— Linda?

— Nada de ficar me pedindo para repetir elogio.

— Você também é lindo — disse ela.

— E estúpido?

— Totalmente estúpido.

— Sinto muito, Petey.

O braço da garota encostou no dele.

— O que podemos fazer para compensar?

Tentar compreender o que ele pensava, o que sentia, o que pensava sobre tudo o que sentia e vice-versa era como tentar abrir uma porta trancada a cabeçadas. Ele não estava conseguindo resultados. As únicas coisas de que tinha certeza: era uma droga ela não ter confiado nele, era uma droga essa cegueira, era uma droga ela não estar sentada em seu colo.

— Você está sorrindo — disse ela.

— Tô nada.

— Um pouquinho.

— Não é sorriso.

— O que é?

— É minha cara de quem está pensando.

— Eu sei no que está pensando.

— Não tem como. Sou misterioso demais para você.

— É algo indecoroso?

— Ligeiramente.

— Nesse caso, estou decepcionada.

— Eu perdoo você — disse ele.

Ela se aproximou tanto que ele pôde sentir o cheiro de hortelã de seu chiclete.

— Perdoa?

— Talvez. Em algum momento.

Petey colocou a mão no joelho dele.

— Já é alguma coisa.

Depois que Petey foi embora, arrastando o povo de Bone Gap com ela — incluindo um Jonas Apple se queixando energicamente de que precisava de relatos, droga — Finn foi para o quarto ver os Gatinhos. Ele lhes deu comida e água e se deitou no chão, deixou que o usassem como playground. Eles subiram em suas pernas e mastigaram seu cabelo, caçaram seus dedos das mãos e mordiscaram os dos pés. Finn adormeceu envolto em Gatinhos e sonhou que o milho andava pela terra em fiapos de raízes brancas, gostava de contar piadas aos corvos e não tinha medo de nada.

Ele acordou um dia ou um mês ou um ano mais tarde, Rus, o cão-lobo lhe investigando a cara.

— Não sou comestível — murmurou Finn.

Rus latiu. Finn abriu um dos olhos. Gata e Gatinhos haviam recuado para dentro do guarda-roupa, espiando a gigantesca e felpuda criatura.

— Isso é importante — disse Finn. — Ninguém dentro deste quarto é comestível, está bem, cachorro?

Rus latiu mais uma vez, bateu seu enorme rabo felpudo na cama. Parecia o som de alguém batendo um tapete.

Finn se sentou, grunhiu.

— Quanto tempo eu dormi?

Os animais não responderam.

— Que bela ajuda vocês são.

Ele usou a cama para se alavancar do chão e arrastou os pés até a janela. Pela luz que entrava, ele soube que era noite. Do lado de fora estava Roza com a égua, escovando a pelagem e sussurrando em sua orelha enquanto o bode cambaleava entre as duas.

— Oi — cumprimentou Finn

— Olhe — disse Roza para a égua —, menino com grandes olhos luas de amor.

— Onde você a encontrou?

— Quem?

— A égua?

— Perguntei mesma coisa pro irmão.

— Hã? O que quer dizer?

— Conheço a égua. De minha babcia. É Córka. Quer dizer *filha*.

— Não pode ser a égua de sua babcia.

— Não? — disse Roza. — Por que não?

Finn não fazia ideia de por que não. A égua resfolegou como se estivesse rindo.

— Onde foi Petey?

— Foi para casa. Onde está Sean?

— Eu disse trabalhar. Ele disse não. Eu disse sim. — Ela encolheu os ombros. — Ele trabalhou. — Ela continuou escovando o cavalo. — Em breve, eu vou.

— O quê? Vai aonde?

— Polônia. Ver Babcia.

— Agora?

Ela sorriu.

— Não. Em breve.

— Mas você acabou de voltar! E tem que se curar, não tem?

Ela tocou a fileira de pontos.

— Eu vou. E aí volto. Você vê?

Ele via. Enquanto ela acariciava a égua, o ar ao redor deles cintilava e dançava, e ele viu através dela uma jovem de cabelos negros, em seguida acobreados, e então amarelados, olhos da cor da grama mais verde, do céu mais azul, da terra mais profunda, a pele beijada em dourado, branco, bronze, noite. Era um cavalo galopando por uma planície, era a primavera montanhesca, era um broto atravessando a terra, uma flor vermelha em meio à cevada.

E então era apenas uma garota acariciando uma enorme égua, com um bode mastigando a barra de seu vestido.

— O quê? — perguntou ela. — Por que encara?

Ele cogitou contar a ela sobre o que tinha visto, quantos rostos ela tinha. Mas talvez estivesse vendo coisas mais uma vez. E não era nada que pudesse explicar.

— A cicatriz deixa você mais bonita — disse ele.

Ela riu.

— Rá. Não é tão cego.

AGOSTO

Lua do milho verde

O POVO DE BONE GAP

O QUE TINHAM OUVIDO: QUE FINN O'SULLIVAN VIRA O SEQUES-trador espreitando pela casa de Charlie Valentim e o seguira até seu covil, onde encontrara Roza.

Ou algo do gênero.

Mas o sequestrador encontrara *Finn* e ameaçara matar os dois.

Ou algo do gênero.

Então Roza quebrou um espelho e lutou com o sequestrador. Estava machucada, mas ela e Finn conseguiram escapar com a ajuda de um cachorro do tamanho de um cavalo.

Ou algo do gênero.

Os detalhes eram nebulosos, o que só deixava a história mais divertida de contar. Jonas Apple emitira um boletim de ocorrência para todas as unidades sobre o suspeito, mas Roza dissera que o homem nunca mais sequestraria ninguém. O povo acreditava nela, porque seu jeito de dizer as coisas simplesmente fazia com que parecesse tudo verdade. Talvez fosse o sotaque.

Além disso, ela fazia ótimos cookies.

Roza levou centenas desses cookies e bandejas de golobki para o Papo & Prato. Eles se juntaram aos flocos de mel de Mel Willis e pilhas de sanduíches e tanques de chili e dezenas de tigelas de feijões e atum e macarrão sobre a bancada. O Halloween era só dali a alguns meses, mas o povo de Bone Gap resolveu dar uma festa à fantasia. Era obrigatório usar máscaras.

O ponto alto da noite foi o jogo. Todo mundo tinha que adivinhar a identidade dos outros convidados sem que ninguém tirasse as máscaras. Quando uma pessoa acertava, Jonas Apple colava um adesivo de abelhas nele ou nela. Quem tivesse o maior número de adesivos no fim da noite ganhava um prêmio.

Finn O'Sullivan estava coberto de abelhas. Ele reconheceu Miguel Cordero (a fantasia de fantasma não ocultava os enormes braços; dava para vê-los por baixo do lençol). Ele reconheceu Amber Hass (sua fantasia de pirata não ocultava o fato de que ela estava agarrada aos grandes braços de Miguel). Ele reconheceu os Rude (as fantasias de caubói não ocultavam as pernas arqueadas). Ele reconheceu Mel Willis (a fantasia de diabinha não ocultava a voz melíflua). E ele reconheceu Charlie Valentim, que simplesmente colocara uma sacola de papel na cabeça (segurava uma galinha nos braços como se fosse um bebê, e uma dezena de bisnetos o seguiam, como uma ninhada de pintinhos).

O povo estava maravilhado, especialmente considerando o distúrbio de Finn. Não era estranho? E não explicava tanta coisa? O rosto de Finn estava pintado de preto e branco — uma lua crescente em um dos lados, o outro escuro como a meia-noite. Aluado, como se algum dia fossem chamá-lo de uma coisa assim! O povo de Bone Gap chamava Finn de muitos nomes, mas em geral o que mais diziam era que era corajoso.

Finn se dirigia à mesa para mais uma rodada de flocos de mel quando Jonas Apple se aproximou.

— Como está se sentindo, Finn?

— Os arranhões na minha perna estão sarando. Mas ainda coçam à beça.

— Que bom saber — disse Jonas. Também estava vestido de preto e branco, mas por outros motivos. Estava fantasiado de prisioneiro das antigas, com tudo, inclusive uma corrente amarrando o pé a uma bola. A camisa e calças estavam pintadas de listras pretas e brancas.
— Queria que tivéssemos pego o cara.

— É — disse Finn.

Jonas puxou a camisa listrada como se a gola o estivesse apertando. Ele estava prestes a dizer alguma coisa, talvez se desculpar mais uma vez por não ter escutado ou não ter visto ou não ter feito qualquer coisa que ele pensava que devia ter feito. Mas Finn estava cansado de lamentações.

— Como vai Linus? — perguntou Finn.

Jonas Apple abriu um sorriso enorme.

— Está ótimo. Simplesmente ótimo. Eu o teria trazido, mas não acho que ele curtiria a festa.

— Gatos geralmente não curtem — disse Finn. Desde que ele dera um dos gatinhos de Calamidade para Jonas, as alergias do delegado desapareceram miraculosamente. Mel e Petey pegaram outro, um gatinho arrepiado que chamaram de Beebop, também conhecido como o Gato que Dorme no Asfalto. Os outros quatro gatinhos — Frank, Derek, Spike e Priscilla — tinham se mudado para o celeiro de Finn, onde os camundongos agora diligentemente morriam de desespero. Jane Calamidade dormia todas as noites na cama de Finn e nunca parecera mais feliz. Rus, o cão, pulava de cama em cama, porque tinha gula de amor.

E não era o caso de todos eles? Jonas Apple estava dançando com Mel Willis. Descobriram Miguel Cordero e Amber Hass dando uns pegas no banheiro das meninas. Charlie Valentim encheu a cara de cookies e deu alguns para as galinhas favoritas, e também para os bisnetos. A Sra. Lonogan passeava com seu gato persa, Fabian, em um carrinho para bebês, Rus animadamente lambendo o pobre focinho desgostoso do gato. O lugar inteiro estava agitado com a notícia de que Derek Rude finalmente saíra do armário, e estava saindo com um garoto de cabelos negros ligeiramente parecido com Finn O'Sullivan. E apesar de a festa ser para Roza, Roza e Sean estavam sentados quietos em um canto, Roza conversando enquanto Sean se inclinava para ouvi-la, a cicatriz no rosto de Roza uma curva rosada, como um sorriso extra.

A lanchonete ficou abafada, e a festa transbordou. Finn se afastou um pouco mais que os outros, até que as vozes do povo de Bone Gap chegaram a ele, como sempre acontecia.

— Eu costumava achar que aquele menino era mais lunático que uma noite de lua cheia.

— Se tem alguém mais lunático que uma noite de lua cheia, é você.

— Eu sempre achei que ele estava na pista certa.

— Jonas devia ter escutado.

— Todos nós.

— Fale por si mesmo.

— Ei! Quantos cookies você comeu? Deixe alguns para os outros!

— Onde acha que está Priscilla Willis?

— Aparência engraçada, a dela.

— Eu diria que ela é... única.

— Diria nada.

— Diria, sim.

— Finn diria, de qualquer maneira.

— Finn diria.

— Ela não veio? — Sean estava ao lado de Finn, as mãos nos bolsos, enorme e musculoso e tão super-heroico como sempre fora.

— Ainda não — disse Finn.

— Festa legal — disse Sean.

— É.

— Um bocado de novos fãs agora.

— Você sempre teve.

Sean riu.

— Estou falando de você. Devia ter ouvido o que os Rude estavam dizendo.

— Antes de você começar, o namorado de Derek não parece nada comigo.

— Como você saberia? — perguntou Sean.

— Ele anda por aí como se as calças estivessem apertadas.

— As calças dele *são* apertadas. Mas Derek está feliz. Acho que ele não vai mais bater em você.

— Na verdade, acho que era ele quem tentava conter os outros.

— Olhe, eu sei que já falei isso, mas... — disse Sean.

— Pare.

— Eu fui um babaca.

— Eu tenho que avisar: se você e Roza terminarem, vou ficar do lado dela.

— Você talvez tenha que se mudar para a Polônia, então. É oficial, ela vai embora mês que vem.

— Não conseguiu convencê-la a ficar?

— Falei que tem escolas aqui, e Jonas disse que poderia ajudar com a imigração, já que ninguém deportaria uma vítima de sequestro.

— Que romântico. Fico chocado por não ter funcionado.

Sean rolou uma pedra sob a bota que usava para trabalhar.

— Pode ser que eu tenha dito outras coisas. Mas ela precisa ver a avó. E tem coisas a fazer por conta própria antes de, bem, antes de fazer qualquer outra coisa.

— Ah.

— Pois é. Ah.

Nenhum deles reparou em Roza até que ela enfiou um prato entre os dois.

— Comam.

Sean e Finn encararam o prato melancólicos.

— Vamos, comam.

Cada um deles pegou um.

Finn perguntou:

— Como se chama mesmo?

— Kolaczki — respondeu ela. Antes que tivessem conseguido morder, Roza acrescentou: — Você come cookie, tem que vir me visitar na Polônia. É regra.

— É verdade? — disse Finn. Ele enfiou o cookie na boca. — Delicioso.

— Segredo é recheio de romã — disse Roza. — Receita minha.

— Vou me lembrar disso.

— Vou lembrar sempre o que você fez. — Roza deu um beijo na bochecha dele. — E o que *você* fez — disse ela para Sean, e deu um beijo nele, mais longo. Então riu. — Fazem coisas muito diferentes.

Finn, que nunca quisera ver o irmão chorar, naquele momento o vira ficar vermelho feito uma romã.

— Fim de explosão de afeto — disse Roza. — Mais cookies. Já volto.

Os irmãos a observaram se afastar.

— Você vai ter que simplesmente confiar nela — disse Finn.

— É.

— Você é jovem, também. Talvez tenha algumas coisas que você queira fazer.

Sean assentiu.

— Talvez.

— E ouvi dizer que a Polônia é linda no outono.

Sean deu uma risadinha.

Eles olharam para o céu. Era uma noite quente e límpida, e parecia que as estrelas estavam tentando se mostrar. O que não era nenhuma surpresa. A cidade inteira estava fazendo isso, as flores finalmente revelando suas cores, as árvores trocando folhas amareladas por outras novas e brilhantes, jardins repletos de joaninhas e legumes como se a primavera nunca tivesse morrido e o verão nunca fosse terminar.

— Ei, o que é que vocês estão fazendo aqui fora?

Petey podia ser uma abelha ou uma borboleta com suas surradas asas prateadas com filetes dourados, a máscara prateada escondendo seu rosto. Mas porque Petey era Petey, ela combinara as asas e máscara com uma camiseta branca, calças jeans transformadas em bermuda e tênis de academia da Converse.

— Asas maneiras — disse Sean.

— Valeu!

— Acho que vou deixar vocês dois em comunhão com a natureza. — Sean deu uma batidinha no ombro de Finn e vagueou de volta ao Papo & Prato, cantarolando para si mesmo.

— Acabo de ver Sean O'Sullivan *cantarolando*? — perguntou Petey.

— Ele está agindo com um louco ultimamente.

— Distraído?

— Pode-se dizer que sim.

— Avoado?

— Com certeza.

Ela cutucou o rosto dele.

— Meio aluado?

Finn sorriu.

— Bastante, na verdade.

— Hã — disse Petey. — Só posso me perguntar o que poderia estar errado com ele.

— Uma garota.

— Qualquer garota?

— Nah. Esta é especial.

— Gata?

— Ele acha que é.

— O que você acha?

— Acho que ela é incrível, mas encontrei meu próprio mel.

Ela franziu o nariz.

— Mel? Argh.

— E eu estou só me aquecendo.

Petey deu um sorrisinho e recuou, as asas translúcidas tremulando contra uma parede de milho.

— Ei — disse ele. — Aonde está indo?

Ela indicou a máscara prateada:

— Se me pegar, eu deixo você tirar.

E então uma brisa suave soprou pelos milharais, e o milho sussurrou *aqui, aqui, aqui*. Petey mergulhou no vasto mar verde, e Finn foi atrás dela, as vozes do povo de Bone Gap se erguendo feito um coro atrás deles, a lua piscando no céu acima, o milho rindo com eles, porque os teria reconhecido em qualquer lugar.

AGRADECIMENTOS

Tive a primeira ideia para este livro há sete anos, quando Raymond Metro, meu finado sogro, me entregou um artigo de jornal que me fez pensar sobre a maneira como vemos as pessoas que amamos. Ainda sinto a falta dele.

Mas este livro nunca teria virado realidade sem o tempo, a ajuda, e o suporte de tantos outros. Primeiramente, tenho que agradecer ao povo de Bone Gap, Illinois, que talvez fique surpreso ao descobrir que sua cidade está repleta de milho sussurrante, criaturas quase míticas e brechas misteriosas por onde é possível deslizar para chegar a outros mundos. (Ou não.)

Obrigada ao meu pai, Richard Ruby, por todas as histórias vívidas sobre os cavalos da fazenda de meu bisavô. Obrigada também a Linda Zimmerman e sua filha, Kelly Zimmerman, que me convidaram para ir a sua linda casa em Winsconsin para falar sobre tudo, de cavalos de corrida fugitivos que atendem pelo nome de Dócil — não tão dóceis —, a gatos de celeiro que não ficam confinados ao celeiro.

Obrigada a Kathy Lipki por seu ponto de vista perito sobre a história de Roza, e a seus pais, Bruno e Sophie Ogrodny, por sua assistência com as traduções mais obscuras de palavras polonesas.

E obrigada à apicultora Mollie Edgar, que pacientemente suportou todos os meus enfadonhos interrogatórios sobre o comportamento de colmeias, e a Robin Blatzheim por contar sobre o trabalho de paramédico.

Muita gratidão a todos na lista de atendimento Faceblind do Yahoo Grupos por responder a minhas perguntas e compartilhar suas histórias. Um agradecimento especial a Malcom Cowen e Amy B. Mucha por terem sido tão generosos em se dedicar a ler e comentar este manuscrito. O feedback deles foi inestimável; qualquer erro na apresentação dos fatos ou perspectivas deve ser atribuído a mim.

Tenho uma dívida enorme com a incrível Ellen Reagan por seu olhar afiado e seu conhecimento enciclopédico de tudo, de canais de escoamento de água em milharais até os rebentos da deusa Demeter. E tenho mais dívidas com a incomparável Franny Billingsey, que leu o primeiro manuscrito deste livro e disse as palavras que reverberaram na minha cabeça enquanto eu o revisava: "Quero mais magia."

A Tina Wexler, uma agente espetacular, leitora e amante de felinos: não posso agradecer o suficiente por ter aceitado este livro, e a mim. Você é uma pequena guerreira da justiça.

E obrigada, também, a todos na Balzer + Bray, e ao restante do pessoal da HarperCollins, especialmente ao meu editor, Jordan Brown, cujos feedback profundo e cuidadoso e disposição para brigar por seus autores são sem precedentes. Muitos agradecimentos a Michelle Taormina, que projetou a capa maravilhosa, e a Sean Freeman, pela impressionante ilustração da abelha.

Pelas diversas palavras de suporte e encorajamento, um obrigada a Esther Hershenhorn, Esme Raji Codell, Carolyn Crimi, Myra Sanderman, Jenny Meyerhoff, Brenda Ferber, Mary Loftus e Carol Grannick. Um agradecimento em particular a Sarah Aronson, Tanya Lee Stone e Katie Davis por saber quando ligar quando eu mais precisava.

Obrigada a todos os meus geniais colegas e amigos no programa de MFAC da Universidade de Hamline, incluindo Swati Avasthi por pesquisar boleiros de madrugada e sempre ter panfletos para todas as ocasiões, Miriam Busch e Christine Heppermann pelos passeios por brechós e sessões de reclamação, e Megan Atwood por me convencer a não pular da Torre.

E agradecimentos infinitos, infinitos, infinitos, a Anne Ursu, Gretchen Moran Laskas, Linda Rasmussen e Annika Cioffi — vocês sabem por quê. Melissa Ruby, você também sabe.

Finalmente, obrigada a Steve, que me vê como nenhuma outra pessoa vê.

Este livro foi composto na tipologia Minion Pro,
em corpo 12/16,1, e impresso em papel off-white,
no Sistema Cameron da Divisão Gráfica
da Distribuidora Record.